산과 삶과 사람과 2
경기도의 산

산과 삶과 사람과 2
경기도의 산

발 행 | 2022년 02일 22일
저 자 | 장순영
펴낸이 | 한건희
펴낸곳 | 주식회사 부크크
출판사등록 | 2014.07.15.(제2014-16호)
주 소 | 서울특별시 금천구 가산디지털1로 119 SK트윈타워 A동 305호
전 화 | 1670-8316
이메일 | info@bookk.co.kr

ISBN | 979-11-372-7511-9
www.bookk.co.kr

글머리에

산이라는 이름의 공간, 거기서도 가장 높은 곳, 제가 그곳에 오르는 이유는 결코 그보다 높아지기 위해서가 아니었습니다. 그 높고도 웅장함 속에서 저 자신이 얼마나 낮고 하찮은 존재인지를 깨닫기 위함이 맞습니다.

그럼에도 그곳에서 내려와 다시 세상에 들어서는 순간 저는 거기서 얻었던 가르침을 까맣게 잊고 맙니다. 산과 함께 어우러져 세상 시름 다 잊는 행복감이 가물거리다 사라질 즈음이면 또다시 배낭을 꾸리게 됩니다.

시시때때로 자연의 위대함을 되뇌고 교만해지려 할 때 인자요산仁者樂山의 귀한 의미를 새기며 거기로부터 충분한 에너지를 받을 수 있었기에 감사한 마음으로 산에서의 행보를 기록해왔습니다.

얼마 전 갤럽은 우리나라 국민의 취미 생활 중 으뜸이 등산이라는 조사 결과를 발표했습니다. 주말, 도봉산역이나 수락산역에 내리면 그 결과에 공감할 수밖에 없을 것입니다.

그처럼 많은 등산객이 오늘 가는 산에 대하여 그 산의 길뿐 아니라 그 산에 관한 설화, 그 산에서 일어났던 역사적 사실, 그 산과 관련된 다양한 문화와 정보를 알고 산행하면 훨씬 흥미로울 거라는 생각이 들었습니다.

'산과, 삶과 사람과'는 그러한 취지를 반영하고 그 산에서의 느낌을 가감 없이 옮겨놓은 글과 그림들의 묶음입니다.

3

일부 필자의 사견은 독자 제현의 견해와 다를 수도 있다는 걸 알면서도 굳이 에둘러 표현하지 않았습니다. 다르다는 게 옳고 그름의 가름이 아니기에.

강원도, 경기도, 경상도, 전라도, 충청도의 5도에 소재한 산들을 도 단위로 묶어 감히 다섯 권의 책으로 꾸며 세상에 내어놓는 무지한 용기를 발휘한 것은 우리나라의 수많은 명산을 속속 들여다보고 동시에 이 산들이 주는 행복을 세세하게 묘사해보고 싶었기 때문입니다. 산이 삶의 긍정으로 이어지고 사람과의 인연을 귀하게 해준다는 걸 표현해내고 싶었습니다.

김병소, 김동택, 박노천, 박순희, 유연준, 유호근, 윤선일, 윤창훈, 이남영, 임영빈, 장동수, 최동익, 최인섭, 황성수, 홍태영, 강계원 님 등 함께 산행해주신 횃불산악회 및 메아리산방 산우들께 진정으로 감사드립니다.

이 미진한 기록이 돌다리처럼 단단한 믿음으로,
햇살처럼 따뜻함으로,
순풍처럼 잔잔함으로,
들꽃처럼 강인함으로,
별빛처럼 반짝이는 찬란한 빛으로……
그런 계기가 된다면 얼마나 기쁜지 모르겠습니다.

장 순 영

4

산과 삶과 사람과 2

경기도의 산

<차 례>

6

경기 제2고봉 명지산에서 용추구곡의 주봉 연인산으로

올라와 둘러보면 명지산은 겨우 한 번의 산행으로
그 이상의 것을 보여주지 않는다.
워낙 넓고 깊은 산인지라 가는 길만 가서는
명지산의 실체에 접근조차 못 한다.

화악산에 이은 경기 두 번째 고산, 명지산明智山.

가평 익근리 방면의 들머리를 지나면 일주문을 통과해 바로 승천사昇天寺가 있다. 명지산을 오른다는 건 승천이나 매한가지이다.

승천사를 오른쪽으로 끼고 환하게 미소 짓는 들꽃들, 뙤약볕 버거운지 무릎 밑으로 느릿하게 날아다니는 잠자리 떼, 청정 옥수 명지계곡의 낙수청음落水淸音에 귀 기울이며 유유자적 오르다 보니…… 과연 하늘을 오르는 기분이다.

명주실 한 타래를 풀어도 그 끝이 닿지 않는 명지폭포

귀목마을에서 귀목 고개를 거쳐 오를 때와 달리 걸음을 붙잡는 멋진 폭포를 접하게 된다. 등산로에서 나무계단을 딛고 내려서자 숨은 비경이 입을 벌리게 한다. 명지폭포의 웅장한 굉음에 일시적으로 사고가 멈춘 느낌을 받는다.

7

7.8m 높이에서 내리꽂는 폭포수가 하얗게 거품을 일으킨다. 깊이를 가늠할 수 없는 옥담은 명주실 한 타래를 풀어도 그 끝이 닿지 않는다니 청록빛깔 수면에 눈길만 담가도 더위가 가신다.

속까지 비칠 듯한 청담淸潭에서 어찌 잡념이 생길 수 있겠으며 잠시라도 허욕이 머물 수 있겠는가마는 그래도 끈적끈적하게 들러붙었을 욕구의 찌꺼기를 씻어내고자 머리끝에서 거꾸로 목까지 담근다. 폭포수가 흐르는 계곡 찬물에 머리를 담갔다가 꺼내자 단전에 쌓인 녹이 말끔하게 벗겨지는 기분이다.

속을 정화하고 급경사 나무계단을 60여m 올라서면 다시 숲길이다. 걸음을 내딛을수록 경기도 내에서 손꼽는 심산유곡이라는 걸 실감하게 된다. 뜨거운 뙤약볕을 우거진 수림이 가려주어 산림욕을 하게 되고 물 흐름 이어지니 한여름 홀로 산행이지만 큰 위안이다.

계곡 상류 지점 갈림길에서 우측으로 방향을 틀어 화채바위 쪽으로 통나무계단을 오르자 돌길, 바윗길과 계단이 반복되면서 점점 고도가 높아진다. 이마에서 솟은 땀이 뺨을 흘러 턱까지 주르륵 흘러내린다.

며느리밥풀꽃, 곰취가 흔하게 눈에 띄고 경사면에는 간간이 단풍취도 보인다. 한여름의 묵직한 체중을 덜어주는 가붓한 모습들이다.

1079m봉에서 숨 돌리며 둘러보는 주변 경관은 온통 짙푸른 정글이다. 전면에 화악산이 마주하여 버티고 서서 1인자임을 과시한다. 그걸 인정하듯 길게 이어진 한북정맥 고봉들이 화악산을 향해 고개를 조아리고 있다.

익근리 들머리에 들어섰을 때처럼 정상인 명지1봉(해발 1267m)에 올라섰어도 인기척 하나 없다. 정상석만 덩그러니 빈자리를 내어준다.

"오랜만에 뵙겠습니다. 어르신!"

"근처 화악산이랑 연인산엔 잘도 오더니만 나한텐 어렵게 발걸음 하는군."

"이른 새벽부터 네 번이나 차를 갈아타고 왔습니다. 너그러이 용서 바랍니다."

"사람들은 1인자만 기억한다지. 내 벼슬이 도립공원에도 끼지 못하는 군립공원에 불과하고 경기도 넘버 투에 머무니 허투루 보였겠지."

"그렇지 않습니다. 제발 노여움 푸시길."

불볕더위에 그대로 방치된 펑퍼짐한 산정이 왠지 쓸쓸하다고 느낌 받았나 보다. 지리산 천왕봉에 올랐을 때보다 뿌듯했는데 첫 만남에 회초리를 맞는다.

어릴 적 먹지 않고 아껴두었던 초콜릿을 어느 날 꺼내먹으려고 서랍을 열었는데 속에서 녹아버렸다. 명지산이 그랬다. 시간 넉넉하고 좋은 날에 충분히 즐기려다가 때를 놓쳐 늦어진 곳이다. 많이 물렁해진 초콜릿 하나를 입에 넣으며 백운산, 광덕산, 국망봉 등 두툼한 마루금을 둘러본다.

가평군 북면과 조종면에 걸쳐 광활하게 몸집 일으킨 명지산을 중심으로 인근 포천시 일동면 일원은 희귀곤충과 식물이 다양하게 분포되어있어 1993년 조종천 상류·명지산·청계산 생태계보전지역으로 지정된 바 있다.

거대한 산악지대에는 무어든 튼실하게 자생할 것만 같다. 화악산이나 용문산처럼 군사시설도 없고, 너저분하게 송신탑이 늘어서 있지도 않아 수백 년 전의 생태계를 그대로 옮겨놓아도 껄끄러움 없이 보존될 것만 같다.

인간이 생태계를 깨뜨리고 불편함을 겪자 뒤늦게 그 균형을 맞추려 인위적으로 개체 수를 조절하고 있지 않던가.

"보다시피 자연은 그 상태 그대로일 때 최상의 질서이자 완벽한 시스템일세."

"맞습니다. 사람의 결핍을 채워주고 왜소함을 가려주는 것은 오로지 자연뿐입니다. 여기서 새삼 느끼게 되는군요."

그랬다. 세상사의 불안과 부정과 모순과 분열이 없는 곳은 오직 자연뿐이다. 산을 사랑하게 될 즈음 산의 신음을 듣게 되었다. 산이 아파한다는 걸 알게 된 것이다. 산은 여하한 동식물의 존재감과 하찮게 여겨왔던 풀뿌리조차 귀하다는 사실, 생명 존중의 철학을 익히게 해주는 곳이다.

"1봉 어르신, 청정자연에서 오래도록 강건하시기 바랍니다. 조만간 다시 찾아뵙겠습니다."

정중히 인사드리고 돌아서는데 "내 괜한 노망 부렸나 보네. 맘 푸시고 안산 하시게나. 저쪽으로 가거든 내 아우들한테 안부 좀 전해주시고."하며 환히 웃어 배웅한다.
가을 단풍이 아름다워 가평의 8경 중 명지 단풍이 제4경이라 하니 아마도 올해나 내년 가을쯤엔 다시 방문하게 될 것 같다.

고산장로 경기 제2 고봉
예 오려 얼마나 별렀던가
고행 벗 삼은 나 홀로 산행
태양에 젖고 초록에 젖어
산등성이 굽이쳐 흐르는
최고봉 올랐더니
오랜 시간 기다렸단 듯
옛 벗처럼 반겨주누나

명지 2봉(해발 1260.2m)까지 1.2km, 형님 안부 전해주러 잰걸음에 달려간다. 여기도 진초록 활엽수들이 에워쌌을 뿐 쓸쓸함이 묻어난다. 막 건너온 1봉이 손을 흔든다.

"마주 보이는 곳에 계셨군요. 형님이 안부 전해달랍디다."
"잘 계시던가?"
"살짝 노망기가…… 있으신 것도 같고, 아닌 것도 같고…… 혈압은 정상입니다만."

형님한테 맞은 회초리를 동생한테 분풀이하고 3봉으로 방향을 튼다.

"우리 막내 만나거든 제발 우리 형제에 대한 언급은 말아주시게."
"노력은 해보겠습니다만, 제가 입이 가벼워서요."

여기저기 흩어져 거주하는 삼형제한테 우환만 만든다고 생각했는지 2봉이 오지랖을 자제시킨다. 좁은 능선길이지만 수림 사이로 주변의 산군들을 조망하며 걸을 수 있어 좋다.

"예전에 봤을 땐 못 느꼈는데 참 심술궂네."

그리 멀지 않은 곳에서 용문산 가섭봉이 한마디 거든다.

"다음에 가거들랑 제 실체를 있는 그대로 보여드리지요."

명지 3봉(해발 1199m)에는 정상석도 없이 덩그러니 이정목만 세워져 있다. 1봉과 2봉에 비해 가시권이 넓어 조망을 즐기기엔 더없이 좋다.

"혹시 우리 형님들 만나고 오는 길인가?"
"네, 큰형님은 잘 계십니다."
"둘째 형님은?"
"글쎄요. 혈압은 괜찮아 보이시는데 더위 잡수셔서 그런지 총기를 잃으신 것도 같고……."

다음에 다시 명지산에 오면 무사 할는지 모르겠다. 명지산은 이들 세 형제. 1봉, 2봉, 3봉을 중심으로 사향봉, 백둔봉, 귀목봉으로 갈라지고 다시 지금부터 가게 될 연인산까지 뻗어 육중한 산세에 산 아래로 계곡마다 유리알처럼 맑은 옥류를 흘러내린다.

"세 분 모두 강건하세요. 반가움에 응석 좀 부려봤습니다.

곧 가까운 벗들과 함께 다시 오겠습니다."

 올라와 둘러보면 명지산은 겨우 한 번의 산행으로 그 이
상의 것을 보여주지 않는다. 워낙 넓고 깊은 산인지라 가는
길만 가서는 명지산의 실체에 접근조차 못 한다. 어쩌겠는
가, 오가는 길 불편하지만, 다시 날 잡아 길 다시 골라 계
절 바꿔가며 찾아올 수밖에.

 국내 최대의 잣나무군락지, 연인산으로

"여긴 마치 연하천에 온 기분이 드는군."

 산나리, 앵초 등 들꽃 만발한 오솔 숲길을 커다란 정원 산
책하듯 내려서며 걷다가 들풀 빽빽한 방화선 풀숲 지대를
빠져나오면 명지산과 연인산의 갈림길이자 백둔리 마을로
하산하는 삼거리 아재비고개에 이른다.
 여기서 지리산 연하천을 연상한 건 꼭 이 길이 거기와 비
슷해서는 아닐 것이다. 긴 길을 지나와 한고비 멈춰 쉬는
구간이라 그렇겠지만 산길을 걷다 보면 종종 어딘가를 떠
올리며 마치 그 길에 있는 착각에 빠지곤 한다.
 연인산 정상까지 3.3km. 갈증도 씻고 잠깐 휴식도 취하다

가 일어선다.

완만한 육산이라 다시 오르는 데도 큰 힘을 소모하지 않게 한다. 한 시간 남짓 걸어 연인산戀人山 정상(해발 1068m)에 도착하니 커다란 정상석에 '사랑과 소망이 이루어지는 곳'이라고 적혀있다.

경기도 도립공원 연인산은 길수라는 청년과 소정이라는 처녀의 사랑 이야기를 설화로 전하며 그 명칭을 브랜드화하였는데 오래도록 화전민들의 애환을 간직한 채 가시덤불로 덮여있던 이름 없는 산이었다. 그런 연인산이 낡은 저고리를 벗고 고운 한복으로 갈아입었다.

1999년 3월 가평군 지명위원회에서 공모를 통해 연인산이라고 명명했고 2017년 국가지명위원회에서 공식지명으로 확정하여 어엿한 이름을 갖게 되면서 연인산은 일약 경기 북부를 대표하는 명산으로 거듭났다.

전국 잣 산출량의 30% 이상을 생산하는 국내 최대의 잣나무군락지가 이곳에 있다. 잣나무에서 뿜어져 나오는 피톤치드가 기관지천식과 폐결핵 치료에 효능이 있는 것으로 알려지면서 아토피 힐링캠프까지 운영되니 이래저래 연인산은 개천에서 용 났다는 속담에 비유해도 될법하다.

연인산은 동으로 장수봉, 서로 우정봉, 남으로 매봉과 칼봉이 이곳에서 발원한 용추계곡을 감싸고 있는 천혜의 자연공원이자 휴양객들이 북적이는 여름철 명소이다.

흰 구름 아래로 막 지나온 산, 연인산의 모산이라 할 수 있는 명지산이 귀목봉과 함께 멀지 않고 남으로 운악산, 서쪽으로 청계산 줄기가 우람한 산세를 형성하고 있어 가평 일대는 어느 산에 올라서서 둘러보건 첩첩이 깊은 산, 깊은 골이다.

주변 조망을 즐기다가 우정능선을 택해 걷는다. 세 번째 연인산행을 오늘처럼 한여름에 택한 건 수도권의 대표적 청정계곡인 용추구곡으로의 하산을 염두에 두었기 때문이다. 여름 산행의 끝에는 물이 있어야 제격이다. 산에서 내려와 풍부하고 맑은 물을 접했을 때의 개운함을 길게 말해 무엇하랴.

등산객들이 점점 많아지고 있다. 좁은 소로 숲길에 멈춰서서 비켜주기를 거듭하게 된다. 헬기장에서 지나온 길을 뒤돌아 연인산을 저만치 떨어뜨리고 다시 진행하여 우정봉(해발 910m)에 닿는다. 정상에서 2.3km 지나온 거리이다.

계속 부드러운 숲길이 이어진다. 왼쪽으로 소나무 숲, 오른쪽으로는 참나무 숲이다.

침엽수와 활엽수림 지대를 양옆으로 끼고 걸어 우정고개에 내려선다. 전패고개라고 불렸던 곳인데 모조리 패한다는 의미를 풍겨 우정고개로 명칭을 바꿨다고 한다.

여러 갈림길 중 매봉으로 오르는 길은 꽤 가파른 데다 사람들도, 들꽃도 없이 한적하기는 한데 힘에 부치기 시작한다. 가려진 수림 사이로 얼핏 보이는 깃대봉과 약수봉이 한 잔의 이온 음료처럼 상큼함을 느끼게 해준다.

매봉(해발 929m)은 조망이 가려진 밀폐구역이라 바로 회목고개로 내려선다. 올라온 만큼 급경사의 내리막이다. 해발 700m 지점의 회목고개에서 다시 고도를 올려 막바지 에너지를 모두 쏟아낸다.

해발 899.8m 칼봉산이라고 정상석이 있지만, 이제는 연인산의 여러 봉우리 중 하나인 칼봉이다. 칼봉도 좁은 터에 잡목 우거져 그다지 매력을 주지 못한다. 아니 매력을 느끼기엔 많이 지친 듯싶다. 겨울에 왔을 때도 땀깨나 흘렸던 곳이니 힘이 떨어질 법도 하다. 남은 식수로 갈증을 씻고 바로 하산한다.

이정표의 경반분교, 물안골이라 적힌 방향으로 길을 잡아 정글처럼 인적 없고 더욱 좁아진 등로를 내려서서 용추계곡 상류에 이르렀다. 물을 대하자마자 티셔츠까지 벗어 계곡물에 머리부터 깊이 담그자 소진된 기운이 되돌아오는 것 같다.

가평 8경 중 제1경인 용추계곡은 연인산 칼봉으로부터 내려앉아 그럴듯한 침식을 이루며 끊임없이 맑은 계류를 흘려보낸다.

용이 하늘로 날아오르며 아홉 구비 그림 같은 경치를 수

놓았다는 유래를 간직한 용추구곡이다.

5m 높이의 용추폭포 와룡추(제1곡)부터 소바위 부근 무송암(제2곡), 중산마을 앞 너른 개울 탁영뢰(제3곡), 너럭바위 지대 고슬탄(제4곡), 일사대(제5곡), 추월담(제6곡), 청풍협(제7곡), 귀유연(제8곡), 농원계(제9곡)의 절경을 일컫는다.

옛날 옥황상제를 모시던 거북이가 용추계곡의 경치에 반해 내려와 놀다가 옥황상제의 노여움을 사 그대로 굳어 버렸다는 바위 옆에서 하얀 물줄기를 쏟아내는 폭포와 깊은 소를 바라보며 잠시 숨을 돌렸는데 이곳이 8곡인 상류의 귀유연이다.

"옥황상제를 모시느니 여기서 바위가 되어 물과 어우러지는 게 더 행복하다네."

제 맘에 안 들면 무소불위의 힘을 마구 남용하는 옥황상제 옆에서 얼마나 숨이 막혔을까.

"그래서 선녀들도 지상에 내려왔다가 귀천하지 않고 나무꾼들과 사는 거 아니겠나."
"아무렴, 누군들 덕이 부족한 이 옆에 붙어있으려고 하겠는가."

18

바위가 된 거북이와 옥황상제에 대해 험담을 늘어놓다가 물길을 따라 내려간다. 충분히 땀을 식히고 다시 콘크리트 길을 걸어 승안리 검봉산 펜션단지에 도착하면서 길고도 무더운 산행에 막을 내리게 된다.

이미 어둠이 가라앉아 계곡 입구부터는 불빛이 환하다. 먼저 떠서 빛을 발하는 몇 점 작은 별들이 수고했다면서 반짝거린다.

때 / 여름
곳 / 익근리 탐방안내소 - 승천사 - 명지폭포 - 갈림길 - 화채봉 - 명지1봉 - 명지2봉 - 명지3봉 - 아재비고개 - 연인산 - 우정능선 - 우정봉 - 매봉 - 회목고개 - 칼봉 - 용추계곡 - 용추계곡 주차장

억새의 일렁임인가, 궁예의 울음인가, 명성산의 울림

나라 잃은 궁예의 한을 달래주려는 양 눈물처럼 샘솟았다는
궁예약수는 극심한 가뭄에도 마른 적이 없어
천년수千年水라 칭하고 있다.
천 년간 눈물을 흘렸으니 동공은 얼마나 쓰라리겠는가.

붉게 그을린 단풍이 제 살 식히려 수면까지 길게 가지 늘어뜨린 산정호수의 정취는 달라진 게 없는데 다시 와 헤아리니 20년이 훌쩍 지나버렸다. 물안개 자욱했던 아침 호수, 호숫가 산책로를 걸으며 둘러보면 세월 흘렀어도 풋풋한 기억으로 되새겨지는 곳이다.

"아니 이렇게나 변했단 말인가?"

수면을 붉게 물들인 단풍나무가 멈춰 세우더니 물결에 일렁이며 인사를 건넨다.

"강산 두 번 지나 다시 만났으니 안 그렇겠나. 난 그렇다 치고 어쩜 그댄 더 젊어지는가? 가지도 튼실하고 더 붉어진 혈색이 보기 좋군."
"허허! 난 자네와 달리 무디지 않은가 말일세. 무디니까

20

물가에 빗겨 섰어도 도대체 주름 하나 생기지 않더군."
"하긴 사람 늙는 것만큼 빠르게 변하겠는가."

무디고 경직된 듯하나 보는 이로 하여금 가슴 울렁거리게
하고 극도의 초연 중에도 찾는 이를 휘감아 상념 젖게 하
는 곳이다. 비탈진 물가에 곧추서지 못하고도 제 삶을 싱그
럽게 성장시키는 처신을 우리네 사람들은 굴곡진 세상에서
그렇게 해낼 수 있을까. 골몰하게 거듭 생각해도 어려운 일
이다.

관개용 저수지로 조성한 인공호수이지만 세월 흘러 다시
찾았어도 엊그제 왔던 것처럼 정겹고 푸근하고 올곧은 곳
이다. 시선에 박히는 주변마다 끈끈이 이어져 알알이 각인
되는 산정호수다.

"조심해서 잘 다녀오시게. 명색이 도읍 두 곳을 잇는 큰
산일세."

더는 붓질 할 부분이 없는 완벽한 수채화

울음산이라고도 하는 명성산, 품에 안기듯 하늘거리는 억
새 물결 능선을 물기 머금은 단풍의 배웅을 받으며 오르기
시작한다.

경기도 포천시 산정호수를 끼고 올라 정상에 닿으면 거긴 강원도 철원에 속한다. 양쪽으로 식당들이 늘어선 골목길에 들어섰는데, 없는 게 없을 정도로 먹거리가 다양하다. 이 길을 통해 명성산 억새밭으로 향한다.

아직 이르다 싶었는데 계곡 초입부터 단풍이 물들고 있다. 초록을 바탕으로 주황과 빨강, 간간이 노랑을 덧칠하여 더는 붓질할 부분이 없는 완벽한 수채화다.

"가을이 온통 붉기만 하다면야…… 홍록이 어우러지니 단풍이 더 돋보이는 거지."

파란 하늘 흰 구름 아래로 맑은 계류 흐르고 초록과 다홍이 어우러져 이만한 가을 하모니가 또 있을까 싶다.

궁예의 울음이 폭포 되어 내리네.

바위와 스킨십하며 찬찬히 물을 흘리는 등룡폭포 표시 팻말의 글이다. 눈물을 잔뜩 흘려 담을 이룬 걸 보니 신라의 왕자 태생인 궁예가 애처롭기 짝이 없다. 패자의 처절한 곡소리는 산행 중에도 계속 울려 퍼진다.

계곡이 끝나고 돌길을 지나 다다른 억새군락은 화전민 터

22

였던 곳이다. 울음 터라고 적힌 팻말이 나무 둥지에 걸려있다. 1950년대까지 밭을 일구다가 화전민들이 떠나자 억새 군락이 조성되었다고도 하고, 한국전쟁 중에 울창한 숲이 타버리면서 자연적으로 억새가 자라났다고도 한다.

마침 구름을 벗어난 태양이 환하게 비추자 억새밭은 은물결로 넘실댄다. 영남알프스 신불산이나 재약산의 억새평원처럼 광활하지는 않아도 고루고루 잘 다듬어 눈길 붙드는 억새 정원이다.

신라 마지막 왕자인 마의태자가 망국의 설움을 못 이겨 통곡하자 억새도 따라 울었다는 울음산은 마의태자 못지않게 궁예의 참담함이 곳곳에 서려 있다.

후고구려를 세워 철원에 도읍을 정하고 승승장구 세력을 확장했다가 왕건에게 패해 도망쳤다는 패주골, 왕건 군사의 추적을 살피던 망무봉 등이 그곳이다.

이 산에 은거했다가 왕건과의 최후 격전에서 대패하여 온 산이 떠나가도록 울었다 하여 명성산鳴聲山으로 불린다.

"그땐 안과도 없었을 텐데."

궁예의 한은 조금 더 지나 약수터에도 생생하게 서려 있다. 궁예도 울고 궁예의 백성들도 울고 또 울 수밖에 없었을 게다. 나라 잃은 궁예의 한을 달래주려는 양 눈물처럼 샘솟았다는 궁예약수는 극심한 가뭄에도 마른 적이 없어 천년수千年水라 칭하고 있다. 천 년간 눈물을 흘렸으니 동공은 얼마나 쓰리리겠는가.

눈물 젖은 역사의 이어짐이라고나 할까. 명성산에 올라 북쪽을 향해 시선 머물면 산과 들이 맥맥히 이어지지만, 그 가운데쯤 평야 지대에서 남과 북으로 그 방향을 확연히 가르고 있다. 바로 국토를 둘로 쪼갠 분계선이다.

팔각정에 올라서도 펼쳐진 억새밭 너머로 서글픈 역사의 흔적들이 자꾸 들춰진다. 전쟁 전 38선 이북의 땅이었던 이곳에서 가을 억새의 흔들림을 볼 수 있다는 게 그나마 다행이란 생각이 든다.

'1년 후에 받는 편지'

팔각정 아래 명성산 표지석 옆에 빨간 우체통 하나가 세워져 있다. 1년간 발전적으로 변화된 삶을 모색하고 1년 후 다시금 반성하라는 의미가 아닐까 싶다. 그렇게 우체통의 의미를 해석하고도 1년 후에 생길 것만 같은 후회감이 두려워 차마 편지를 넣지 못한다.

우체통을 바라만 보다가 길게 펼쳐진 능선으로 높은 하늘과 엷은 구름을 얹고 걷는데 이만큼 세월 흐르기 전에 왔어야 할 곳이란 생각이 든다. 들를 곳 다 들르고 멀리 되돌아오느라 약속을 어긴 것 같은 기분이다.

고도를 높이며 또 다른 억새군락을 지나게 되는데 아직 은빛 치장 못 한 억새들은 횅해 보이는 게 아니라 뜨끈한 온천욕 후 갈아입을 설빔을 연상시킨다.

능란한 조경사의 손으로 숱한 세월 매만진 듯한 노송들은 세월 흐름이 연로年老의 과정이 아니라 연륜의 상징임을 보여준다.

젊음 충만했던 청년 머리는 눈꽃처럼 희끗희끗해졌지만 비탈길 비스듬히 기대서서도 튼실하기 그지없는 소나무 잔솔들은 여전히 푸름을 더한다.

자연 그대로인 곳에서 스스로 뿌리를 내린 나무와 다듬어 심은 나무는 뿜어내는 생기도 다르고 향도 다르다. 인위적으로 가공한 품위가 자연 그대로의 멋을 따라잡을 수 없음이다.

승자는 신화를 만들되 패자는 우울한 야사를 지어낼 뿐

이 길, 삼각봉 가는 바윗길은 천손 만객 영접했어도 예의 윤기 번지르르한 웃음을 띄우고 있다. 주야를 내달려 일그러진 고달픔이 앙금처럼 고인 영혼인 걸 알아차려서일까. 나직이 속삭여 충고해준다.

"공수래 아니었던가. 번민을 지녔다는 건 이미 꽃 한 송이라도 피웠다는 증거 아니겠나?"

풍족하지 않은 건 흘러넘칠 일이 없음이요.

"공수거 아니겠는가. 무겁게 무얼 지니고 싶은 겐가?"

미련 남아있다는 건 지금도 저 아래 폭포수처럼 다 흘려보낼 수 있음이요, 평생 일군 텃밭에 비록 잡초만 허허롭더라도 다시 불 바람이 밀알 될 씨 뿌려줄 터이니 가라지 뽑다 보면 다시 수확할 일도 생기지 않겠는가.

"고맙구려. 티끌처럼 부유하는 일개 범부의 옷자락 붙들어가며 용기 돋워주니 말이요. 내 오래도록 기억하며 살아가는 지침으로 삼겠소이다."

인위적으로 콘티 짜고 정성 들여 디스플레이 한들 시간 지나면 색 바래고 먼지 쌓이는 게 예사 건만 여기 명성산 능선은 그만한 풍우와 폭설 후에도 전혀 달라짐이 없다.

태산이 높다 하되 하늘 아래 뫼이로다.
오르고 또 오르면 못 오를 리 없건마는
사람이 제 아니 오르고 뫼만 높다 하더라.

삼각봉 정상(해발 906m)도 우람하게 세워진 정상석 외엔 달라진 게 없어 보인다. 정상석 뒷면에 조선시대 문인이자 명필인 봉래 양사언의 태산가泰山歌가 한자어로 새겨져 있다. 안평대군, 김구, 한호와 함께 조선 4대 서예가로 일컫는 양사언은 40년간이나 관직에 있으면서도 전혀 부정이 없었고 유족에게 재산을 남기지 않았다고 한다.

청문회에서 이미 부정 축재의 빌미를 제공해 임명된 자리마저 그저 지붕에 올라간 닭 바라보듯 침이나 삼켜야 하는 요즘의 실태와 견주게 되니 태산가가 한 번 더 읊조려진다. 상식을 벗어난 윤리, 몰염치한 양심, 거짓과 속임수…… 지켜야 할 것보다 버려야 할 것들이 훨씬 더 많은 세상 아니던가.

삼각봉에서 명성산 정상으로 가는 길에 포천과 철원의 경계 표지판이 있다. 경기도에서 강원도 철원으로 넘어서게 된다. 20년 전 삼각봉까지 왔다가 지금 제3코스라고 일컫는 산안고개로 바로 내려갔었다. 지금도 비탈 심하고 거칠었던 그때의 내리막길이 어렴풋이 떠오른다.

"그땐 여기가 명성산 정상인 줄 알았었지요."
"오늘은 제대로 들렀다가 조심해서 내려가시게."

노파심 난 옛 인연, 푸근한 우정 베풀며 떠나는 이 등 보들어준다.

"혹여 지녀 부담스럽거들랑 저 호수에 마저 뛰어놓고 가시게나."

자신을 가둬놓은 원圓을 지우고 원怨도 없애고 원願 없이 살라 한다. 세상 속박에 갇히지 말고 자유로운 영혼으로 존재하라 한다.

"고맙습니다. 바람 불면 나부끼다 흩어지고 노을 지면 시들해질 내 등짐 그대 덕에 충분히 내려놓고 갑니다."

흐르면 막지 말라 하고, 막힐 것 같으면 뚫어 자연의 유연함을 경직시키지 말라고 덧붙여 일러주니 감사하다. 저 아래 팔고八苦의 심연, 미로의 공간, 무량無量하게 헤매며 나약하기 그지없는 무력無力과 방황의 혼돈 속에서는 결코 배울 수 없는 가르침이다.

해발 923m 명성산 정상은 삼각봉만큼 확 트인 조망권이 있지는 않다. 그래도 하늘 공간 틈새로 광덕산, 백운산, 국망봉이 시야에 들어오고 흐릿하게 대성산까지 담을 수 있다. 그 뒤로 북한지역은 뿌연 장막을 치고 있다.

올라온 길을 다시 내려와 산안고개 방향으로 하산한다. 뒤돌아 올려다보면 삼각봉이 보이고 반대편으로 궁예봉도 보인다. 비교적 편안한 하산로는 계곡 합수점까지 이어지면서 단풍 곱게 물들이며 아래로 뻗어가는 중이다.

산안고개 안부에서 600m 비켜선 궁예봉으로 틀어 올라간다. 바위에 길게 늘어진 밧줄이 편한 길이 아니란 걸 대변한다. 궁예인들 편한 길을 택해 도망쳤겠는가. 궁예의 입장이 되어 바윗길을 오르니 측은지심이 생긴다.

궁예봉(해발 823m)에 세워진 정상 표지목이 썰렁했는지 왕수 산악회라는 곳에서 아담한 정상석을 세워놓았다. 봉우리 아래로 층층 쌓은 듯한 바위가 보이는데 궁예의 침전이라고들 부른다.

"잠자리인들 편할 리 없었겠지."

쫓기고 또 쫓기는 악몽에 시달리다가 삭은 땀 흘리며 깼을 층층 바위를 안쓰럽게 바라보고는 등을 돌린다. 되돌아온 산안고개 안부 갈림길에서 내리막 계곡은 더욱 사납고 미끄럽다.

몇 차례 마른 계곡을 건너다가 명성산 정상 직전의 산안고개에서 내려오는 하산로와 만난다. 이후 하산 내리막은 완만한 편이다.

양봉장을 지나 펜션 지역을 통과하여 산정호수 상류에 이른다. 호수 둘레길을 걷노라니 가을을 담은 수면이 잔잔하게 흔들리고 주변 상가에 하나씩 둘씩 불빛이 켜지기 시작한다.

산정호수의 진득한 낭만이 피어날 가을 저녁 무렵에도 궁예의 울음은 그치지 않고 있다. 천년 신라를 부정하고 부처를 자처하며 동아시아 이상 국가를 염원했던 궁예는 우리 역사상 단 한 명의 왕으로 끝난 유일한 왕조 국가, 태봉의 왕이었다. 승자는 신화를 만들되 패자는 우울한 야사를 지어낼 뿐이다.

때 / 초가을
곳 / 산정호수 관광단지 – 등산로가 든 – 비선폭포 – 등룡폭포 – 억새군락 – 천년 약수 – 팔각정 – 삼각봉 – 명성산 – 산안고개 안부 – 궁예봉 – 산안고개 안부 – 산정호수 – 원점회귀

바위와 소나무의 긴한 어우러짐, 관악산 6봉과 8봉

6봉과 8봉, 열네 봉우리 모두 올라 거친 바위마다
눌러 밟으니 그 느낌 어찌 이리 정겨운가.
발밑 세상 오염 찌꺼기 죄다 덮이는 듯하고
구름 거닐듯 가볍기 그지없다.

경기 5악嶽에 드는 관악산은 서울 남부의 관악구, 금천구와 경기도 과천시, 안양시, 의왕시, 군포시 등을 가르며 도심 한복판에 솟아 있다.

아침에 집을 나서면 관악산을 볼 만큼 가까이 접할 수 있는 곳에 사는지라 셀 수 없을 정도로 많이 다닌 곳이다. 왼편에 좌청룡의 형국인 청계산(옛 명칭 : 청룡산)과 오른편에 수리산(옛 명칭 : 백호산)이 우백호로 자리하고 있어 지역 사령관으로서의 면모 또한 제대로 갖추었다고 할 수 있겠다.

조선 개국 후 한양 천도를 할 때 무학대사는 관악산에 화산의 기가 있으므로 그 화기를 누르고자 광화문에 해태 석상을 세워 제왕의 터전을 보호하려 하였다. 그러나 그리 많은 시간이 지나지도 않아 이방원이 주도한 왕자의 난, 세조의 왕위찬탈 등으로 경복궁은 거듭 화마에 휩싸인다.

과연 이걸 관악산 탓으로 돌릴 수 있을 것인가. 관악산은

거기 그 자리에서 그들의 코를 찌르는 피비린내 싸움에도
고개 돌리지 못하고 그대로 냄새 맡고 있을 뿐이었는데.

"무학대사는 나무만 보았던 거야. 멀리 숲을 못 보고."

차라리 무학대사가 풍수지리학 이상의 식견이 있어서 한양
이나 궁궐만의 위기의식을 초월한 범국가적 안목을 지녔다
면 임진왜란이나 을사늑약 등의 수난을 피해 갈 수도 있지
않았을까 하는 아쉬움이 고인다.
관악산 곳곳에 물동이를 묻어 만일의 화재 사태에 대비토
록 수선을 피웠으나 관악산에 화기가 있다는 무학의 주장
은 전혀 맞지 않는다. 관악산에서의 화기란 불타오르는 가
을 단풍과 불꽃이 타오르는 듯한 형상의 석화성石火星 산
세, 그뿐이다.

관악이 왜 5악인지, 6봉 능선에서 관악의 진면목을 보다

빌딩과 대단지 아파트가 내려다보이는 도심 속의 숲, 관악
산의 숱한 갈림길 중 오늘은 바윗길 산행의 묘미를 만끽할
수 있는 6봉과 8봉 능선이 발을 잡아끈다.
정부 과천청사에서 국사편찬위원회로 이어진 길, 관악산을

오르는 진입로 직전의 대로는 은행나무 가로수와 떨어진 은행잎으로 온통 노랑 물결이다. 넓은 아스팔트대로이지만 가을 되어 노랗게 은행잎 물들고 또 나뭇잎 떨어지면 이 길은 낭만 가득한 산책로가 된다.

여기서 중앙공무원연수원과 기술표준원 사이의 좁은 통로를 지나면 초소와 안내판이 보이는데 이 길이 관악산 오르는 많은 들머리 중 한 곳이다.

문원폭포 쪽으로 걸으면서 올려다본 3봉은 언제 봐도 위풍당당하다. 바윗길과 작은 협곡을 지나 문원폭포 직전 널따란 마당바위에서 연주대 방향이 아닌 좌측으로 6봉 가는 길이 있다. 지난주부터 물들기 시작한 단풍이 시나브로 산 아래로 낙하하는 중이다.

몇 년 전까지만 해도 이정표 하나 없어 비탐방로처럼 산객도 뜸한 곳이었는데 지금은 6봉까지 1.5km라고 적힌 이정표가 세워있다. 여기서 오가는 6봉 능선의 위험도가 높아 산객을 인도할 수도 없고 그렇다고 탐방 규제도 않으면서 방치하다시피 했던 구간이다.

난도는 높은 편이지만 고소공포증 없고 등산화 밑창만 닳지 않았다면 바위 릿지를 만끽할 수 있는 명품 코스이다. 두 손, 두 발을 바위에 밀착하여 슬랩 구간을 기어올라 봉우리를 건너며 능선을 지날수록 골산으로서의 명산 요소를 두루 갖춘 관악의 참모습을 보게 된다.

"지난번 왔을 때보다는 훨씬 수월하네. 길이 다른가."
"그때 그 길이야. 너희들이 익숙해진 거지."

병소, 영빈이와 태영이는 두 달여 만에 두 번째로 6봉을 오르면서 처음과 달리 능숙하게 바위를 타는 중이다. 뾰족 침봉들과 급준 경사면의 바위벽들이 처음엔 긴장의 끈을 놓지 못하게도 하지만 몇 번 다니다 보면 6봉은 능선 그 자체가 친숙하고 익숙한 길이 된다.

바위틈 소나무들이 몸을 비틀며 뿌리를 내리고 있는데 이미 오랜 세월 이들은 한 식구 한 몸이 되어 살았다. 매끄러운 바위마다 사람들의 손자국이 묻어나고 그 자국들은 다시 짜릿한 전율을 일으키게 한다. 4봉은 높지는 않아도 내려설 때 상당한 주의를 요한다.

"거의 관악산만 20년 다녔는데 여기 6봉만 200번 넘게 다녔어요."

그만큼 6봉에 매력을 느꼈고, 익숙해졌고 지금도 질리지 않는다는 표현과 다르지 않을 것이다. 6봉 능선에서 두 번 마주친 6봉녀 혹은 날다람쥐 아주머니는 그렇게 말하더니 작은 체구로 4봉의 수직 내리막을 훌쩍 내려선다.

그렇게 내려가 저만치 자취를 감추는 것이어서 따라가는

산객들을 난감하게 한다. 크게 높지는 않아도 발 디딜 곳이 도통 보이지 않아 자일 없이는 쉽게 엄두가 나지 않는 곳이다.

"그렇지, 바로 거길 딛고 오른손을 뻗어."

몇 번 내려온 적이 있지만 늘 조심스럽다. 먼저 내려와서 세 친구를 인도한다.

"잘했어."

친구들은 고개를 가로로 흔들면서도 내려온 4봉 암벽을 바라보며 스스로가 대견스럽다는 표정이다. 4봉부터는 다소 편한 암릉길이다.

과천 시내 아파트 단지와 정부청사 건물을 내려다보게 되고 수원 광교산에서 백운산을 지나 청계산으로 이어지는 산등성이마다 무척 가깝게 잡힌다. 송신탑과 기상 레이더들이 솟은 정상 일대까지 울긋불긋 가을 색이 넘실댄다.

능선을 지나 국기봉에서 한숨 돌리고 8봉 능선 쪽으로 가며 만나는 촛대바위가 언제나처럼 반갑다. 보고 또 봐도 개성 뚜렷하고 잘생긴 바위다. 친구들을 바위에 올라타게 하고 사진도 찍다가 그대로 걸터앉는다.

"관악산에서도 쇠말뚝이 발견되었다더군."

"우리나라 산에서 빼낸 쇠말뚝이 수백 개라는데 여기도 박혀있겠지."

1930년대 들어 일본 제국주의자들은 국내 명산의 중요 혈점穴占에 쇠말뚝을 박기 시작했다. 정기가 모이는 자리에 쇠말뚝을 박음으로써 산의 맥을 끊어버리고자 함이다.

"일본 놈들은 어떻게 그런 발상까지 했을까."

"세상을 삼키겠다고 전쟁을 일으킨 놈들이 그런 걸 박는 다고 산의 맥이 끊어지고 그 지역의 정기가 사라진다고 믿 었던 거야?"

"우리 국민이 그렇게 믿었겠지."

우리 국민의 풍수에 관한 믿음은 예로부터 강하게 전해 내려오고 있었다. 우리 고장 진산의 정기를 받아 출중한 인 물들이 배출되었고 독립운동가들이 생긴 거라는 믿음을 일 본인들이 역이용했을 것이다.

정기가 솟는 혈에 쇠말뚝을 박아 그 기를 없애고 맥을 끊 어 조선인들의 심리를 위축시키려 했음이다. 조선인들에게 는 일종의 신앙인 풍수로 그들의 기를 죽여야 한다는 실제 자료가 있기도 하다.

"일리 있는 논리야. 우리 할아버지도 그런 말씀을 한신 적이 있었지."

태영이한테 시선이 쏠린다.

"일본 놈들이 우리나라 산의 맥을 죄다 끊어놓아서 아직도 친일파나 군인들이 권력을 쥐고 있는 거야."

할아버지 말씀을 인용하는 태영이 표정이 자못 진지하다.

"인간들 싸움에 자연만 등 터진 셈이군."
"가자. 가면서 쇠말뚝 박혀있나 잘 보고."

촛대바위를 지나서도 낙타바위 등 들쭉날쭉 솟은 다양한 바위들을 보면 혈이나 맥을 떠나 쇠말뚝은 그저 자연스러움에 대한 파괴에 불과하다는 생각이 드는 것이다. 있어야 할 자리, 놓여야 할 위치에서 제대로 조화를 이루고 있는 정연함을 인위적으로 파손하는 일은 그 어떤 이유로도 있어서는 안 된다.

"저기 정상에 세워진 송신탑도 빼내야 하지 않을까? 일본인들이 박은 쇠말뚝보다 훨씬 더 큰데."

"저걸 빼면 우리 집 텔레비전이 안 나올 텐데."

가을은 8봉에 넘실대고 있었다

조심스러운 6봉에 비해 8봉은 수월한 편이다. 모처럼 만에 8봉 국기봉의 앉은뱅이 명품 소나무와 만난다. 여전히 푸르고 숱 많은 솔잎을 펼쳐 보이며 건강한 자태를 유지하고 있다.

"다음에 볼 때도 오늘 이대로의 모습을 보여주시게."

"그대야말로 무르팍 상하지 말고 오래오래 산행하시게나. 그리고 열네 봉우리를 함께 걷는 만큼 우정도 열네 겹 더 두터워지길 바라네."

멘토의 진심 어린 충고를 고맙게 받아들이며 8봉 능선으로 진입한다. 국기봉 아래 갈림길, 불성사를 아래로 두고 8봉 능선이 이어지는데 6봉에서의 도심권 조망과 달리 여기서는 관악산 깊은 산세를 두루 감상하며 봉우리들을 넘게된다. 올랐다가 내려서고 다시 오르기를 반복하게 되지만 8봉은 힘들다거나 지루하지 않다. 그만큼 아기자기하면서도 산행의 다양한 맛을 보게 한다. 비탈 바위 곳곳에 튼튼하게 밧줄이 설치되어 양방향 산객들이 안전하게 비껴갈 수 있도록 해놓았다.

세 번째 봉우리를 지나 가을 관악을 눈에 담으며 휴식을 취하는데 조선 선조 때의 문신 미수 허목 선생을 떠올리게 된다. 그보다 한참 뒤인 영조, 정조 때 재상을 지낸 번암 채제공 선생은 '유관악산기遊冠岳山記'에서 그를 언급하며 존경심을 표한다.

"허목 선생은 83세 때 관악산 연주대에 올랐는데 그 걸음 걸이가 나는 듯하여 사람들이 그를 신선처럼 우러러보았다고 하는 말을 들었었다. 저 관악산은 경기지역의 신령한 산으로 선현들이 일찍부터 유람한 곳이다. 그래서 나도 한번이 산에 올라 마음과 눈을 시원하게 틔우고 선현을 태산처럼 사모하여 우러르는 마음을 기르고자 했다."

이 기록은 채제공이 67세 때인 1786년 4월 13일 하루에 관악산 연주대에 올랐던 걸 기록한 기행문의 구절이다. 채제공 선생도 팔순을 넘기셨으니 등산이 장수에도 도움 주는 건 만고의 진리인가 보다.

"그땐 지금보다 훨씬 험하고 거칠었을 텐데."
"그런 관악산을 연세 드신 분들이 스틱도 없이 올랐겠지."

"그 얘기 들으니 몸이 가붓해지는 느낌이네."

네 번째 봉우리 뒤로 삼성산이 보인다. 여섯 번째 봉우리를 지나면서 절묘한 형태의 왕관바위를 만난다. 관악산의 명물 중 하나이다. 관악산에는 제2, 제3 왕관바위가 또 있으니 기암 전시장이라 해도 지나친 말이 아니다.

뒤돌아 지나온 8봉 능선과 그 왼편으로 학바위능선을 치고 올라 기상대와 연주대까지 가을이 짙게 깔린 걸 보고 마지막 밧줄 구간을 내려서면 무너미고개에 이른다.

무너미고개에서 서울대 공학관으로 빠지며 산행을 마치려다가 여든셋에 연주대를 밟으신 허목 선생 덕분에 삼성산 좌측을 감아 돌아 안양 예술공원까지 길을 늘려 잡고 말았다. 느긋하게 서울대 수목원의 식물들을 감상하고 안양 예술공원의 조각품들을 눈여겨보며 걷는다.

오래전 인근에 포도밭이 즐비했던 안양유원지는 2005년부터 쇠락한 주변 환경에 생명을 불어넣는 작업을 시작했다. 그 후 관악산과 삼성산의 계곡에서 흘러내리는 맑고 깨끗한 물을 활용하여 공원으로서의 가치를 높이고 많은 전시물을 창작해왔다.

안양 예술공원에 전시된 작품들은 대중과 소통하는 미술을 의미하는 공공미술로 작위적이긴 하지만 자연과 일체가 된 전시품들이다. 세계 각국의 예술가, 디자이너, 건축가들이 문화와 예술을 도시개발과 발전 프로젝트의 일환으로 완성한 예술작품들을 감상할 수 있다.

무대와 객석의 경계를 허문 야외공연장, '나무 위의 선으로 된 집'은 공연장 자체가 작품으로 객석은 위에서 보면 마치 물결치는 모양을 하고 있다.

다시 도로를 따라 짧지 않은 길을 걸어 공원 진입로에 자리한 흰색 외벽의 건물을 보게 된다. 안양 예술 파빌리온이라는 건축물이다. 도서관과 작품 전시와 공모전 등을 개최하는 장소로 사용되는데 보는 각도마다 다채로운 외관이 특이하다. 안양시 만안구 예술공원로의 가을을 밟으며 석수동 대로변에 이르면서 관악산에서의 하루를 접게 된다.

6봉과 8봉, 열네 봉우리 모두 올라
거친 바위마다 눌러 밟으니 그 느낌 어찌 이리 정겨운가.
발밑 세상 오염 찌꺼기 죄다 덮이는 듯하고 구름 거닐 듯
가볍기 그지없다.

숨조차 고르기 힘들었던 아픔들, 거기서 돋은 생채기와
고름까지도 봉우리마다 보듬고 또 보듬어준다.
무량한 별들조차 올려보기 겨웠던 어지러운 후유증
씻어내고 큰 사랑 주려 관악은 예까지 이끌어
온 시름 거둬간다.

상스럽기 한량없는 무원칙이 요동치는 세상 한복판,

파렴치하기 이를 데 없는 작태들 틈바구니에서
비록 허우적거릴지라도 사리 가늠할 수 있는 분별로
자존감 놓치지 말라 점잖은 훈수를 둔다.
순결하고 투명하여 찬란하기까지 한 깊은 헤아림으로
얄팍한 그네들 속조차 가늠 말라 한 수 가르침을 준다.

목젖까지 차오른 혼잣소리, 내뱉지도 못하고
가슴으로만 되뇌었던 고뇌 찬 외침을
산은 한 마디 파열시키지 않고 묵묵히 들어준다.
올라와 내려다보면 교만 떨쳐내 높이 낮추라 하고,
골짜기 깊숙이 들여다볼라치면 나무보다 먼 숲길 열어
포용의 큰 의미 되새기게 한다.

내려와 올려다보면 산은,
애상을 자아내도록 흐드러져 쏟아지는 별들을
눈에 밟히도록 밝혀주어 굳어 건조한 살갗 주물러주며
긍정의 너른 의미 깨닫게 한다.
떠올리기 싫어 고개 젓던 껄끄러운 기억마저도 산은,
부챗살처럼 모여들게 하더니 가슴 훈훈하게 문질러준다.

자비처럼, 혹은 구원처럼 질곡 없이 노상 수채화 같은 삶
이 어디라서 있으랴마는 이곳 봉우리들엔,
그 무어라도 부르면 웃음으로 화답하고
두들기면 청아한 고음으로 손뼉 치며 반응한다.
위안의 햇살과 감사의 바람을 넌지시 건네주더니

거기 더해 투명하고 투명한 명경지수로 사위四圍를
촉촉이 적셔준다.

그 찬란함 속에서 산은,
숱하게 거듭되는 까칠한 이별에 대해서도 참하디 참한
해학을 펼친다.
지나온 삶, 대개의 덩어리가 쌓인 위에 또 쌓인
고엽들 마냥 부토抔土되어 흘러간 사연일 뿐이며,
별 가치 없이 수북하기만 한 에피소드의 되풀이와
다를 게 뭐 있겠느냐고.
갈림길 고봉들 너나 할 것 없이 고개 끄덕여 수긍한다.

그렇지. 이젠 맺어오던 것을 끊을 때가 아니라
더욱 이어가야 하는 순간일 뿐이라고.
그렇고말고. 무어든 보낼 때가 아니라 포용하며 무한으로
맞이해야 할 즈음에 우린 잠시 자릴 비울뿐이라고.
그렇지 아니한가 말일세.

꾸꾸루! 목청 다해 건조한 소리 만들어내는 산새 울음도
가는 안타까움에서가 아니라 오는 반가움에서인 것을.

때 / 가을
곳 / 정부과천청사역 - 문원폭포 - 6봉 능선 - 국기봉 - 8봉 능선 -
무너미고개 - 서울대 수목원 - 안양 예술공원

석양길, 물길 따라 운길산에서 예봉산으로

예봉산 전망대, 다시 멈춰 서서 나란히 어깨 맞대고
남양주 일대에 하나둘 켜지기 시작한 불빛을 바라보니
눈발 흩날리지만 훈훈한 추억 한 덩어리
메아리 되어 가슴 깊이 스며든다.

저 아래 북한강과 남한강, 서로 만나 아리수 한 몸 되어
눈이 오건 바람 불건 유유히 흘러 세월을 만들어간다.

북한강과 남한강의 합침만으로는 부족했을까. 팔당댐 위쪽
광주에서 흘러든 경안천까지 두물머리에 합쳐짐으로써 그
물길만 놓고 보면 세 물 머리라 해도 틀린 말이 아닐 듯싶
다. 삼수리三水里? 역시 늘 불러오던 양수리兩水里가 자연
스럽다.

강과 또 강물의 합수, 강원도 금강산에서 발원하여 화천,
춘천을 거쳐 흘러 내려온 북한 강물과 강원도 대덕산 검룡
소에서 발원하여 영월, 충주를 거쳐 흘러온 남한강 물이 서
로 만나는 양수리 인근의 운길산은 팔을 뻗어 감싸 안은
듯 갑산을 끼고 있으며 팔당 쪽으로 긴 능선을 따라 적갑
산에서 예봉산으로 이어진다.

모처럼 오랜 모임 친구들 아홉 명이 팔당역 앞에 모여 섰
다. 기념사진을 찍으려는데 막 내리기 시작하는 게 눈인지

44

빗물인지 가늠하기 어렵다.

"오늘 산행은 틀렸어. 장어나 먹으러 가자고. 이 동네 장
어구이가 끝내준다는데."
"우리가 산에 가려고 이렇게 모인 게 얼마 만이냐. 금방
그칠 것 같은데 올라가 보자."

먹는 쪽보다 산행하는 쪽으로 추가 기울었다.

"운길산에서의 경관은 그야말로 동방 으뜸이로다."

첫눈인 양 싶었던 초겨울 빗물은 다행히 금세 멈춰주었다.
술 먹는 자리가 아닌 주말 산행의 귀한 시간을 하늘이 배
려해준 것 같다. 들머리엔 딱 아홉 명의 산객, 우리뿐이다.
운길산을 올라 적갑산을 지나 예봉산까지 갔다가 다 같이
내려오면 아마도 거의 한나절은 소비할 듯하다. 무릎이 시
원찮은 선일이가 가장 문제다.
능선엔 휘어질 듯 꼿꼿한 소나무들이 줄을 이어 늘어서
있으며, 검버섯처럼 피부가 거칠게 도드라진 굴참나무, 근
육질의 신갈나무 그리고 물푸레나무 군락지, 철쭉 군락지가
있고 주변에 다양한 명소와 휴양지가 있어 서울과 경기지

역 등산객들이 즐겨 찾는 곳이다.

"수도권에서 이런 광경을 볼 수 있다니."
"서거정이 탄복한 곳이라잖아."

운길산이 초행인 영빈이와 노천이가 탄성을 자아낸다. 운길산으로 오르며 내려다보는 북한강은 깊고 검푸른 물빛과 조각나서 둥둥 떠 있는 섬들을 돌아 흐르다가 산중으로 스며드는 물살의 이음이 그림보다 더 그림처럼 보인다. 운길산 중턱 수종사에서는 이런 그림을 한눈에 감상할 수 있다. 경관만큼은 동방 으뜸이라는 서거정의 극찬에 고개를 끄덕이게 된다.

조선 세조가 금강산을 구경하고 물길 한강을 따라 환궁하던 중 양수리에서 밤을 보내게 된다.

"이게 무슨 소리냐?"

물소리인지, 종소리인지 가늠키 어려운 소리가 산중에서 들리는 것이었다. 이 산 숲 속 바위틈에서 떨어지는 물이 종소리를 내는 것에 감명받은 세조가 그 자리에 사찰을 지어 수종사水鐘寺라 명하도록 했다.

이후로 다산 정약용, 추사 김정희 등 많은 학자와 명사들이 이곳을 거쳐 갔다고 한다. 그런 내력이 아니더라도 수종사에 들어서면 수령 500년을 넘긴 커다란 은행나무와 팔각 5층 석탑(지방문화재 제22호), 기타 많은 유물에서 뿜어져 나오는 은은한 고풍에 잠시 넋을 놓게 된다.

역시 수종사는 물과 뗄 수 없는 사찰임을 느끼게 된다. 맑디맑은 샘, 석간수로 달인 차를 맛볼 수 있다. 그 맛을 친구들과 음미하고자 삼정헌에서 잠시 쉬었다 가기로 한다.

다산이 초의선사와 즐겼다는 차 맛을 본다고 생각해서일까. 시詩, 선禪, 다茶가 하나라는 의미의 삼정헌, 등산화를 벗고 그 다실에 올라서면 저절로 숙연해진다.

한음 이덕형은 틈틈이 인근 사제촌에서 이곳 수종사에 자주 들르곤 하였는데 수종사 주지 스님이던 덕인 스님이 사제촌으로 한음을 방문하자 겨울 풍광의 시를 적어 주었다고 한다.

운길산 스님이 사립문을 두드리네
앞 개울 얼어붙고 온 산은 백설인데
만 첩 청산에 쌍련대 매었네
늘그막의 한가로움 누려봄 즉 하련만

또 임진왜란이 끝난 어느 초여름 수종사를 찾은 한음은 극심한 정쟁을 안타까워하는 자신의 마음을 이렇게 읊었다고 적혀있다.

　　산들바람 일고 옅은 구름 비는 개었건만
　　사립문 향하는 걸음걸이 다시금 더디네
　　구십일의 봄날을 시름 속에 보내며
　　운길산 꽃구경은 또 시기를 놓쳤구나

"차 맛이 어때?"
"절에서 마시는 거라 찻집만큼 진하지는 않아."
"인마! 그래서 은은하다고 하는 거야."

　산사에서 처음 마셔본 따끈한 설록차를 음미하고 다시 길을 향한다. 그들은 느낄 것이다. 수종사에서 음미한 해탈의 차향에서 마음을 내려놓아 가벼이 하라는 가르침을 얻었으리라. 다시 산을 오르는 친구들 걸음이 훨씬 가벼워졌으니 말이다.
　정상에 가까워질수록 바람이 심하고 기온이 더욱 떨어진다. 얼어붙을 듯 황량한 추위 때문일까. 북한강은 담녹색 물빛으로 그 깊이를 가늠할 수 없는 여름철보다 훨씬 그늘진 정취를 풍긴다.
　산에 올라 멀리 내려다보아 더욱 그런가 보다. 산 그림자 길게 드리운 강물 위로 짙은 우수가 담겨있다. 바람 세차게 불어 강변 나뭇가지의 흔들림이 작지 않을 터인데 강물은 잔잔한 미동조차 없이 고요하게 아래로만 가라앉는 듯 보인다.

해발 610m 운길산 정상석 옆 안내판에는 구름이 가다 산에 걸려 멈추었다 하여 운길산雲吉山이라는 명칭 유래가 적혀있다.

여기서 적갑산을 지나고 철문봉을 거쳐 예봉산 정상까지는 6km에 이르는데 새재를 넘어 돌아가면 그보다 더 먼 길이 된다.

그리 높은 편은 아니지만 겹겹이 거듭되는 산을 넘다 여기 이르러 또 강물이 길게 흐르니 구름인들 이쯤에서 쉬어가야 편할 것이다. 먼저 오른 병소와 계원이가 간식을 꺼내 먹으면서 아직 못 쫓아온 후미를 기다린다.

"아홉 명 다 왔으니 또 가자."

"우린 쉬지도 못하고 또 따라가야 되는 거야?"

"발이 아닌 눈과 마음으로 걸으면 걸으면서도 쉴 수 있는 곳이 산이거늘. 쯧쯧."

운길산 정상에서 새재로 가는 능선은 근육질 소나무와 조경사의 손을 거친 듯 모양 좋은 소나무들이 즐비하다. 수십 년 능선 지킴이 생활이 지루한 양 몸뚱이 비틀고 팔 꼬아가며 투정을 부리는 것처럼도 보인다.

"눈비에 젖고 바람에 긁히다가도 자네들은 따뜻한 햇볕이 몸 말려 주잖는가. 저 아래 세상에선 세찬 풍파에 마냥 몸 맡기면서도 그게 사는 법인 양 당연시하는 사람들이 태반이라네. 우리도 그렇고 말이야."

나그네 충고에 동의할 수 없다는 뜻인지 잔가지 하나가 머금은 빗물을 털어내며 바닥으로 곤두박질친다.

"미안하구먼, 고결하게 이어온 세월의 주인공들을 사람들 삶에 빗댔으니 짜증 낼 만하지."

눈치 살피며 허리 굽혀 소나무 지대를 빠져나가 새재에서 뒤돌아본 운길산은 잿빛 하늘이 덮어 저 아래 강물만큼이나 을씨년스럽다. 더욱 흐려지는 날씨가 본격적으로 눈발을 날릴 기세다.

예봉산 가는 길에 친구들과 첫눈을 맞다

운길산과 예봉산을 잇는 중간 접점인 적갑산(해발 560m)에서도 시간이 많이 지체된다. 삼삼오오 닿는 대로 모여 사진을 찍고 또 뒤에 오는 일행을 기다렸다 출발하기 때문이다. 철쭉동산 지나니 바로 물푸레나무 군락지로 이어진다. 봄이면 길을 멈춰서 연분홍 아름다움에 한껏 눈길을 줄 만한 곳이 지금은 그저 썰렁하기만 하다.

"물푸레나무 가지를 물에 담그면 물이 파랗게 변한다지?"
"그래서 지어진 이름이지."
"그 나뭇가지 회초리에 맞아봤어? 물빛이 아무리 바뀐 들 그 회초리에 맞은 종아리만큼이나 파랗게 변할까."
"엉덩이에 곤장 맞지 않고 큰 걸 다행으로 알아."

허물없는 친구들이 여럿 모이니 주고받는 농담도 중구난방이다. 그래서 더욱 즐겁다. 철문봉에 이르자 송이송이 눈이 날리기 시작한다. 철문봉에서 보는 예봉산 정상부가 흐릿하다. 뿌연 눈안개를 보니 오싹 한기를 느끼고 만다.
철문봉은 정약용, 약전, 약종 3형제가 남양주 조안면에 있는 본가 여유당에서 능선을 따라 여기까지 와서 학문文의 도를 밝혔다喆 하여 그렇게 이름 지었다고 한다.
아직도 수종사 설록차는 모락모락 김 오르며 은은한 향기 남아있는데 산허리에 일찌감치 해거름 드리우니 길 미끄러운데도 바쁜 걸음 재촉하게 된다.

먼 산, 하늘 닿아 하나 되는 운길산 지날 때

뼛속 그리움 앵두 내음 풍기다가
삭풍 몰아치는 새재 넘어 적갑산 향하는 길
초침에 부서지는 내 넋 한 점 쪼아 물고
어둠 비껴가려 철새 무리 서둘러 재를 넘네
철문봉에 뿌리는 눈송이 하얗게 길 밝히어
잰걸음 막아서며 서두르지 말라 하네

　예봉산禮峯山 정상(해발 683.2m)의 평지는 드문드문 눈밭
으로 변했다. 지체되긴 했어도 여기까지 아무런 탈 없이 왔
다. 무릎이 불편해 산에 다니는 걸 자제했었다가 친구들과
함께여서 조심스레 길을 나섰다.

　동남아 가족 여행을 한 주 후로 미루고 친구들과의 산행
에 나섰다. 제각각 참석하기 어려운 나름의 이유가 있음에
도 그들은 오늘 아침 팔당으로 왔다.

　세 개의 산을 함께 섭렵했다는 충만감, 삼십 년 넘는 지기
들이 다 같이 완주했다는 성취감이 환한 웃음을 짓게 한다.

　"산의 반대말이 뭔지 알아?"
　"바다?"

　독재국가의 정상은 국민 눈물을 뽑아내지만, 산에서의 정
상은 미소를 짓게 만든다. 웃음에 더해 만족감까지 얹어준
다. 정상은 거기 다가선 이에게 그 자릴 내어주므로 정권

유지에 급급한 정치인과는 비교할 수 없이 후덕하다.

"그래서 산의 반대말은 바다가 아닌 정치판이라고 적어도 정답으로 처리하지."

오래 산을 다닌 태영이의 조크가 예봉산을 친구들의 웃음으로 메아리치게 한다.

"그러면 땅 하고도 키가 같고 하늘 하고도 체중이 같은 건 뭘까?"
"……."

올라와서 보니 산도, 나무도, 구름도, 하늘도, 그리고 친구들도 다 같은 위치에 있다. 운길산 올랐다가 적갑산 닿아서도 잠잠하더니 예봉산에 도달해 둘러보니 친구들 하나같이 하회탈처럼 만면에 웃음 짓는다.

노을 지며 더욱 추워지는데도 오늘을 붙들어두려는 공통된 마음은 속에 가누고도 펼쳐내기 인색했던 우리 친구들 사랑이었구나. 수십 년 횃불 밝혀 서로를 비춰주었던 우리 우정이 땅과 하늘에 빗댈 정도로 엄청난 거였구나.

미소가 번지면서 넉넉하고, 숙연한 듯하면서도 만족스러운 표정들이 산 아래 북한강에 시선을 담근다. 예봉산 인근 주민들은 이 산을 사랑산이라고 불러왔는데 수림이 울창하여 조선시대 때는 인근과 서울에 땔감을 대주던 연료 공급지였다고 한다.

남양주시 와부읍과 조안면에 소재하였으니 수도권에서 그리 멀지 않은 데다 날씨 좋을 때 여기 오르면 그야말로 인근 온 사방으로 세상천지가 파노라마처럼 펼쳐진다.

하남의 검단산과 두물머리는 물론 미사리, 팔당, 구리시 등을 둘러보다 방향을 바꿔 북한산, 도봉산이 우뚝한데 부르면 금방이라도 달려올 태세다. 또 남산을 움켜쥔 서울 시내가 한눈에 조망되는데 오늘은 바람을 업은 눈발 때문에 거기까지 내다볼 수가 없다.

어쩌랴, 반가우나 머물 수도 없는 곳. 속수무책 나부끼는 눈발을 피할 수가 없다. 지는 노을 밟고 경사 급한 비탈을 조심스레 내려선다.

혼자 눈에 담기 아까워 이 산, 두루 살피다 보면 늘 그대들과 함께 오고 싶었었지. 홀로 산비탈에 서서 속으로 감탄하고 가파른 바윗길 조심스레 내딛을라치면 눈에 아른거려 소리라도 질러대며 포옹하고픈 그대들이었지. 몇 번이나 뇌까리고 되뇌다가 무거운 걸음 아래로 내딛다 보면 물들어 한껏 채색된 단풍은 낙엽 되어 스러지고 말았더랬지.

예봉산 전망대, 다시 멈춰 서서 나란히 어깨 맞대고 남양주 일대에 하나둘 켜지기 시작한 불빛을 바라보니 눈발 흩

날리지만 한 움큼의 훈훈한 추억이 메아리 되어 가슴 깊이
스며든다.

"그래, 오래오래 같이 산에 다니며 서로서로 사랑하자."

때 / 초겨울
곳 / 운길산역 - 중리 - 운길산 - 주막 샘 오거리 - 새재 - 송전탑
- 적갑산 - 철문봉 - 예봉산 - 예봉산 전망대 - 팔당역

도심 속 산중 종갓집, 수도권 중심의 허파 도봉산

Y 계곡의 오르막 정상에서 건너편 내리막을
바라보노라면 절로 다리에 힘이 들어간다.
건너가서 뒤이어 건너오는 이들을 보면
그 아찔함에 먼저 찻값을 치른 기분이 들 때가 있다.

북한산 국립공원에 속하는 도봉산은 우이령을 경계로 그 북동쪽에 자리하여 북한산과 구분된다. 행정구역상으로는 서울특별시 도봉구와 경기도 의정부시, 양주시와 접하고 있다. 주말과 휴일이면 수도권 전철 1호선과 7호선은 산행 열차처럼 온통 등산객들로 붐빈다.

그 구간 선상의 도봉산역으로 쏟아져 나오는 인파는 그야말로 인산인해를 이룬다. 단일 산으로는 전국에서 가장 많은 등산객이 탐방하는 명산이다.

신년 첫날, 햇빛이 들지 않는 음지엔 눈이 얼어 빙판이 되었을 수도 있겠지만 도봉산에서도 꽤나 가파른 바윗길을 고른다. 도봉산의 많은 길 중에서도 망월사역 엄홍길 전시관부터 심원사를 지나는 다락능선과 Y 계곡이 신변 벽두부터 자석처럼 끌어당겼기 때문이다.

"세 살 때부터 도봉산에서 살았어요. 내게는 어머니와 같은 산이죠. 이리저리 뛰어다니며 도봉산을 누볐죠."

엄홍길, 히말라야 8000m급 고산, 에베레스트, K2, 칸첸중가, 로체, 얄룽캉, 마칼루, 로체샬, 초오유, 다울라기리, 마나슬루, 낭가파르밧, 안나푸르나, 가셔브롬 1, 브로드피크, 가셔브롬 2, 시샤팡마의 16좌를 오른 세계 최초의 인물이다. 극한 상황에서 생사를 던진 도전과 모험정신의 상징인 엄홍길의 자취를 볼 수 있는 엄홍길 전시관이 도봉산 원도봉 진입로에 있다.

산은 비록 혼자 오지만 결코 혼자가 아니다

원도봉 탐방센터를 지나 도로를 따라 심원사 앞까지 올라간다. 갈림길에서 포대능선이 아닌 자운봉을 가리키는 방향으로 길을 잡는다. 뚝 떨어진 영하의 날씨, 그런데도 난간 쇠줄이 차갑지만은 않다. 앞서 오르는 이들의 온기가 손에 전해져서일까. 다리뿐 아니라 온 근육에 힘 들어갈 고행을 사서 하는 그들 뒷길에서 무한한 동지애를 느낀다.

그래서 산은 비록 혼자 오지만 결코 혼자가 아니다. 그래서 산은 늘 가정에 비유되곤 한다. 지친 퇴근길 어깨 처져 들어오지만, 가족이 있는 곳. 들어오면 어머니 품처럼, 따뜻한 온돌처럼 한겨울에도 온기 가득한 곳이 산이다.

지천명 훌쩍 지나 나이 한 살 더 먹는 건 아무런 감각이 없다. 새해 첫날, 도봉산 험로를 골라 걸으며 나이 차는데 무뎌지는 대신 힘에 부치는 물리적 상황에도 마저 무뎌지고자 한다. 나이 헤아려가며 세속의 벅찬 삶 헤칠 틈 있던가. 나이 맞춰가며 해나갈 일 무어 있을 것인가.

전면에 마주 보이는 수락산은 엊그제 내린 눈으로 도정봉부터 주봉까지 하얗게 포장되었다. 심원사에서 오르는 능선은 탁 트인 조망처가 특히 많아 바윗길이 다소 거칠기는 해도 그다지 힘이 들지 않는다.

금붕어바위와 두꺼비바위 등 눈길을 잡아끄는 바위가 많고 숨 고르면서 바라볼 봉우리들이 줄줄이 늘어섰기 때문이다. 산 전체가 화강암으로 이루어져 절리節理와 풍화작용으로 벗겨진 봉우리들이 연이어 기암절벽을 이루며 솟아 있다.

다락능선의 바위 구간을 오르면서는 추위마저 잊게 된다. 전망 바위 언저리에서 눈 덮인 망월사를 바라보노라면 언제나처럼 푸근하다. 볼 때마다 망월사는 포대능선 아래 천혜의 절터라는 생각이다.

　새해 첫 설산은 한 폭 수묵화
　점점이 먹이 도드라지는 건 면면 흰색이 바탕이라서
　밤하늘 몇 점 별빛 반짝이는 게
　어둠 겸허히 가라앉은 것처럼
　손에 때 묻히어 세상 빛이 날 수 있다면

내 손,
허접데기 걸레인들 어떠리

한 폭 겨울 산수화를 감상하고 또 도봉산 정상부를 가장 멋지게 바라볼 수 있는 전망 바위에 이른다. 많은 등산객의 쉼터이자 포토존이다.

정초에 반가운 이를 만나는 건 흐뭇하고도 기쁜 일이 아닐 수 없다. 예로부터 우리네 전통은 신년 초 가까운 이, 고마운 이, 존경하는 이들을 찾아 부둥켜안고, 악수하며 그 마음을 표현해왔다. 산꼭대기 종갓집 찾아 인사드리듯 자운봉, 만장봉, 선인봉과 신선대까지 도봉산 사령부와 눈 맞춤하는 것도 그 못지않게 즐거운 일이다.

눈까지 얼어붙어 다가서면 무심히 외면할 듯 주름 암팡진 도봉 4봉이지만 보면 볼수록 그 비탈에 야박함이라곤 전혀 없이 너그러운 풍모를 지녔다.

가까이 다가서서 저들 봉우리를 마주 보노라면 미국을 빛낸 네 명의 대통령, 초대 조지 워싱턴, 3대 토머스 제퍼슨, 26대 시어도어 루스벨트 그리고 16대 에이브러햄 링컨의 얼굴이 나란히 조각된 러시모어Rushmore 산이 떠오른다.

흔히 우수한 이들은 그렇지 않은 이들과의 비교 대상으로 주목받곤 한다. 저 봉우리들에서 우리나라 역대 대통령들의 모습이 유추되는가 싶더니 금세 입맛이 씁쓸해지고 만다. 수십 년이 더 흘러서라도 우리 자손들이 은퇴한 대통령들을 자랑스러워할 수 있다면 그 또한 소망을 넘어선 턱없는 욕심일까.

레오나르도 다빈치의 '최후의 만찬'은 한 사람을 모델 삼아 예수와 유다, 두 인물을 그렸다고 한다. 온화한 모델의 모습에서 예수를 그렸고, 그의 화난 모습에서 사악한 유다를 또 그려냈다고 했던 것 같다.

독재, 친인척 비리, 부정 축재……, 아직 임기가 남은 대통령에게서 제 손으로 뽑은 걸 후회하는 현실……. 유다에게서 미리 유다의 존재를 발견하지 못했으니 남는 건 자책과 후회뿐이다.

그늘진 면면들만 각인시키는 통치자들이 줄줄 뇌리를 스쳐 세차게 고개 흔든다. 그렇게 과욕이나 다름없는 사치스러운 생각일랑 접어버린다. 그들로부터 산으로 넘어가는 상념의 이동은 역전 버저비터처럼 호쾌한 반전이다.

마음만 먹으면 언제든 쉽게 선인봉, 만장봉 그리고 최고봉인 자운봉을 접할 수 있다는 건 헤아릴 수 없을 만큼의 큰 행복이다. 그래서 도봉산은 대가족이 모여 사는 가정처럼 다복하다.

접사接瀉, 오밀조밀한 꽃잎이나 곤충들의 생태에 근접해서 찍는 촬영을 표현하는 말이다. 정상부에 가까이 다가서면 오래 묵어서 퀴퀴하긴 하지만 코를 뗄 수 없을 정도로 정겨운 외할머니의 품이 느껴진다.

비릿한 젖내 풍기지만 모성의 진한 향수 때문에 그리워 콧등 시큰해지는 어머니의 가슴이 떠오른다. 아랫목 깊숙이 메주를 묻어 놓고 두 분 모녀가 마주 앉아 실타래를 풀고 또 감노라면 우리 형제는 다락방에 올라 바람 휑한 구석에서도 희희낙락 밤늦도록 나뒹군다. 신선대, 저기 자운봉에서 살짝 비켜선 신선대가 바로 그 다락방이다.

Y 계곡 건너면 그 아찔함에 먼저 죗값 치른 기분이 들어

포대능선과 합류하여 Y 계곡으로 간다. 왜 저들은, 또 나는 안전한 우회로를 두고 이 길로 들어서는 걸까. 산에서의 사고는 본인 실수나 부주의 때문이기도 하지만 가끔은 산이 사람을 어둠이나 벼랑으로 밀어낸다는 소리를 들은 적이 있다. 여기 오면 근거 희박한 그 말이 떠오르곤 한다.

그래서인지 Y 계곡의 오르막 정상에서 건너편 내리막을 바라보노라면 절로 다리에 힘이 들어간다. 건너가서 뒤이어 건너오는 이들을 보면 그 아찔함에 먼저 죗값을 치른 기분이 들 때가 있다. 특히 뒤따라 아슬아슬하게 건너오는 여성들을 보면 더더욱 그런 생각에 사로잡힌다.

산을 오르다 보면 종종 대한민국 아줌마들의 용기가 얼마나 대단한지를 실감할 수 있는데 그러한 느낌을 여실히 느

낄 수 있는 곳 중 하나가 여기 Y 계곡이다. Y 계곡에서 아줌마 부대는 대한민국을 대표하는 브랜드라는 걸 실감하고 또 공감하는 것이다.

역시 산은 누구에게나 가장 공평한 곳이라는 진리를 되새기기도 한다. 산 좋아 산 찾는 이들, 그네들 스스로 어디 남녀노소 따져가며 길 택하던가. 다소 가파른 오르막이면 쇠줄 꼭 잡아 몸 의지하고, 내리막 무너미고개 미끄러우면 보폭 줄여 발 내디디면 되지. 산만큼 차별 없는 곳이 세상천지 어디 또 있던가.

Y 계곡을 건너 신선대에도 많은 이들이 올라있다. 첩첩 주름 깊어 볕 들다 만 바위 봉우리의 어깻죽지는 채 녹지 않은 눈으로 인해 올리브유를 잔뜩 바른 보디빌더처럼 더욱 우람한 근육을 자랑한다.

초록에 지치고 붉음에 겨워 훌훌 털어버린 나목들은 흰 눈으로 다시 채워진 모습이고, 어느 시인의 말처럼 소나무는 한겨울에 그 푸름을 더하고 있다.

도봉 3봉이라 일컫는 자운봉(해발 739.5m), 만장봉(해발 718m), 선인봉(해발 708m)은 정상 등정을 제한한다. 일반 등산객이 오를 수 있는 최고봉인 신선대(해발 725m)에 오르니 멀리 백운대, 만경대, 노적봉과 아득히 문수봉, 비봉 등 북한산이 그림처럼 펼쳐진다.

그리 멀지 않으면서도 아득한 것처럼 원근감이 뚜렷한 북한산의 숱한 봉우리들이 서로 손 내밀어 악수를 청한다.

"손이 젖어 악수하기가 꺼림칙하네요. 곧 들를 테니 그때 인사들 나눕시다."
"그만치 떨어져서 보니까 가까이에서 보는 것보다 훨씬 좋구먼."

문수봉이 새해 인사치고는 씁쓰레한 말투로 질투심을 나타낸다. 북한산에도 봉우리마다 많은 등산객이 넘쳐날 것이다. 도봉산과 북한산은 거리 차에 무관하게 거기가 여기고, 여기가 거기다. 두 산을 번갈아 숱하게 다니다 보니 그런 느낌이 든다.

능선이 바뀌고 봉우리 하나 다시 넘어도 도봉산은 거침없이 이 계절의 매력을 발산 중이다.

포대능선에서 도봉 3봉을 지날 때도 그 빼어난 풍모에 수차례 걸음을 멈춰 섰겠지만, 능선 서쪽으로 들어서 주봉과 칼바위를 지나노라면 의연하고도 견고한 산세와 변화무쌍한 조망에 걸음을 재촉할 수가 없다. 사방 원근 두루두루 시선을 던져야 하기 때문이다.

도봉 주 능선을 지나면서 소귀 빼닮은 우이암을 점차 가까이하다가 오봉능선으로 돌면 또 다른 질감, 또 달라진 분위기에 빠져들게 된다. 다섯 봉우리 중 네 개의 봉우리가 머리 위에 상투를 튼 것처럼 바위 하나씩을 올려놓은 모습이다.

"생일이 가장 빠른 내가 먼저 장가가야 하지 않겠니. 원님 딸은 가장 형뻘인 내가 아내로 삼겠으니 너희들은 예쁜 형수 둔 걸로 만족해라."
"다른 건 다 양보해도 원님 딸만큼은 양보할 수 없어."

다섯 총각이 사는 고을의 원님에게 아주 어여쁜 외동딸이 있었는데 총각들 모두 원님의 딸을 사모했다. 누구를 사위로 삼을지 고민에 빠진 원님은 한 가지 묘수를 생각해냈다.

"이곳 우이령에서 저 산을 향해 바위를 던져 제일 높이 던진 사람에게 내 딸을 주마."

총각들은 밤낮없이 팔 힘을 길렀다. 그렇게 해서 총각들이 던진 다섯 개의 바위가 이곳에 떨어져 나란히 세워졌다.

"올해엔 더더욱 우의 있게 지내세요."
"올해는 우리 막내 장가를 보내야 할 텐데 중매 좀 서게."

초롱초롱한 매무새의 다섯 형제, 오봉(해발 660m) 중 장형은 새해 인사도 건너뛴 채 어려운 부탁을 한다.

"저 뒤에 어여쁜 여인네들이 오고 있으니 돌을 멀리 던진 여인을 고르시는 게 어떨까요."

오봉 중 상투가 없는 봉우리를 흘깃 보며 건성으로 내뱉고 등을 돌렸는데 뒤통수가 근질거린다. 올 때마다 자태를 달리하고 그 달라짐이 새로운 조화의 모습임을 깨닫게 하는 곳이 도봉산이다.

특히 오봉은 무작위로 아무렇게나 서 있는 것처럼 보이지만 보면 볼수록 어떤 틀에 의해 정연하게 세워진 것처럼 보인다. 카오스 이론을 떠올리게 하는 다섯 형제의 규칙 감과 거기 짙게 밴 형제애를 느끼게 한다.

사계절 다르지 않게 도봉산은 가슴 한복판을 톡 쏘아 속을 산뜻하게 해 준다. 맑고도 신선한 특유의 정기이다. 시간의 흐름에 따라 수시로 정지되곤 하는 현상에 대한 고정관념을 철저히 깨부수는 곳, 편협한 시각을 새로이 자각시키는 곳. 거기가 바로 도봉산이다.

그러하기에 수시로 찾아 탐심이라 할 만한 것들을 내던지고 정작 필요한 그 무엇으로 버린 자리를 채우게끔 한다.

"올핸 시집가셔야죠."

여성봉(해발 504m)으로 건너뛰니 혹한에도 여전히 부끄러움 없이 나신을 드러내고 있다.

"내가 결혼을?"
"저기…… 오봉 형제 중 하나가 아직 총각인데……"
"난 독신주의자야."

화강암인 봉우리 꼭대기의 타원형 구멍은 물리적, 화학적 풍화작용으로 생긴 풍화혈이라는 것인데 여성의 신체와 닮아 여성봉이라는 이름이 지어졌다.
여느 산의 비슷한 바위들이 대개 음지에 숨어있는 데 반해 도봉산 여성봉은 양지바른 산정에 떳떳하고도 과감하게 스스로를 개방하고 있다. 여성봉에서 바라보는 오봉은 바로 앞에서 보았을 때와는 또 다른 형상으로 늘어서 있다.

"올해도 막내 장가보내기가 쉽지 않겠네요. 혼자 사는 것도 결코 나쁘지는……"

그들 형제에게 독신을 합리화시킬 수 없어 말미를 얼버무리고 만다. 북한산 상장능선과 더 뒤로 백운대, 만경대, 인수봉의 북한산 정상부를 바라보고, 더 멀리 보이는 사패산과도 인사를 나눈 후 송추 오봉 탐방센터로 내려선다.

새해 첫날 산행을 하고 내려가는 이들의 표정이 너나 할 것 없이 밝다. 지금 그들의 표정처럼 올 한 해만큼이라도 누구에게나 시름이 덜어졌으면 좋겠다.

정치력이나 정부 행정력으로 이뤄내기 요원한 일들이 수두룩한 세상이지만 산에서의 느낌처럼 덜어낼 수 없는 걱정은 잊게 하여 속속들이 밝은 기운이 담아졌으면 좋겠다.

때 / 겨울
곳 / 망월사역 – 원도봉 탐방센터 – 심원사 – 다락능선 – 포대능선 –
Y계곡 – 신선대 – 도봉 주능선 – 주봉 – 오봉능선 – 여성봉 – 오봉
탐방센터

서해 강화도를 지키는 성산, 인천 최고봉 마니산

마니산은 국내에서 가장 기가 센 산으로 알려져 있다.
그래서인지 고도는 높지 않은데 다녀오면
그때마다 영험한 기운을 받는 것만 같다.
고개 들면 파란 천기가 온몸으로 스미는 것 같다.

강화도는 제주도, 거제도, 진도에 이어 우리나라에서 네 번째로 큰 섬이다. 인천광역시 강화군 내에 소재한 약 15개 섬 중 주도主島이다.

강화대교와 신 강화대교에 이어 초지대교의 연륙교로 이어져 서울을 비롯한 수도권에서의 섬 진입이 더욱 수월해졌다. 인천광역시 강화군을 행정 주소로 하는 강화도에는 마니산 외에도 진강산, 고려산, 혈구산, 별립산 등 400m대의 산들이 있다.

강화군 화도면에 소재한 마니산은 인천광역시에서 가장 높은 산으로 본래 고가도라는 섬의 한가운데 우뚝 솟아 있었는데, 강화도의 가릉포와 고가도의 선두포를 둑으로 연결하면서 강화도와 한 섬이 되었다고 한다.

위치상 한반도의 중앙인 마니산으로부터 한라산과 백두산까지의 거리가 같다고 한다. 1977년에 국민 관광지로 지정된 바 있다.

전국 체육대회의 성화가 채화되는 참성단

 오늘은 태영, 병소, 영빈, 세 친구와 함께 마니산을 좀 더 길게 걷는 코스를 잡아 화도면 동막리의 분오리 돈대 주차장으로 왔다.

 김포가 집인 태영이가 가양역까지 차를 몰고 와 수월하게 들머리까지 올 수 있었다. 주차장 곁에 분오리 어판장 버스 정류장이 있어 대중교통으로도 접근이 어렵지 않다.

 돈대墩臺란 평지보다 높은 곳에 보루처럼 축조한 일종의 성곽 시설이나. 주로 석이 침입하기 쉬운 요충지에 설치하여 포를 쏘거나 사방을 정찰할 수 있게 만들었다. 강화도에는 해안 중심으로 50여 개의 돈대가 남아있는데 분오리 돈대도 그중 하나다.

 마니산에 들어서기 전에 인천광역시 유형문화재 제36호인 분오리 돈대에 올라 본다. 조선 숙종 때 설치한 외곽 포대로서 다른 돈대들이 진이나 보에 속했던 것과 달리 분오리 돈대는 강화 군영에서 돈장을 별도로 설치하여 지키게 할 만큼 중요한 돈대였다고 한다.

 강화도의 대다수 돈대가 사각형이거나 원형인 데 반해 분오리 돈대는 자연 지형을 그대로 이용하여 축조해서인지 초승달 모양이다.

"병자호란을 겪으면서 강화도가 요새화되기 시작했어."

"인조 때 오랑캐한테 지독한 수난을 당했으니 그럴 만도 하지."

1636년 병자호란 이후 강화도를 한강 어귀의 요새로 만들고 해안경비를 강화하고자 1679년 숙종 때 48개의 돈대를 축조하였다.

한기를 거둬들이지 않고 내내 망설이던 겨울이 막 물러서려는 계절의 문턱에서 한껏 바람을 들이마시고 내려다보니 널따란 개펄 너머 수면 위로 신도, 시도, 모도가 나란히 떠 있고 동막 해변은 냉기 가득하여 적막하기까지 하다.

다시 주차장으로 돌아와 좁은 등산로를 찾아 축축한 낙엽을 밟으면서 마니산을 오른다. 제대로 정비되지 않은 등산로에 잔설이 남아있고 헐벗은 나목들 가지 틈으로 파란 하늘이 시리도록 맑아 보인다.

"아직 춥긴 하지만 봄기운이 물씬 풍기지?"

"꽤 추운 겨울이었어. 눈도 많았고."

"지난달에 오대산 종주하려다가 추워서 포기했던 걸 생각하면 난 지금도 떨려."

"그러고 보니 딱 그때 그 멤버일세."

연말 마무리 산행으로 오대산 환 종주 코스를 잡았었다. 상원사에서 비로봉을 올랐다가 상왕봉을 지나 두로령에서 더 이상의 진행을 멈췄다. 폭설과 체감온도 영하 20도가 넘는 추위에 두로봉과 동대산을 남겨두고 원점 회귀한 게 바로 두 달 전이다.

"그때 패자들이 다시 뭉친 거군."

최근의 추억을 새기며 오르다 보니 469m 봉과 참성단이 눈에 들어온다. 다소 험한 바위 구간을 우회하여 나무계단이 설치된 삼거리에 이른다. 700m 아래로 정수사가 있고 오른쪽 아래 1.8km 떨어진 함허동천을 통해 올라올 수 있는 곳이다.

'구름 한 점 없이 맑은 하늘에 잠겨 있는 곳'

함허동천은 조선 전기의 승려 기화가 정수사를 중수하고 여기서 수도했다고 해서 그의 당호인 함허를 따서 붙인 명칭이다. 계곡의 바위에 기화가 썼다는 함허동천涵虛洞天이란 글자가 남아있는데 구름 한 점 없이 맑은 하늘에 잠겨 있는 곳이라는 의미란다.

산과 물이 조화를 이뤄 빼어난 경치를 자랑하는 곳으로

71

계곡 아래에는 사계절 관광지로 잘 알려진 함허동천 야영장이 자리 잡아 캠핑 즐기는 사람들이 모여든다.

몇몇 친구들과 함허동천에서 야영하고 새벽 마니산에 올랐던 지난여름을 떠올리고는 469m 봉에 이른다. 469m 봉에서 보는 참성단에도 희끗희끗하게 겨울 흔적이 남아있다.

파란 하늘을 모자처럼 쓰고 능선을 걸어 참성단 중수비 앞에 선다. 참성단 개축 사실을 기록한 비문은 1717년인 조선 숙종 43년에 중수하였다는 걸 확인시킨다.

"북한산성도 숙종 때 개축했다던데."

"숙종 대왕이 꼼꼼했었나 봐. 그때 부실하게 허물어진 곳을 많이 손봤더군."

"하하하! 도성 방어를 강화하기 위함이었지만 말이 되는 얘기네."

14세에 즉위하여 46년간 재위한 조선 19대 왕이다. 왕권 강화를 위한 환국 통치, 남인을 축출하고 서인을 등용한 이른바 '삼복의 변', 후사를 위해 세 번째 얻은 왕비 장희빈으로 압축되는 숙종의 다양한 이미지가 비문을 읽으면서 세심한 일면을 부각한다.

참성단 중수비를 거쳐 마니산 표지목이 있는 일명 표지목 봉(해발 472.1m)에서 석모도의 해명산, 낙가산, 상봉산을 눈에 담는다.

"석모 대교가 개통되어 석모도 들어가기가 편해졌다는데."
"저 산들도 한번 다녀와야겠다는 얘기지?"
"봄엔 고려산 진달래도 보고 싶고."

번거롭게 배를 타지 않아도 갈 수 있는 곳이라 곧 방문하게 될 것이다. 곧 진달래가 만발할 고려산과 혈구산, 진강산까지 더듬어본다. 김포 쪽으로 오목하게 솟은 봉우리는 문수산이다.

여기서 조금 더 걸어가면 참성단塹星壇(사적 제136호)인데 봄과 가을에 단군이 하늘에 제사를 지내기 위해 쌓은 제단이라고 전해진다. 이곳에서 전국 체육대회의 성화가 채화되며, 매년 개천절에 단군에게 제를 올린다.

"줄자 가져왔지? 여기 좀 재봐."

단의 아랫부분인 기단基壇은 지름 4.5m의 원형이고 상단은 사방 2m의 네모꼴로 되어있다.

"언제 만든 걸까?"
"글쎄. 추정컨대……"

이 단의 축조 연대는 아직 밝혀지지 않아 확실치 않으나 대략 4000년이 넘는 유물일 것으로 추정하고 있다. 또한, 그 위치나 구조로 보아 천문대나 기상대와 비슷하여서 후세에 와서 이러한 용도로도 사용되었을 것으로 추정한다.

고려 권근의 '양촌집'에 태조 왕건 이전부터 단군에 제를 올렸다는 구절이 있으니 최소한 1000년이 넘도록 제사를 지내온 셈이다. 조선시대 도교 행사의 하나인 마니산 초제도 여기서 지냈었다.

고려사, 세종실록지리지, 태종실록 등의 기록에 의하면 마니산의 원래 이름은 우두머리라는 뜻의 두악頭嶽으로 민족의 머리를 상징하는 영산으로 칭해 왔다.

참성단은 11월부터 3월까지의 동절기에는 10시부터 16시까지, 4월부터 10월까지 하절기에는 9시 30분부터 16시 30분까지 개방한다고 적혀있다. 참성단 돌탑에 수령 150년이 넘는 것으로 추정되는 소사나무(천연기념물 제502호)가 균형 있게 가지런히 가지를 펼치고 있다.

장봉도를 내려다보고 멀리 영종도의 백운산을 가늠하고는 하산로 삼거리로 내려서서 매표소까지의 등산로인 단군로로 방향을 잡는다. 삼칠이(372) 계단을 내려선 후 전망대에 이르러 바다와 마을을 보다 가까이 내려다본다.

참성단에서 1.3km를 내려오면 단군로 갈림길이 나오고 얼마 지나지 않아 마리산 관광지 등산로 종점이란 팻말이 걸려있다. 우측 매표소로 내려서면서 마니산 산행을 마치게 된다.

마니산은 국내에서 가장 기가 센 산으로 알려져 있다. 그래서인지 고도는 높지 않은데 다녀오면 그때마다 영험한 기운을 받는 것만 같다. 고개 들면 파란 천기가 온몸으로 스미는 것 같다.

"아무 데나 돗자리를 펴도 먹고살 수 있을 것 같아."
"천기누설하면 한 끼도 못 먹고 벼락 맞는 수가 있어."

때 / 늦겨울
곳 / 분오리 돈대 주차장 - 469m 봉 - 표지목봉 - 참성단 - 372계단
- 단군로 - 매표소

광교산에서 청계산까지 다섯 산의 연결, 광청 종주

저 아래, 저 높이, 저 멀리서 성큼 다가오는
대자연의 무한 기운을 우리 가슴속에
한가득 부어 담고 우리 우정에 진득이 버무리어
그렇게 또 나아가세나.

수원 경기대학교 캠퍼스 후문 쪽에 있는 광교산 반딧불이 들머리에 네 명이 모여 스틱을 펼쳐 잡고 등산화 끈 조여 매니 이때가 아침 8시 경이다.

병소, 영빈, 계원 모두 표정들이 밝다. 광교산에서 백운산, 바라산, 우담산을 통과하여 청계산까지 약 28km를 걷게 된다. 10시간 남짓 걸어 어둑해질 무렵 청계산 아래 화물 터미널 쪽으로 내려서기로 했다. 다들 무사히 완주했을 경우의 전제이다.

광교산光敎山은 수원시 장안구와 용인시 수지구에 걸친 산으로 수원천의 발원이자 백두대간 한남정맥의 주릉이며 수원의 진산이라 할 수 있다. 북쪽에서 불어오는 겨울바람을 막아주어 풍수지리에서 바람을 가두고 물을 얻게 한다는 장풍 득수藏風得水의 역할을 한다고 할 수 있다.

넓고 크지만 평탄한 흙산이라 초반은 가볍게 시작할 수 있을 것이다. 비교적 더운 날씨지만 우거진 수림이 햇빛을 막아주어 체력 소모도 덜어줄 거로 판단된다.

올해 들어 첫 장거리 산행이다. 몸도 정신도 나태해지려 할 즈음에 자신을 스스로 보듬고 친구들과 목표를 공유할 수 있는 좋은 계기라 여겨진다.

열세 개의 봉우리, 수원, 용인, 성남, 의왕, 과천, 서울의 여섯 도시를 좌우로 접하며 걷는 긴 길이다. 그 길에 들어선다. 형제봉을 오르는 첫 계단을 내디디며 늘 그랬던 것처럼 무탈한 안전산행을 기원한다.

"바라옵건대 오늘의 산행이 우리 네 사람 모두의 몸에 무리 없이, 마음은 더욱 풍요하게, 거기 더해 자연의 정기까지 듬뿍 담아 오늘 이후 새로운 에너지로 작용할 수 있도록 해주소서."

"그래서 5월에 아름답지 않은 산은 어디에도 없어."

경기도 안성의 칠장산에서 북서쪽으로 뻗어 김포 문수산까지 이어짐으로써 한강 본류와 남한강 남부 유역의 분수령을 이루는 산줄기를 한남정맥이라 하는데 곧 이르게 될 형제봉과 광교산, 백운산이 거기 해당한다.

박재삼 시인의 '산에서'가 서두르지 말라며 걸음을 멈춰

세운다. 묵직한 메시지를 안겨주는 팻말 앞에서 시를 음미
하고 산을 되뇐다.

그 곡절 많은 사랑은
기쁘던가, 아프던가.
젊어 한창때
그냥 좋아서 어쩔 줄 모르던 기쁨이거든
여름날 헐떡이는 녹음에 묻혀 들고
중년 들어 간장이 저려오는 아픔이거든
가을날 울음 빛 단풍에 젖어들거라.
진실로 산이 겪는 사철 속에
아른히 어린 우리 한평생
그가 다스리는 시냇물로
여름엔 시원하고
가을엔 시려 오느니
사랑을 기쁘다고만 할 것이냐,
아니면 아프다고만 할 것이냐.

고려 야사에 전해 내려오기를 광악산 혹은 광옥산으로 불
리다가 고려 태조 왕건에 의해 광교산으로 바뀌었다고 한
다. 서기 928년 왕건이 후백제의 견훤을 정벌하고 돌아가
는 길에 광옥산 행궁에 머물며 군사들을 치하하던 중 하늘
로 솟아오르는 광채를 보고 부처님의 가르침을 주는 산이
라 하여 친히 광교라고 이름 붙였다는 것이다.

"광교산에 올라와서 보니 왜 도시 이름을 수원水原이라고 했는지 알겠군."

영빈이가 광교저수지에서 시선을 떼며 말했는데 역시 산 주변에 저수지가 유난히 많기 때문이다. 정상인 시루봉(해발 582m)에서 내려서면 두 그루의 큼지막한 노송 옆으로 자그마한 통나무집이 한 채 세워져 있는데 노루목 대피소이다.

재작년 하얗게 눈 덮였던 노송의 자태가 그럴듯했었다. 수원 8경 중 광교 적설光敎積雪을 으뜸으로 꼽는다니 한겨울 따로 시간을 내어 이 산을 걸으며 하얀 여백을 음미해봐야겠다는 생각이 든다. 통신대(송신소)를 지나면서 광교산을 벗어나 다음 백운산으로 넘어서게 된다. 한남정맥을 쭉 둘러본다.

"우리나라는 눈길 닿는 곳마다 산이 뻗어있어서 좋아."
"은행에 쌓인 돈뭉치를 보는 것보다 훨씬 넉넉해지지?"
"아무렴. 유동자산보다 부동산이 훨씬 효율적이지."

꽃과 신록의 어우러짐, 진초록과 진분홍, 바이올렛violet의 조화로움을 눈여겨보라. 꽃은 아름답다. 꽃보다 더 아름다운 건 신록이다. 신록은 산의 얼굴이며 상징이다.

"그런 게 은행엔 없잖아."

"그래서 5월에 아름답지 않은 산은 어디에도 없는 거야."

먼저 산에 다녔다고 해서 아는 척하면 들어주고, 정확하지 않아도 먼 산 가리키며 설명하면 고개 끄덕여준다. 기특한 친구들이다. 산을 벗어나면 언제 그랬느냐는 양 따져 묻고 들이대겠지만.

두 해전에 흙더미, 눈 더미 마구 뒤섞인 이곳 한남정맥 주능선은 싸늘한 한기 가득해서 더욱 멀고 고독한 길이었었다. 지금 광활한 수림의 짙은 초록은 에너지 활기차게 뿜어내고 더더욱 친구들 함께하니 어디인들 힘들쏜가. 저 아래, 저 높이, 저 멀리서 성큼 다가오는 대자연의 무한 기운을 우리 가슴속에 한가득 부어 담고 우리 우정에 진득이 버무리어 그렇게 또 나아가세나.

백운산白雲山 정상 지대에는 백운호수 쪽에서 올라온 등산객들로 붐빈다. 백운산(해발 567m)은 의왕시 관할이니 수원과 용인을 지나온 셈이다. 정상 공터에 모인 이들은 하나같이 신록의 향연에 심취된 모습들이다. 환하다.

다시 걸음 내디뎌 백운산과 바라산을 잇는 고갯길, 완만한 능선을 걸어 고분재까지 간다. 백운산과 바라산을 잇는 소담한 산길에 의왕대간이란 이정표가 자주 눈에 띈다.

고려가 망한 후 충신들이 도읍인 개성에서 이곳으로 몸을 피해 왕王 씨를 모시고 기리고자 왕의 획이 들어간 의義 자를 써서 의왕이라 했다는 설이 전해진다. 그래서 의왕시도 생긴 듯한데 고려 말부터 조선 초의 일화가 유독 많은 곳이 이 부근의 산들이다.

고려 때 안렴사를 지냈던 조견은 그의 형 조준이 이성계를 도와 1392년 조선이 건국되자 청계산으로 들어갔다. 태조 이성계가 벼슬을 내리고 여러 번 불렀으나 응하지 않고 여생을 마친다.

"내 묘비에 고려 때의 벼슬만 적고, 조선 때의 훈명은 적지 말도록 해라."

그렇게 유언하고 눈을 감았는데 자식들은 후환이 두려워 개국 이등공신 조견 지묘라고 묘비를 세웠다.

"그런데 그날 밤 벼락이 쳐 개국 이등공신이라는 글자만 부서졌다더군."
"하늘이 조견의 손을 들어준 셈이야."

살다 보면 똑같은 상황이 재현된다고 해도 또다시 그렇게 할 수밖에 없는 경우가 종종 있다. 현실을 꺾고 뒤틀어서도 바꿀 수 없는 것은 받아들일 수밖에 없는 필연이고, 거스를 수 없는 운명이다.

조견 또한 굴절된 삶에 휘둘리다 스러지는 걸 현실로 받아들이지 않고 자신의 신념을 고수하여 필연적 운명을 맞이한 인물이었다.

백운호수를 시계방향으로 끼고돌면서 우담산으로

잠시 고려와 조선의 간극에서 벌어지는 충절과 배신을 새겨보다가 바라산으로 향한다.

바라산(해발 498m)은 망산望山이라 불렸었는데 고려 수도 개성을 바라본다는 의미를 풀어 바라산이라 지었다고 한다. 안개가 걷히지 않아 개성은 시야에 없고 산 아래로 백운호수가 보인다. 백운호수를 시계방향으로 끼고돌면서 우담산으로 향하게 된다.

바라재로 내려가는 24절기 철제 계단, 365 희망 계단이라고 명명한 이 계단은 1년 365일을 15일 간격으로 구분한 24절기를 소재로 이곳을 오르는 등산객들의 건강과 희망이 이루어지기를 바라는 마음으로 만들었다니 감사한 일이다.

동지부터 소한까지 365개의 계단을 내려서서 돌아보면 성큼 한 살을 더 먹은 느낌이 든다. 광교산 들머리부터 대략 10km를 지나온 셈인데 아직은 다들 끄떡없어 보인다. 내려온 만큼 올라가는 곳이 산이다. 바라재에서 다시 고도를 높이게 된다. 뙤약볕 능선이 거의 없다는 것이 오늘 산행의 큰 복이다.

"자, 여기서 점심 먹자."

우담산 정상 지척에 자리 잡고 배낭을 푼다. 한 상 가득 진수성찬을 차려 점심을 먹는다.

"산에서의 즐거움 중엔 먹는 일도 크게 차지하지."
"난 그게 전부인 거 같아."
"그래, 넌 산에 다니면서 살이 더 붙었어."

노동이나 훈련에 휴식이 없다면 얼마나 고되겠는가. 산행을 잠시 멈추어서 바리바리 챙겨 온 먹거리를 나눠 먹는 건 그럴듯한 만찬 못지않다. 산에서는 갈증을 느끼기 전에, 허기를 느끼기 전에 물을 마시고 음식물을 섭취하는 것이 옳다.

그런데도 먹는 모습들을 보니 식사가 조금 늦었나 보다. 너무 맛있게 먹는다. 어렸을 적 소풍 나와 먹는 것처럼 맛있다. 한 시간여 정찬을 즐기고 바로 우담산(해발 425m)에서 네 번째 인증 사진을 박는다.

볕 뜨거운 산정, 지치고 땀 젖었어도 카메라 앞인지라 미소 띠면서 서로를 다감하게 끌어안는다.

푸릇한 생동, 환희의 빛이 가슴에 자리하고 눈에 들어찬다. 멀리 눈길 던져도 튕기듯 반사되어 돌아온다. 그 되돌림 속에 시름과 한숨이 사라지고 미소와 긍정, 그리고 삶의 참한 미소가 풍성하게 담겼으면 좋겠다.

거리상으로 딱 반 정도 왔다고 할 수 있는 영심봉을 지나 하오고개로 내려간다. 그리고 폭 높은 나무계단을 내려가서 우담산과 청계산을 잇는 교각, 외곽순환도로를 가로지르는 다리를 건넌다. 식사 후의 산행길이라 피로하고 지칠 법도 한데 한 치의 망설임 없이 고행을 이어간다.

다섯 산의 끝은 이루 형언할 수 없는 감격이어라

이제부터는 다섯 번째 청계산으로 접어든다. 고려 말 목은 이색은 청계산의 옛 이름 청룡산을 이렇게 읊었다.

청룡산 아래 옛 절
얼음과 눈이 끊어진 언덕이
들과 계곡에 잇닿았구나
단정히 남쪽 창에 앉아 주역을 읽노라니
종소리 처음 울리고 닭이 깃들려 하네

친구들과 함께 크게 심호흡을 한다.

"여기 국사봉 오르는 길이 오늘 산행코스 중 가장 가파른 구간이야."
"힘들어 보이네."

영빈이가 갈 길을 올려다보고는 좌우로 몸을 비틀어 스트레칭을 한다.

"앞장서게나."

중턱에 닿자 갑작스레 몰아치는 바람에 진달래 마른 꽃잎이 떨어진다, 오다 만 봄이거늘 한여름 재촉하나 싶어 오던 길 돌아보니 곳곳마다 초록으로 속속 물들이는 중이다.

장딴지 묵직해 오지만 시시 때때 관계없이 가는 길 무릉도원인 양 여겨지는 건 사랑하는 벗들과 산을 통하고 있기 때문이다. 함께 의기투합해 목표한 바에 점점 다가서기 때문이다. 술이 맛있어 혼자 마시겠는가. 원수와 술자리 함께 하는 일이 흔하겠는가.

그 자리에 내가 사랑하는 이, 나를 좋아하는 이가 있으므로 해서 술맛 거나하고 얼큰하게 취기 오르는 것 아니겠나.

그들과의 산길은 숨이 목까지 차올라와도, 온몸이 땀에 젖었어도 마냥 가볍고 싱그럽기만 하다.

쏟아지는 졸음을 떨쳐내고 청계산 첫 봉우리, 국사봉(해발 542m)에 닿는다. 화강암 기단 위에 커다란 바위를 올린 정상석을 보며 그제야 굽었던 허리를 곧게 편다.

숨을 고르고 스트레칭도 하고는 또 고려 멸망의 시간대로 이동해본다.

"나라가 망했는데 목숨을 부지하는 건 개와 다름없다."

고려 충신 조윤은 그래서 고려 멸망 후 자를 종견從犬이라 지었다. 개는 그저 주인을 연모할 뿐이라는 의미이다. 진정한 충신의 오롯한 충심을 어떻게 가늠하겠는가마는 국사봉과 망경대를 오가며 망국의 슬픔을 곱씹었을 조윤의 가슴속이 얼마나 찢어지고 망가졌을지는 헤아려지고도 남음이 있다. 국사봉國思峰은 그렇게 나라를 생각하는 마음을 담아 명명된 곳인데 낮지만 넓게 뻗은 소나무의 푸름이 충절을 대변하듯 의연하게 정상석을 지키고 서 있다.

"정 힘들면 여기서 탈출해."

여기서 청계사 쪽으로의 하산로가 있지만 지나쳐 이수봉으로 간다.

"여기서 포기하면 내 호를 종견이라고 해야겠지."
"후유, 개처럼 기어서라도 가자고."

다소 길긴 해도 청계산 하나를 남기고 중도 탈출을 시도
할 수는 없다는 눈빛들이다. 다시 예정대로 행군한다.

이수봉二壽峰(해발 547m)은 조선 연산군 때 세자 시절 연
산군의 스승이던 정여창이 무오사화에 연루되어 이곳에 숨
어 두 번 위기를 모면했다고 지어진 명칭이다. 그의 호 일
두一蠹도 한 마리 바퀴벌레라는 자괴적 의미를 지닌다.

정몽주, 김굉필과 함께 성리학의 대가로 칭송받았던 일두
정여창 선생은 갑자사화가 일어난 1504년에 죽은 후 다시
부관참시를 당했으니 두 번 살아나 두 번 죽임을 당한 셈
이다.

그는 온갖 동물들이 드나들어 오막난이굴이라고도 불리는
청계산 마왕굴에서 은거하다 밤이 되면 망경대 정상의 금
빛이 감도는 샘물인 금정수를 마시며 갈증을 달랬다.

"정여창 선생이 부관참시를 당하자 달빛을 받아 금빛을
발하던 샘물이 핏빛으로 변했다고 하지."

그 후 1506년 중종반정으로 연산군이 물러나고 복관이 되자 붉어진 샘물은 다시 금빛으로 돌아왔다고 한다.

당시의 정사와 야사가 뒤섞여 많은 이야기를 뽑아내는 이수봉 너른 터에 옛골이나 절 고개에서 올라온 등산객들이 삼삼오오 모여 앉아 식사한다.

여기서 충분히 휴식을 취한 후 망경대 갈림길을 지나 석기봉에서 바위 구간을 우회하여 청계산 주봉인 망경대望京臺(해발 615m)를 찍는다. 이곳 또한 조윤이 이성계를 피해 여기서 막을 치고 고려 수도 개성을 바라보며 망국의 한을 달랜 곳이다.

"저 물이 금정수인가?"

바위 밑에 금빛도, 핏빛도 아닌 샘이 조그맣게 고여 있다.

"아마 그럴 거야."

혈읍재에 닿자 다시 정여창이 등장한다. 성리학적 이상 국가의 실현이 좌절되자 청계산에 은거했던 그가 망경대 아래 고개를 넘다 통분해 울었는데 그 울음소리가 산 멀리까지 들렸다 하여 후학인 정구가 피눈물을 뜻하는 혈읍재라 명명했다고 한다.

청계산은 조윤이나 정여창의 일화에서 보듯 도피 혹은 은 둔의 장소였나 보다. 고려 말 포은 정몽주, 야은 길재와 함 께 삼은三隱의 한 명인 목은 이색이 이 산에서 숨어 살았 고, 추사 김정희도 제주도 귀양살이에서 풀린 뒤 옥녀봉 아 래에서 말년을 지냈다고 하니 말이다.

긴 길을 걸어와 막바지 청계산을 지나면서 문득 제로섬 게임 zero sum game의 이론이 떠오른다. 해외 원정도박 으로 재산을 탕진했다거나 인터넷 도박으로 물의를 일으키 는 유명인들이 화두에 오르곤 했다.

고스톱이나 포커 게임 등은 누군가가 따면 반드시 그만큼 잃은 사람이 있게 마련이다. 그들 간에 따거나 잃은 돈의 합은 거기 참가한 사람들의 주머니에서 나온 돈의 액수와 같다. 딴 사람은 희희낙락 웃고 있지만, 그 웃음은 바로 옆 사람의 자조적 한숨인 것이다.

동서고금을 막론하고 새 정권이 기존의 정권을 뒤엎고 들 어서는 허다한 사건들은 고려가 조선에 넘어가는 과정처럼 승자와 패자가 극명하게 판가름 나는 win-lose게임이다. 시대의 음지로 물러선 정몽주, 조윤, 정여창, 이색 등과 달 리 동시대를 풍미했던 정도전, 이방의, 배극렴 등은 개국공 신으로 새 시대의 주도권을 쥐게 된다.

다 같이 win-win이 될 수 없고 게임에 참가한 이들의 이

익과 손실을 모두 합하면 그 합이 반드시 '0'zero이 되는 제로섬 게임을 떠올리고 만다.

어찌 되었건 청계산은 지조와 절개의 터전으로 그 유래에 깊이 스며들어 좋은 느낌을 지니고 싶은 곳이다. 지금은 도심의 허파이자 커다란 쉼표 역할을 하는 청계산이다. 그런 산이 패자의 음지로 폄하되는 게 싫다고나 할까.

혈읍재를 지나면서 지친 기색들이 나타나기 시작한다. 이젠 다 같이 완주한다는 의미가 그리 쉽지 않은 일이라는 걸 실감할 즈음이다. 힘에 부친 일행을 달래고 설득하여 억지로 동행한다는 건 어리석은 일이다.

"좀 더 가보고……."
"얼마나 더 가야 하지?"

힘들면 혈읍재 아래 샛길로 빠져 옛골로 하산할 수 있음을 부언했지만 딱 부러지게 응하지 않고 가는 데까지 가보잔다. 매봉(해발 583m)에서 숨을 돌리고 매바위로 이동했다가 1240계단을 내려선다.

돌문 바위에는 청계산 정기를 듬뿍 받아 가라고 적힌 팻말이 세워져 있다. 지닌 정기나마 흘리지 않고 남은 길을 가면 다행이다. 그 마지막 힘을 뽑아 원터고개를 지나 오늘 산행의 마지막 봉우리 옥녀봉(해발 376m)까지 내달았다.

전국 수많은 산에 옥녀봉이라는 이름의 봉우리가 있다. 내려오는 전설도 이루 헤아릴 수 없을 정도로 많다. 청계산의 옥녀봉은 봉우리 모양이 예쁜 여성처럼 보인다고 해서 붙여진 이름이다. 평소엔 그런 것도 같았는데 오늘은 옥녀봉의 미모가 딱히 눈에 들어오지 않는다.

정부 과천청사, 경마공원 등 과천시 일대를 내려다보고 마지막 하산 길에 접어든다. 서서히 서녘으로 붉게 노을이 물드는 시간이다. 화물터미널 갈림길을 지나 통나무계단을 내려서면서 양재동 화물터미널 날머리에 도착한다.

"실로 감탄을 금하지 않을 수가 없어. 모두 수고했어."

하루 꼬박 걸리는 장거리 산행이 처음인데도 다들 큰 무리 없이 완주했다는 게 대단하다. 비교적 빠른 보폭이었음에도 전혀 거리 간격 없이 동반 완주했다는 게 놀랍다.

"그대들과 함께 다섯 산을 종주해서 행복했고 앞으로 더욱 많은 추억을 함께 쌓아 올릴 수 있어 행복하다네."

친구들의 뿌듯한 표정을 보면서 이루 형언할 수 없는 감격에 젖는다.

국사봉 거쳐 이수봉 지나도록 햇살 아직 뜨거운데
매봉 아랫길 일천이백사십 계단 밟아 옥녀봉 이르니
희뿌연 하현달 놓칠세라 에메랄드 황혼 뒤쫓누나.
이른 초저녁별 물 양 산새 한 마리 공중으로 치솟더니
막 지나온 옥녀봉 서둘러 어둠 뿌려 날머리마저 지우누나.
어둠 가린들 그 산 그대로인걸
세월 흐른 들 갈 산 거기 그대로인걸
내키면 신발 끈 조여 매고 나서면 반기는 곳
거기가 산,
거기가 희망,
거기에 바로 추억 있지 아니하던가.

때 / 봄
곳 / 수원 경기대학교 후문 – 문바위 – 형제봉 – 양지재 – 종루봉 –
토끼재 – 광교산 시루봉 – 노루목 – 통신대 – 억새밭 – 백운산 – 고
분재 – 바라산 – 365 희망 계단 – 바라재 – 우담산 – 영심봉 – KBS
운중 송신탑 – 하오고개 – 국사봉 – 이수봉 – 헬기장 – 석기봉 – 청
계산 망경대 – 혈읍재 – 매봉 – 매바위 – 옥녀봉 – 양재동 화물터미
널

천마산, 석 자만 더 손이 길면 푸른 하늘을 만질 텐데

얼마만큼의 미움이 합쳐지면 증오라 할 수 있는 걸까.
밤낮없이 우는 그녀의 눈물 탓일까.
원수들과 같은 지역에 묻힌 그녀의
묘소에서 습한 물기가 젖는 듯하다.

하늘이 푸른가, 그렇지 않은가의 구분. 시계視界가 어디까지 되느냐의 척도는 천마산에서 가장 명쾌한 해답을 얻는다. 여름 천마산에서 특히 그렇다.

"저 산의 이름이 무엇이냐?"

고려 말, 이성계가 사냥을 나왔다가 지나가는 촌부에게 천마산을 가리키며 물었다.

"저희 마을에서는 그냥 저 산이라고 부릅니다."
"가는 곳마다 청산이 많지만, 저 산은 꼭 푸른 하늘에 홀笏을 꽂아놓은 것 같도다. 손이 석 자만 더 길면 저 끝에서 하늘을 만질 수 있겠구나.手長三尺可摩天"

이성계는 천마산을 보고 그렇게 읊었다. 천마산天摩山이라는 이름의 유래이기도 하다. 1983년 군립공원으로 지정된 천마산은 경춘가도 마치고개에서 북쪽으로 3km 지점인 경기도 남양주시에 있는데 산세가 험하고 조잡하다 하여 예로부터 소박맞은 산이라는 별칭을 지니기도 했었다.

경춘선에 천마산 역이 개통되면서 천마산 접근이 한결 수월해졌다. 수년 전 평내호평역에서 내려 천마산 진입로 중한 곳인 남양주시 호평동에 소재한 수진사에서 올라간 적이 있었다.

훌훌 털어내면 오늘이 영원이고 내일도 찰나의 이음이니

천마산 역에서 하차하여 2번 출구로 나오면 천마산 등산로 표지를 볼 수 있다. 병소, 노천, 동수, 인섭이와 천마산 역에서 만나 함께 산행한다.

천마산 역에서 250m 정도 걸어와 정상까지 3.1km라고 표시된 이정표를 보게 되는데 이곳이 가장 최근에 개설된 천마산 역 등산로이다.

우거진 숲길로 들어서면 초입부터 심한 비탈이다. 여기저기 도토리가 떨어져 있고 야생화도 곱게 피어 걸음 멈춰 허리를 굽히게 한다. 꽤 가파른 산길이지만 초록 짙은 숲 내음도 좋고 느슨하게 이어지는 산길도 좋다.

"좋은 산길일세."

"이성계가 느꼈던 것처럼 확 트인 푸른 하늘이지?"

"그렇군. 어느새 가을이 성큼 다가왔어."

숲을 뚫고 쏟아내는 찬연한 하늘빛을 쬐며 오르다 보면 그늘을 걸을 때와는 다른 나직한 감정이 들어찬다. 막바지 사력을 다해 열기마저 식은 빛을 쏟아내는 여름의 끝은 처절한 슬픔이다.

검정 한지를 구멍 낼 양 투사投射의 치열한 몸부림은 차라리 애절하다. 딱히 슬플 일이 없는데도 깨질 것만 같은 푸름, 먼 산까지 시야에 들어차는 늦여름 청명한 천마산이 애잔한 감성을 자아내게 한다.

온 세상 눈부시도록 발광하며 저 자신을 태워 붉은 가을로의 인수인계를 게을리한들 무얼 얻을 텐가. 이미 나무들은 제 살을 도려내고 수풀 여기저기 멍들어 붉다가 검어지기 시작하는걸.

빼앗기기 전에 놓아버리면 계절 바뀌는 과정도 순탄하련마는 책장 하나 넘기듯 가벼이 보내기엔 아쉬움이 잔뜩 남는가 보다. 훌훌 털어버리면 오늘이 영원이고 내일도 찰나의 이음에 불과하단 말을 계절 연결에 빗대기엔 무리가 있는 걸까.

초록 붉게 물든다고 그게 무어 그리 대수일까.
초록 물 다 빠지기 전에 따로 떨쳐낼 게 있어 흠이지.
내내 지니고 다니면서 여간 신경 쓰이는 게 아니었잖은가.
손 닿지 않아 더 가려운 등짝처럼 내내
움찔거리게 했잖은가 말일세.
이제 저 산자락 너머로 훌훌 날려버릴 때도 되잖았나.
지녀 병 되고, 안아 독이 될
그 해묵은 집착 말일세.

수림 사이로 천마산 정상이 모습을 드러내면서 잠시 완만
하던 길이 다시 고도를 높이다가 돌길로 들어서게 된다. 숲
이 열리면서 용문산 백운봉과 가섭봉도 시야에 잡힌다.

많은 이들이 물을 찾아, 계곡 찾아 몰려들었을 양평의 여
름도 서서히 정리되는 것처럼 느껴진다. 발아래 뜨거운 열
기에 휩싸였던 남양주시 일대도 차분히 가을 맞을 준비를
하는 것 같다.

옛날 양주에 속했던 남양주시는 그 일대가 옥수와 수목이
무성한 유원지이자 곳곳이 유적지이며 또한 왕릉이 많기로
유명한 지역이다.

"조선왕조는 왕이 서거하면 도성에서 사방 100리를 벗어
나지 않고 강을 건너지 않는 곳에 왕릉을 조성하였다더군."
"100리면 40km이니까 딱 양주와 남양주 인근이네."

"그렇지."

이러한 요건을 충족할 수 있는 곳은 오직 양주를 비롯한 한양 북쪽의 몇몇 고을이었고, 그중에서도 양주는 가장 우선하여 왕릉이 조성되는 곳이었다.

"그러고 보니 건원릉이랑 광릉이 이 부근에 있지."

태조 이성계의 건원릉을 비롯하여 그 후로도 여러 왕릉이 양주 땅에 마련되었던 것은 그러한 이유에서다. 양주에 왕릉이 조성되었다는 건 그만큼 양주가 살아서나 죽어서나 살만한 땅이었다는 반증 이리라.

수백 년은 족히 되었을 성싶은 아름드리 고목들이 울창한 숲을 이뤄 한여름 무더위마저도 말끔히 씻어주는 곳, 그래서 삼림욕을 겸해 사람들의 발길이 끊이지 않는 국립수목원이 그곳에 있다. 그곳 숲길의 청신한 기운이 늘 푸름의 산소를 한량없이 뿜어낸다.

"광릉과 사릉이 인근에 있다는 건 아이러니해."
"잔인한 면도 없지 않지."

광릉은 조선 7대 왕, 세조와 정희왕후의 능이다. 광릉에서 퇴계원을 지나 남양주시청 쪽으로 약 10km쯤 더 가면 사릉이 있다.

믿고 의지했던 작은아버지 수양대군에게 왕위를 빼앗기고 그것도 모자라 죽임까지 당한 단종, 그 단종의 슬픔을 가장 가까이에서 곱씹으며 82성상을 살아온 이가 단종의 비 정순왕후다.

얼마만큼의 미움이 합쳐지면 증오라 할 수 있는 걸까. 밤낮없이 우는 그녀의 눈물 탓일까. 원수들과 같은 지역에 묻힌 그녀의 묘소에서 습한 물기가 젖는 듯하다.

열다섯 나이에 왕비가 되어 뭇사람들의 부러움을 사기도 했지만 열여덟에 신랑인 단종을 잃고 청상과부가 된 정순왕후는 남편과 사별하고도 60여 년을 원수들의 부귀영화를 보며 살아야 했다.

그리고 죽어서까지 같은 하늘 밑, 그 원수들과 지척에 있으니 이 얼마나 비통한 운명인가. 감각을 잃지 않고서야 그렇게 오래도록 참음만으로 살아갈 수 있을까. 드러내지도 못하고 평생 곱씹었던 미움이야말로 증오였지 않을까 하는 생각이 든다.

하늘을 올려다보니 모든 감각과 핏기마저 잃어 냉소조차 머금지 못하는 여인이 그런 모습의 눈으로 내려다보는 것 같아 뼈마디가 시려 오는 것만 같다.

숲은 너나 할 것 없는 공존의 틀

다시 밧줄이 설치된 바윗길과 오솔길을 지나고 긴 계단을 올라 숨을 고른다. 또 한 번의 바위 구간을 치고 오르자 태극기가 펄럭인다.

천마산 정상(해발 812m)이다. 천마산에 안개가 걷혀있는 건 오늘 세 번째 만에 처음이다. 여기서 보는 불암산과 수락산이 새롭다. 도봉산에 올라보게 되는 한결같은 모습이 아니라 더욱 반갑다.

운길산에서 적갑산을 거쳐 예봉산에 이르는 마루금이 요란스럽지 않고, 하남의 검단산도 그 옆으로 차분하게 선을 긋고 있다. 방향을 돌려 철마산, 주금산, 서리산과 운악산까지 파란 하늘을 떠받치고 있다.

"저기 저 산들이 있어 행복하지 않니?"
"산더미에서 돈더미를 보는 듯한 네가 부럽다."
"하하하!"

눈에 잡히는 산들을 두루 돌아보며 그들과의 추억을 더듬어본다. 숱한 여정이 파노라마처럼 펼쳐진다. 주말 아침에 눈을 뜨면 마음 내키는 대로 아무 곳이나 갔었다. 도봉산을 가려다 전철역 한 구간을 지나치면 수락산으로 향했고, 운길산을 오르려다 맘 바뀌면 예봉산이나 예빈산으로 오르곤 했다. 가까이에 속속 이 산들이 있어 풍요로웠고 지금도 그러하다.

아래로 오남저수지가 시야에 잡히고 천마산의 명물인 스키장도 아주 가까이 슬로프를 뻗어 내렸다. 250m 플라스틱 인조 슬로프를 갖춘 사계절 전천후스키장인 스타힐 리조트는 수도권 스키마니아들이 야간에도 즐겨 찾는 곳이다.

정상에서의 하산은 다소 편한 길을 택한다. 전망대에서 잠시 마석 일대를 내려다보고 임꺽정 바위로 내려선다. 안내판에 임꺽정이 이곳에 본거지를 두고 마치고개를 주 무대로 활동했다고 적혀있는 걸 보니 임꺽정의 활동 영역은 엄청 넓었었나 보다. 양주 불곡산, 파주 감악산에도 그의 이름을 딴 봉우리가 있으니 말이다.

아담한 억새밭을 지나고 임도를 따라 걷다가 천마의 집에서 숲길로 들어선다. 참으로 잘 정비된 등산로라는 느낌을 받는다. 임도와 계단, 숲길이 모두 깔끔한데 등산로를 살짝 비켜서 쓰러진 나무를 보게 된다. 고사되어 쓰러진 나무에 곱게 버섯이 피어있다.

"나무는 죽어서도 제 몸을 내주어 버섯을 피게 하는군."
"역시 숲은 너나 할 것 없는 공존의 틀이야."

"공천 못 받는다고 바로 당을 옮기는 정치판이랑 확연하게 비교되네."

신뢰가 무너지고 배신이 난무하는 요즈음의 선거판을 떠올리자 불현듯 나란히 걷고 있는 두 마리의 이리가 아른거린다. 한 마리는 앞다리가 길고 뒷다리가 짧은데, 다른 한 마리는 그 반대다. 두 짐승이 나란히 걸으며 애써 균형을 맞추려 하지만 결국 두 마리 모두 자빠지고 만다. 그러자 그때부터 서로 먼저 일어서려 상대를 누르고 할퀸다. 작위적인 맞춤의 요철에 균열이 생기더니 급기야 깨지고 만다.

건국 이래 70년이 넘도록 우리 정치판은 겨우 같은 고향, 같은 학교 따위의 인연을 큰 결속인 양 내세워 유유상종 모이더니 결국 억지 묶음이자 어설픈 하나였음을 증명하지 않았던가. 그 섞임은 하나가 된 게 아니라 하나처럼 목적만 공유하고 있었다는 걸 거듭 확인시켜왔었다.

"살아가면서 누구와 어떤 관계냐 하는 건 그다지 중요하지 않아. 중요한 건 신뢰라고 봐."
"맞아. 진정한 마음이 오갈 수 있는 믿음이 중요하지."

국민 대통합을 공약하면서도 자기 지지층만 규합하는 자를 어찌 국민의 대표로 선출할 수 있을까. 진정 중요한 게 배

제된 채 억지 연출로 조작된 삶에 금이 가면 가장 빨리 드러나는 건 역시 본성이다.

나약하고 허망하기 이를 데 없는 인간의 본성. 세상을 속이고 상대를 밟고 일어서야만 권력을 쟁취할 수 있다는 그네들의 속성에서 낭패狼狽의 어원을 떠올리다가 다시 숲을 둘러보니 마치 어둠을 뚫고 나오는 여명을 보는듯하다.

아무렇게나 마구잡이로 자리를 차지한 것처럼 보일 때도 있지만 숲은 그 상태에서 질서를 유지하고 있다. 서로가 상생할 수 있는 고귀한 질서를. 그리고 그 틀 안에서 강인한 생명을 창조하고 또 유지해낸다. 저는 죽어가면서도 버섯을 피워내고 다른 나무의 둥지를 튼실하게 해 준다.

수진사로 내려서면서 천마산을 올려다본다. 하얀 구름이 푸른 하늘을 가볍게 이고 천마산을 유영하고 있다. 캔버스를 펼치고 붓질이라도 하고픈 평화로운 광경이다. 내려와 세상을 둘러보니 칙칙한 잿빛이다.

하얀 캔버스에 그리고자 한 건 투명하고 평화로운 하늘이다. 그런데 붓을 놓자 캔버스에는 먹물이 번진 것처럼 침침한 먹구름이 그려져 있다.

권력만 쥐면 온갖 부를 취하고 그 권력을 놓았을 때 줄줄이 벗겨지는 부패의 산물들이 뉴스를 도배하고 있다. 사는 공간이 너무 탁해서 맑은 하늘빛을 눈에 담을 수 없는 이가 어찌 그 빛을 화폭에 담을 수 있을 것인가. 그림은 그리

는 이의 손이 아니라 마음에 의해 그 색감을 달리한다고
했던가.

"큰 건 큰손들한테 먹으라고 하고 우린 춘천 닭갈비나 먹
으러 가자고. 근처에 잘하는 데가 있어."

때 / 늦여름
곳 / 천마산 역 – 천마의 집 – 천마산 – 뾰족봉 – 깔딱 고개 – 수진
사

계절 접어도 마냥 수려한 자태, 만추 운악산

최고봉 만경대와 그 품속 애기봉의 모습처럼 운악의 암벽들은
저마다 땀구멍처럼 비좁은 공간을 비집고도 푸릇푸릇 광채 뿜는
소나무를 붙들어주고 소나무는 절반이나 기울어진 몸으로도
하늘을 잡으려고 가지를 내뻗고 있다.

단풍 물 빠졌다 해서 가을 서정이 시들해질까. 중추의 화
려함은 많이 사그라졌지만, 자연은 때를 가리지 않고 나름
대로 당시의 분위기를 한껏 연출해낸다. 늦가을 낙엽 수북
한 운악산은 계절의 정점과 관계없이 수더분하고 고즈넉한
분위기로 옛 추억에 잠기게끔 감성을 자극하고 함께 하는
이들과 살가운 정을 더욱 귀히 여기게 만든다.

비장했던 역사의 현장, 궁예 성터

이번 운악산은 포천 쪽의 운주사를 들머리로 잡았다. 가
평의 현등사를 기점으로 오르는 길을 오늘은 내리막 코스
로 잡은 것이다. 그 길에 횃불산악회 멤버인 인섭, 태영이
두 친구와 후배 계원, 기준이랑 다섯 명이 동행한다.
가평 화악, 서울 관악, 파주 감악, 개풍 송악산과 함께 경
기 5 악의 하나로 꼽는 운악산은 특히 산세가 뛰어나 경기

의 금강이라 불린다. 깎아지른 절벽에 눈을 떼지 못하고 가파른 바윗길을 오르노라면 비록 절정의 자태가 아닐지라도 그 수식어에 전혀 모자람이 없다. 숨을 고르고 다시 오르지만 계속되는 바위 구간은 경사마저 급하다.

"목 좀 축이고 가자."

무지치폭포를 아래로 두고 약수터에 이르러 목을 축이고는 잠시 휴식을 취하다가 다시 정상을 향한다.

1100여 년 전 후삼국 시대, 고구려 부흥을 기치로 거센 바람을 일으킨 궁예는 이곳에 둘레 2.5km의 산성을 쌓았다. 깊은 골짜기와 기암절벽을 잇고 또 이어 쌓은 산성에서 궁예는 왕건에게 맞서 건곤일척의 전투를 치른다.

신라 왕권 다툼의 희생양으로 강보에 싸인 채 던져진 아이는 유모에 의해 생명을 건진 후 승려의 신분으로 다시 태어났었다.

"내가 어떻게 이 자리까지 왔는데 겨우 저런 애송이한테 당하다니."

태봉국의 왕이 되어 천하를 호령하려 했건만 이 자리에서 반년을 버티다가 왕건에게 패하고 만다. 궁예의 마지막 전조를 보인 여기 궁예 성터의 성벽은 대다수 허물어져 산비탈 아래로 흘러내리고 말았다.

운악산 비탈길에서 숨이 차다고 하여 고개 젖히지 못하고 오르거나, 미끄러운 내리막길 발 디딤에만 신경 쓰다 보면 이곳이 비장했던 역사의 현장임을 모르고 지나치게 된다. 그도 그럴 것이 달랑 궁예 성터라 적은 노란 아크릴판 조각 하나가 걸려있으니 말이다.

역사는 과거에 불과할 뿐이라고, 이미 천년도 더 지난 고린내 풍기는 얘기일 뿐이라고, 여긴 그저 등산로의 한 구간이고 그 표식을 걸어놓았음이라고.

"애기봉에 들렀다 갈까."

성터에서도 길게 고도를 높여 올라가게 된다. 정상인 서봉을 앞둔 갈림길에서 왼쪽 100m 거리의 애기봉을 들러보기로 한다. 따사로운 양지에서 엄마한테 업힌 아가가 푸근히 잠들어 있다.

여기 애기봉에서 어머니 품에 잠든 아가의 모습을 그렸다지. 최고봉 만경대와 그 품속 애기봉의 모습처럼 운악의 암벽들은 저마다 땀구멍처럼 비좁은 공간을 비집고도 푸릇푸릇 광채 뿜는 소나무를 붙들어주고, 소나무는 절반이나 기울어진 몸으로도 하늘을 잡으려고 가지를 내뻗고 있다.

그리고 마저 올라 닿은 서봉(해발 935.5m)의 공터에는 이미 많은 등산객이 가을 운악산을 즐기고 있다. 동봉(해발 937.5m)까지도 가는 가을이 아쉬운 양 여기저기서 만추를 카메라에 담는 중이다.

온산 붉게 물들인 가을 대향연의 시기는 지났지만 보듬어 보노라면 산에서는 계절이 돌아가는 길목도 모퉁이가 아니며, 시간이 다 흐른 후의 파장도 전혀 있지 않다는 걸 새삼 깨닫게 된다. 인생사 떠남과 보냄, 다시 만남의 차이 또한 고개 갸웃거려 생각 바꾸면 그다지 다를 게 없지 않으리라고 여겨진다.

'꽃 같은 봉우리 높이 솟아 은하수에 닿았고……'

양사언의 시에서처럼 구름을 뚫을 듯 바위 봉우리들이 높이 솟구쳐 있다 하여 운악雲岳이라 명명했단다. 운악산 석비를 보니 산허리 휘감아 운무 흐르는 날이었다면 거기 새긴 시구에 딱 부합했을 거란 생각이 든다.

　운악산 만경대는 금강산을 노래하고
　현등사 범종 소리 솔바람에 날리는데
　백년소 무우폭포에 푸른 안개 오르네

우리, 그대에게 왔으니 다시 돌아가더라도 우리 인연 진한 흔적 서봉에 남아있을 것이요, 그대 우리 받아들인 정표 동봉에 걸어둘 터인즉 시시때때로 서리 내리고 눈 쌓이더라도 다시 오거들랑 현등사 풍경 청아하게 울려주어 우리 맺음은 달라짐 없음을 미리 확인시켜 주시게.

떠나서도 어느 날 별안간 재회하게 될 운악산이다

제 몸 살라 영혼 깃들었던 가을 잎
활짝 펼치었다 슬금 오므라들더니
진통 떨치려 함인가, 스스로를 떼어내네.
은빛 엷은 햇살 풋풋하여
만추 만경대와 하늘 사이 고즈녁 능선길
눈에 차는 것마다
깊은 오수에 빠진 듯한데
아아, 나만 그런가 보다.
가슴 뚫어질 듯
애수에 젖어드는 건.

내려가는 길인데 다시 바윗길을 오르게 된다. 만경대의 암릉에서 사방 휘저으며 바라보는 조망이 일품이다. 솔솔 하늬바람이 일어 폐부까지 시원하게 해 준다. 그리고 다시 내려가면서 두루 보게 되는 운악산 단애와 기암들, 그리고 거기 박힌 소나무 분재들이 자꾸만 허리춤을 잡아끈다.

강건하고도 꼿꼿하게 솟은 미륵바위는 보는 이로 하여금 꽉 들어찬 충만감을 심어준다. 여러 갈래 세로 주름을 세운 병풍바위는 운악산의 존재감을 더욱 돋보이게 한다.

특히 운악산의 상징이랄 수 있는 수직 병풍바위의 깎아내린 절벽은 그 아찔한 느낌이 여기 왔던 이를 다시 오게끔 잡아끄는 묘한 매력을 지니고 있다. 매 계절이 그러할 진데 본래 색깔을 아쉬워하는 만추 단풍이 매달려 있음을 보았을 때면 오죽하랴 싶다.

능선과 암릉, 내리막길 눈에 보이는 것마다 다시 만날 것을 예정하게 만든다.

선녀를 기다리다 바위가 된 총각으로 의인화한 눈썹바위를 지나고 포장도로에 이르면 거기 현등사가 있다.

가평군의 향토 문화재 제4호이기도 한 현등사는 서기 527년에 신라 법흥왕이 불교를 공인하고, 그로부터 13년 후인 540년에 인도에서 불교를 전하기 위해 온 승려 마라 하미를 위해 지은 사찰이라고 한다. 조선 중기의 도학자인 서경덕의 부도가 있고, 임진왜란 전에 도요토미 히데요시豊臣秀吉가 국교 교섭에 대한 선물로 보낸 금병풍 한 점이 보관되어 있었는데 6·25 한국전쟁 때 분실되었다.

"불에 타서 소실된 게 아니라면 누군가가 갖고 있겠지?"

"금수산 김일성 궁에 있지 않을까."

 침략자가 보낸 물질에 대해 터무니없는 추측을 하며 경내를 빠져나온다. 현등사를 나와 다시 올려다본 운악산이 한 마디 넌지시 건네준다. 그 덕담이 속을 감미롭게 한다.

"자네들과 난 오래도록 벗으로 지내게 될 걸세. 그러니 자주 찾아주게나."

 지나가는 것은 없고 오직 남겨지는 것이 있을 뿐이며 다시 회귀할 약속 또한 분명하게 새김으로써 늦가을 해거름 내리막길에서도 진한 해후를 상념 하게 된다.
 어스름 노을의 날머리에서 뒤돌아본 운악산도 마찬가지로 우리를 배웅하며 아쉬워하는데 그 표정에서 어느 날 별안간의 재회를 읽게 된다. 그런 운악산에서 깨끗한 향기가 뿜어 나는 걸 느낀다. 순결하여 무척이나 감미로운 향기여서 자꾸만 돌아보게 된다.

때 / 늦가을
곳 / 포천 운주사 - 궁예 대궐터 - 애기봉 - 운악산 서봉 - 동봉 - 만경대 - 눈썹바위 - 가평 현등사

북한산, 열세 성문 지나면서 소통의 장을 열다

뒤돌아보면 걸어온 산길은 살아온 삶처럼 회한에 젖어 들게
할 때가 있다. 삶이 산과 다른 건 뿌듯한 성취감이
뒤돌아본 그곳에 반드시 있지 않다는 것이다.
자취가 사라진 행적은 얼마나 공허하고 슬픈가.

북한산에 북한산성이 있고 거기 열세 개의 문이 있다

북한산에 대한 찬사나 칭송은 그 어떤 표현도 보편에 불과할 뿐이다. 영글지 못한 단어나 문장으로 북한산의 실체를 표현하는 것은 자칫 경솔한 짓일 수 있다. 올 때마다 늘 새록새록 새롭기에 북한산을 오고 또 오게 된다.

어떤 이가 말했다. 누군가를 만나 가슴이 울렁거리고 환희에 젖고 그가 없어 죽을 것 같은 사랑은 길어봐야 2년 반을 넘지 못한다고. 십수 년이 넘도록 같은 길을 반복하며 다녔어도 북한산은 싫증 나기는커녕 정이 깊어지고 노상 싱그럽기만 하다.

산을 좋아하는 수도권 주민들에게 북한산은 같은 마음일 것이다. 주말과 휴일이면 수많은 등산객이 북한산과 도봉산으로 몰린다. 이곳을 경유하는 수도권 전철은 산행 열차가 된다. 1994년에 단위 면적당 탐방객이 가장 많은 국립공원으로 기네스북에 등재된 것만 봐도 알 수 있지 않은가. 이

111

곳에 북한산이 있다는 게 마음을 풍족하게 한다.

진달래 능선, 의상능선, 칼바위 능선, 사자능선, 탕춘대 능선, 형제봉 능선, 응봉능선, 비봉능선, 숨은 벽 능선 등 수많은 능선에서 백운대를 비롯해 만경대, 인수봉, 노적봉, 향로봉, 비봉, 문수봉, 보현봉, 원효봉 등 40여 봉우리로 오르는 길의 조합이 600여 가지에 이른다.

또 진관사, 도선사, 화계사, 태고사, 상운사, 승가사 등 많은 사찰과 전란이 일어났을 때 왕이 임시로 거처했던 이궁지離宮址 등 문화·역사유적이 무궁무진하다.

북한산성은 서기 132년 백제의 도성이었던 위례성 북쪽의 방어성으로 쌓았는데 고구려와 신라 사이에 있는 접경지였기에 삼국이 쟁탈전을 치르면서 여러 차례 바꿔가며 점령하였다.

고려 시대에도 거란이 침입하면서 증축하였고 몽고군과 치열한 전투를 치르기도 한 곳이다. 조선 때는 임진왜란과 병자호란 등 외침에 시달리자 1659년 효종은 송시열로 하여금 도성 외곽을 지키는 산성으로 쌓게 하였으며, 1711년 숙종 때 대대적인 축성 공사를 하여 둘레 7620보 크기의 돌로 쌓은 성벽을 완성하였다.

이처럼 역사적 부침이 있었던 북한산성이다. 이 산성을 따라 걸으며 일일이 북한산의 모든 성문을 체크하는 코스가 등산객들이 애호하는 등산로로 자리 잡은 것이다.

"북한산 성문들을 모두 열었다던데."
"언제 닫혀있었어?

　처음엔 엄살을 부리며 꺼리다가 점차 장거리 산행에 재미를 붙인 친구 호근이가 그렇게 말을 꺼내며 13 성문 트레킹을 제안하는 것이었다.

"길잡이가 되어달라는 거군."

　그렇게 네 번째 성문 사열에 나서게 된다. 북한산 모든 성문을 지나고자 함은 마치 내 집 열세 개의 방이나 거실을 열어 대가족 내 식구들의 안부를 점검하는 것과 같다. 그만한 큰집이 있으면 하루에도 몇 번이고 문을 여닫으며 포만감을 만끽하겠지만 네 식구 겨우 묵을 비좁은 방 나눠 쓰는 현실이기에 대신 북한산을 내 집 정원처럼 사용하기로 한다.
　수십 리 울타리에 문이 열세 개씩이나 되니 이보다 더 큰 집이 또 있으랴. 게다가 북한산이야말로 더할 나위 없는 8학군이요, 천상의 터전 아니겠는가.
　대궐 같은 주택에 수많은 조경수 가꿔놓고 윤기 나도록 잔디 다듬어 놓았으나 담벼락 또한 너무 높아 아무런 감동을 주지 못할 바엔 하늘 바로 아래 온통 대자연의 웅장미

충만한 북한산을 분양받고자 오늘 13 성문 모델하우스를 꼼꼼히 살피려 한다. 그러나 만만치 않은 살핌이 될 것이다. 원효봉, 염초봉, 백운대, 만경대, 용암봉, 문수봉, 나한봉, 나월봉, 용출봉, 의상봉 등 북한산의 내로라하는 봉우리들을 연결하여 쌓은 산성의 총길이가 10km에 달한다.

북한산 능선 길 13.5km, 열두 개의 성문과 중성문을 되돌아오는 약 15km의 거리, 저 높은 태양이 뚝 떨어져 석양 노을 물들 때쯤 내려올 수 있으려나 모르겠다. 다만 우리도 북한산도, 서로를 사랑하므로 이 산, 눈길 벼랑이나 어둠으로 내몰지는 않으리라 확신한다.

머물러 쉼이 곧, 가고자 함이니

북한산성 탐방로에 들어서면 늘 직진 오름길인 백운대로 향했는데 오늘은 왼쪽 효자리 방향 북한산 둘레길인 내시묘역 길로 틀어 13 성문 중 서암문(시구문)을 제일 먼저 통과하기로 한다.

"여길 들어서는 건 죽은 이가 부활하는 거나 다름없어."

시신을 성 밖으로 내보내던 문이라 시구문이라 부르다가

지금은 암문으로 통일해 서암문으로 고쳐 부른다.

"말 되네."

그런데 그것도 옛말이 되고 말았다. 북한산에는 유난히 많은 애국지사의 묘소가 있어 현충원을 방불케 한다.

신익희, 신하균 선생의 묘역을 비롯해 곳곳에 이준 열사, 김병로 선생, 광복군 합동 묘소, 이시영 선생, 이명룡 선생, 유림 선생, 김창숙 선생, 양일동 선생, 서상일 선생, 신숙 선생, 김도연 선생 등을 모신 묘소가 있는데 지금은 이들 묘소를 연결하여 순국선열 묘역 순례길이라고 명명하였다. 나라를 잃어버린 세상에서 애국 활동을 하다가 북한산 품에 안겼으니 그분들의 넋은 편안하리라 믿는다.

"호근이 너는 북한산에 들어서면 어떤 생각이 들지?"
"매번 똑같지. 땀깨나 흘리겠다는 생각."
"난, 돌아왔다는 생각이 들어."
"돌아왔다니?"
"어디론가 떠났다가 되돌아온 것처럼 마음이 편안해져."

산에 가면 그런 마음이 들곤 했는데 북한산에서는 특히

더 그러했다. 아침에 나갔다가 해지면 들어오는 가정처럼, 혹은 순수했던 어린 시절로 돌아가는 것처럼 모난 생각은 다 잊어버리게 되며 마음이 차분히 가라앉는 거였다. 그 실체가 무언 지는 알 수 없지만, 산에 들어선 나를 반갑게 맞아주는 느낌이 그득 드는 것이다.

"산에서 내려와 돌아갈 때는?"
"그땐…… 사랑하는 이를 두고 떠나는 기분이지. 떠나서 남아있는 이를 그리워하는…… 그런 기분."
"북한산이랑 사랑에 빠진 거 맞네."
"가끔 아내가 질투하기도 하더라고."
"쉽게 이해되진 않지만 부럽단 생각도 드네."

사는 세상이 공허하고 외로워서일지도 모른다는 생각을 하며 서암문을 통과한다. 암문暗門이란 적에게 드러내지 않으려고 출입문 위에 문루를 세우지 않은 비밀 출입구로 성안에 필요한 병기나 식량을 운반하고 극비리에 구원을 요청하거나 적을 역습할 때 사용하는 문이다.
북한산성에는 여섯 개의 대문(대남문, 대동문, 대서문, 대성문, 북문, 중성문)과 일곱 개 암문(가사당암문, 보국문, 백운봉암문, 부왕동암문, 서암문, 용암문, 청수동암문)이 있고 수문水門 하나가 설치되어 총 열네 곳의 문이 있다.

대서문과 서암문 사이의 계곡에 있는 수문은 북한산성 내 가장 낮은 곳에 있어 북한산의 모든 물이 이 수문으로 흘러나왔다. 지금은 계곡 옆 능선 위로 무너진 성벽이 남아있을 뿐 흔적을 찾기 어렵고 주변 바위에 수문 축성 당시로 추정되는 구멍들이 여러 군데 남아있다.

예전 같으면 무심코 지나치던 서암문. 오늘 서암문은 죽은 자가 아닌 산 자의 긴 여정이 시작되는 첫 디딤의 장소인지라 각별히 새롭다.

"웰컴!"

서암문 위로 밝게 비치는 햇살이 그렇게 소리 지르는 것 같아 기분이 흡족하다. 원효봉 오름길에 내려다본 효자리도 마을 전체가 동면을 취하는 양 고요하고, 마을 뒤 노고산 역시 저 자신은 하얀 잔설 털어내지 못하면서 아랫마을을 푸근히 감싸 안고 있다.

서암문부터 원효봉까지는 매우 가파르게 이어지는 돌계단 길이 대부분이다. 긴 여정 초반부터 숨 몰아쉬며 오르게 된다. 언제나 비어있는 듯 조용한 암자 원효암을 지나 커다란 암벽을 쇠 난간 붙들고 오른 전망 바위에서 숨을 고른다.

산에 올라와 보는 또 다른 산, 폐부 깊숙이 스며드는 겨울 대기의 신선함, 머리로도 느끼고 가슴으로도 지각되는 기운

찬 에너지. 이런 것들이 모두 합쳐져 나를 기다리고 나를 반갑게 맞아주는 실체였는지도 모르겠다.

바람,
눈,
흔들리는 솔가지
성벽 저편 은빛 빙화
바위 아래 무수한 설엽
열셋의 영혼 일제히 깨어나니
검은 용 승천하듯 열정 넘쳐나고
잰걸음 내디딜 때마다 푸른 에너지
무량하게 뿜어내네.

기자촌 재개발지역과 고양시 일대를 한눈에 담고 암벽을 내려서서 복원된 성곽을 따라 원효봉(해발 505m)에 다다르면 북한산 종가라 할 수 있는 백운대, 만경대, 노적봉이 나란히 서서 반긴다.

그들은 상하 계급 관계가 확연해 보이다가도 무한한 우정을 나누는 지기처럼 여겨진다. 그리고 오늘 종주의 종착지인 의상능선이 눈앞에 짝 펼쳐져 그 시원한 경관에 마음마저 정화된다. 여기서 마주하면 그리 멀지 않은 북한산 성문 종주 코스처럼 보이지만 거의 한나절을 소비해야 한다.

이제 다시 원효봉을 내려가 저들 봉우리와 만나고 산성주능선과 의상능선을 돌며 문수봉, 용혈봉, 의상봉들과도 악수를 할 것이다.

"그대들 고고한 봉우리들이여! 우리에게 원효의 심오한 기상과 의상의 깨달음에 근접할 수 있도록 진정으로 끌어주시기 바랍니다."

원효봉에서 5분여 내려가 두 번째 북문을 빠져나간다. 북한산성 성문중 북쪽을 대표하는 성문으로 원효봉과 염초봉 사이 430m 지점에 있는데 대동문, 대성문, 대남문, 대서문과 중성문의 대문이 모두 복원되었으나 북문만 누각이 불에 타 없어진 채 그대로 있어 암문 같은 형태로 남아있다.

위험 구간으로 통제하기 전에는 원효봉에서 염초봉을 지나 곧바로 백운대로 오를 수 있었다. 성문 탐방이 아니더라도 북문을 거쳐 산성 길로 하산했다가 다시 오르는 길 외엔 달리 방법이 없다.

700m를 내려와 왼쪽으로 꺾어 백운대로 오르는 1.5km는 내내 깔딱 고개 수준이다. 산과 친해질 만할 즈음 여기서 백운봉암문(위문)까지 올랐다가 아예 백운대는 쳐다보지도 않고 산과 담쌓은 이들이 많다는 곳이 바로 이 길이다. 그만큼 힘에 부치는 코스다.

"여기서 잠깐 쉬었다 가자."

서두름을 접고 널찍한 바위에 걸터앉아 단전 깊이 새 공기 들이마시다가 다시 약수암에서 목이라도 축이고 가는 게 상책일 것 같다.

머물러 쉼이 곧, 가고자 함이다. 산에서는 힘이 소모되기 전에 쉬어야 가고자 하는 곳까지 갈 수 있다. 거친 숨 몰아쉬면서도 지친 걸음 옮기는 데만 집착하다가는 볼 곳 보지 못하고 주는 것 받지 못하는 소탐대실의 우를 범해 반 토막 산행이 될 수 있기 때문이다.

백운대의 곪은 상처를 보듬다

백운대가 점점 가까이 보인다. 지은 죄가 커서일까. 백운대를 직벽 하단에서 바라보았을 땐 그 모습이 마치 하늘의 신이 인간들의 두루 짓거리를 살피는 것처럼 여겨져 오싹할 때가 있다. 계단을 올라 세 번째 성문인 백운봉암문에 이르니 오싹함도, 추위도 사라지고 이마에서 땀이 흐른다.

해발 690m 지점에 있어 일본 강점기 때부터 위문으로 불려 왔던 이곳에 닿으면 갈림길에 대한 어떤 이가 떠오른다. 그녀의 운명을 바꿔놓은 갈림길. 아시아 최고의 스포츠클라이머였고 히말라야 14좌 중 열한 번째인 낭가 파르트를 정복하고 하산하던 중 추락사한 여성 산악인 고미영의 이야기다.

120

스물두 살 때인 1989년 6월, 위문까지 오른 그녀는 백운대 난간에 사람이 너무 많아 인적이 없는 만경대로 간다.

"암벽등반에 재미를 붙이면서 더 잘하고 싶어졌어요."

그렇게 만경대 바위 암벽을 탄 게 삶을 송두리째 바꾸는 계기가 된 것이다. 북한산 사령부에 해당하는 백운대, 만경대, 인수봉의 세 봉우리로 인해 삼각산이라고 칭하는데 이들 세 봉우리는 각각 워킹 산행, 암릉등반, 암벽등반인 클라이밍을 대표하는 명품 봉우리이기도 하다. 오늘 고미영처럼 워킹 금지구간인 만경대로 갈 수는 없다.

"성문 탐방이지만 백운대는 올랐다가 가야겠지?"
"나야 대장을 따르는 게 일이지 뭐."
"그래, 순응이 곧 안산 완주라네."

최고봉 백운대白雲臺(해발 836m)까지 올라온 건 바람에 펄럭이는 태극기 앞에서 정상까지 올라왔음을 인증하고 싶었다기보다는 인수봉(해발 810.5m)을 보고 싶어서였다.
눈이 녹아 더욱 창백해진 인수봉 거대한 직벽을 가장 가까이에서 바라보면 심신에 묻은 티끌과 오염을 깨끗이 씻는 것처럼 상쾌하다. 오늘은 인수봉에도 클라이머들의 모습이 전혀 보이지 않는다.

그래서 더 깨끗하게 보이는지도 모르겠다. 막 면도하고 세안을 마친 정갈한 모습이다.

"화강암 제형들! 올겨울은 유난히 추운데 잘들 버티고 계시지요?"

"몸뚱이 군데군데 동상이 걸려 부스럼이 일긴 했네만 그런대로 지낼만하다네."

인수봉의 말을 받아 만경대가 진심 어린 충고를 해준다.

"겨울 낭만에만 몰입하지 말고 조심 또 조심하게나. 곳곳에 얼음이 박혀있다네."

장형인 백운대가 세차게 부는 바람을 몰아내며 온화하게 미소 짓는다.

"제형들께서도 찾는 사람들 더욱 푸근히 감싸주시지요. 특히 인수봉 형님은 부스럼 치료하시고요. 부스럼 난 부위에 발 디뎠다가 떨어진 사람들이 있었잖아요."

저들이 있는 북한산은 언제 누구랑 오든 감동의 공간이다. 하지만 혼자와도 감동 넘치는 환희의 장소임에는 조금도 달라짐이 없다. 홀로 산행에 익숙하고 그게 편하다고 느낀 어느 겨울에 처음으로 북한산 열두 성문을 종주했었다.

비록 혼자 산에 가더라도 혼자라는 느낌이 들지 않았었다. 그런 북한산이다. 그런 북한산의 최고봉인 이곳 백운대에 숱하게 많은 쇠말뚝이 박혀있었다.

"일제 치하 총독부가 우리 국토의 혈맥을 차단하려고 박았던 거지."

"이게 바로 그 흔적이군."

쇠말뚝을 빼낸 자리가 깊게 곪은 상처에서 고름을 빼낸 듯한 느낌이 든다.

"1995년에 광복 50주년을 맞아 여기 박혀있던 쇠말뚝들을 제거했다더라. 뽑은 쇠말뚝은 독립기념관 일제 침략 전시관에 전시하고 있지."

"일제의 심리적 압박에 대한 피해의식에서 벗어나게끔 하려는 거겠지?"

"상처받은 민족 자존심도 회복시키고 말이야."

풍수지리에 능한 이들을 비롯해 많은 사람이 백두산에서 북한산으로 뻗치는 맥을 끊어 한강의 기운까지 말살하려 했다고 분노하기도 했다.

개인적 견해로는 그 당시 우리 민족이 과학의 근거를 바탕으로 일제의 유치한 심리전을 뭉개버렸으면 좋았을 거라는 아쉬움이 고인다. 일본인들의 허접스러운 잔머리에 자존심이 상하기 때문이다.

"자연파괴에 대해 손해배상 청구는 해야 하지 않을까?"
"위안부에 대한 배상 문제부터 처리하자."
"할 일이 많아졌어. 내려가자."

얼어 굳어 더욱 미끄러운 백운대 내리막
삭풍까지 모질게 할퀴고
고름 빼낸 상처 얽어매어 몰골 고약해졌으나
명색이 수도권의 허파 삼각산인데
왜놈에게 찢긴 자존심만큼은
떨쳐내고 싶으리라
독한 시련 견뎌내는 인고의 세월 보내었으니
이 겨울 지나거든 상처 아문 그 자리에
한 송이 꽃 피어났으면

산성 주능선에는 그 어떤 차이도, 다름도 없다

백운봉암문에서 용암문으로 빠지는 길은 좁고 가파른 편이어서 더 조심스럽다. 주말이나 휴일엔 맞은편에서 오는 사람들로 인해 정체가 매우 심한 곳이다. 붉게 홍조 띤 등산객들의 얼굴에서 추위보다 행복한 포만감이 먼저 느껴진다.

네 번째 용암문에서 대동문으로 가는 산성 주능선 길도 비교적 한적하다. 용암문과 대동문 사이의 성터 회전 구간에서 쉬며 주봉을 향해 뻗은 북한산성의 장대한 이음에 탄성을 흘린다. 잇고 또 이어 하나로 존재한다는 것에.

대동문까지의 산성 주능선은 언제 와도 늘 그런 생각이 든다. 세상에서 가장 생각이 다른 사람일지라도 함께 걸으며 생각을 맞추고 싶다는 생각, 이 길을 함께 걸으면 그가 누구든 그의 동떨어진 사고까지 흡수하고 이해할 수 있을 거라는 생각.

"계속 얼빠진 생각만 할 건가? 그런 건 불가능한 일이야."

동장대에 이르자 건장한 무장이 섣부른 공상에 일침을 가한다. 깜짝 놀라 문루를 올려다보곤 정신을 가다듬는다. 사회, 정치, 이데올로기…… 다시 생각해도 군중들의 섞임에서는 현실성이 요원한 일이다. 여기가 산이기에 비루한 존재한테도 포용의 큰 의미를 잠시 심어주었을 것이다.

장대將臺란 그 지역을 지키는 장군의 지휘소인데 용암문과 대동문 중간지역에 있는 동장대는 북한산성의 장대중 최고 지휘관이 사용하는 중책 지역이었다. 북장대와 남장대가 있었으나 현재는 여기 동장대만 남아있다.

다섯 번째 대동문을 지나 보국문 가는 길 왼편의 칼바위 능선에는 오늘처럼 시린 날에도 등산객들이 여럿, 눈에 띈다. 수유리 화계사에서 한 시간 남짓 가파른 눈길을 올라와 맞는 칼바람은 참으로 시렸었다. 그래도 능선에 올라 따끈한 커피 한 잔을 마시노라면 북한산이 내 집처럼 훈훈하다는 의식이 절로 들곤 했었다.

여섯 번째 보국문을 지나며 길게 늘어선 겨울 성곽에서 용의 등줄기를 본다. 용이란 동물은 본디 순해서 용의 몸 어딜 건드려도 건드린 이를 해치지 않는다고 한다. 그런데 역린逆鱗, 용의 목에서 등 사이에 돋은 비늘을 건드리면 성을 참지 못해 그게 누구든 처참하게 죽인다고 한다.

외침에 목숨 걸고 사수하려 늘어선 성곽, 신라와 백제의 피 튀는 전쟁과 역린을 엮어 생각하다가 써늘한 한기를 느끼고 만다. 참으로 별별 생각을 다 하게 하는 북한산 성문

길이다.

뒤돌아보면 걸어온 산길은 살아온 삶처럼 회한에 젖어들게 할 때가 있다. 삶이 산과 다른 건 뿌듯한 성취감이 뒤돌아본 그곳에 반드시 있지 않다는 것이다.

자취가 사라진 행적은 얼마나 공허하고 슬픈가. 그런 허탈감과 슬픔을 많이 곱씹어봤기에 산에서 그걸 지우려 했는데 오히려 걸어온 길마다 발자국이 선명하게 새겨지는 것이다.

산과, 삶과 사람과……. 살아오면서 거듭되었던 기복, 그때마다 생겼던 사람들과의 갈등과 매듭에 대해 산은 어떻게 풀어야 현명한지를 가르쳐주었던 것 같다.

잊게 하고, 버리게 하고, 때로는 풀게끔 지혜를 주기도 했다. 지금도 그런 걸 사고하면서 걷게 되고, 걸으면서 하나씩 둘씩 정리시키고 있다.

하산 즈음에 내리는 눈송이는 희열 그 자체이다

일곱 번째 대성문의 지붕에 쌓였던 눈을 바람이 털어내고 있다. 조선 숙종 때 축성된 대성문은 형제봉 능선을 타고 평창동과 정릉으로 연결된다. 통로에 성문을 달아 여닫을 수 있게 만들었다.

"호근아! 넌 네가 아는 이들에게 네 문을 개방했다고 생각
하니?"

"……."

뜬금없는 질문에 호근이가 웬 귀신 씻나락 까먹는 소리냐
는 표정을 짓는다. 내가 문을 연다고 상대가 문을 열고, 상
대가 연다고 해서 내 문이 열리는 건 결코 아닐 것이다.

역시 생뚱맞은 질문이다. 이쯤 오니 문門에 대한 여러 가
지 상념들이 머리에 스미었기 때문이다. 물리적으로는 오고
가고 또 여닫는 관문이기도 하지만 문이란 사람들 간의 커
뮤니케이션, 브레인스토밍 등 서로 간의 의사소통에 대한
비유로 표현하기도 한다.

입이 하나이고 귀가 둘인 건, 남의 말에 더 귀 기울이라는
뜻이라고 했던가. 이기적인 게 기적이 되는 일 또한 하나만
버리면 가능하다고도 하지 않던가. 마음의 문을 열면 누구
든 흡입할 수 있건만 쉬이 열리지 않다가 이해利害를 따져
본 후에야 배꼼. 열리는 게 그 문이기도 하다.

"그러고 보니 문이란 게 상당히 복잡한 물건이네."

북한산성의 가장 남쪽에 있는 대남문은 비봉능선을 통해
도심의 탕춘대성과 연결되는 전략상 중요한 성문이라 한다.

지금은 북한산에서도 꽤 많은 이들이 대남문을 거치는데 바로 이곳을 거쳐 백운대로 가는 선성 주능선이나 그 반대편의 의상능선 혹은 비봉능선 등을 맘껏 택할 수 있기 때문이다. 또 대남문이 거리상 성문 종주의 중간지점쯤 된다.

여덟 번째 대남문에서 성곽을 따라 문수봉으로 오른다. 이 성곽은 마치 어릴 적 막대기 들고 무심히 긁으며 걷던 동네 담벼락처럼 느껴진다.

문수봉 자락에 닿으면 누군가 나오기를 마냥 기다리는 어린아이 마음이 된다. 문수봉에서 보현봉을 바라보면 세상 가장 아늑한 곳이 여기란 느낌이 든다. 무한한 편안을 느끼며 현실에서는 취할 수 없는 풍요한 상상을 하게 된다. 그럴 때면 그 무엇도 부러울 것 없는 자유인이 된다.

"아직 갈 길 많이 남았을 텐데 예까지 와서 덕담까지 해주니 훈훈해지는구먼."

"대남문까지 왔다가 어찌 그냥 지나치겠습니까. 북한산 숱한 봉 중에서도 손에 꼽는 문수봉이신데요."

친숙한 문수봉을 들르지 않으면 서운해할 것 같아 잠시 들러 촛대바위 등 주변 일가들까지 쭉 둘러보니 바람에 날리고 햇빛에 녹다 만 잔설이 희끗희끗한데 그들 미소는 여전히 따뜻하다.

"조만간 비봉능선 거쳐서 또 들르겠습니다."

문수봉 아래 표고 694m에 자리한 청수동암문은 주로 삼천사나 진관사에서 올라와 의상봉을 2.5km, 비봉을 1.8km의 지척에 끼고 있어 북한산 명품 산행 코스의 기준점 중 한 곳이다.

아홉 번째 청수동암문에서 의상능선 방향의 내리막길이 무척 미끄럽다. 음지의 빙판이라 철제 난간이 설치되었지만, 반대편에서 올라올 때보다 여간 조심스러운 게 아니다.

신발에 아이젠을 채운 잰걸음으로 열 번째 부왕동암문에 다다르자 어디든 기대고픈 생각이 든다. 눅진함과 나른함이 몰리긴 하지만 걸음을 재촉하지 않을 수가 없다. 조금씩 눈발이 흩날리기도 하고 해 떨어지면 바로 어둠인지라.

바스락, 바람에 뒹구는 낙엽 소리가 남은 세 개의 성문이 어서 오라 부르는 것처럼 들린다. 고개 돌려 좌측 비봉능선을 보고도 그냥 가려니 왠지 고모 댁에 들렀다가 인근 이모 집을 그냥 지나치는 기분이다. 비봉이 억지 미소를 짓기는 하지만 사모바위가 입을 삐죽거리는 것만 같다.

"약속함세. 계절 바뀌기 전에 다시 와 이모님께 인사드리고 사모바위 옆에서 식사하고 갈 걸세."

경사 심하고 미끄러운 의상능선, 해거름 노을 빛깔 붉힐 즈음 살얼음 박히는 바위에서도 소나무 푸름은 따라 물들지 않는다. 비스듬히 버텨 서서도 북풍한설 모진 세파 용케 견뎌낸다. 기운이 떨어질 무렵 그 빠진 힘을 채워주는 재충전의 산물이다.

"고맙네. 딱 맞춰 거기 그 자리에 있어 줘서."

열한 번째 가사당암문에서 국녕사로 내려선다. 예로부터 신라의 의상대사가 참선하던 곳으로 이름난 국녕사國寧寺이다. 이 절 뒤쪽의 봉우리를 의상봉이라 명명하였다.

북한산성 축성 이후 산성의 수비를 위해 창건한 13개 승영사찰僧營寺刹 중 하나로 이곳에 승군을 주둔시키고 무기를 보관하는 창고를 두어 병영의 역할을 겸하게 하였다. 위치상 의상봉과 용출봉 사이의 성벽과 그 중간에 자리한 가사당암문의 수비와 관리를 맡았을 것으로 짐작하고 있다.

국녕사에는 국녕대불, 즉 합장환희 여래불合掌歡喜如來佛이 있다. 불상이 합장한 양식은 우리나라의 기존 불상 중에서는 찾아볼 수 없는데 지광이 중국 둔황석굴의 도상을 보고 재현했다고 한다. 총 24m, 80척에 달하는 동양 최대의 좌불상이다.

국녕사에서 범용사에 이르러 중성문으로 가는 길은 가파름이 없는데도 무척 버겁다. 갔다가 다시 돌아와야 하기 때문이다. 그래서 북한산 성문 탐방은 중성문을 뺀 열두 성문을 일주하는 것으로 마무리하기도 한다.

 중성문에서 인증만 받고 돌아와 무량사에 이르렀을 때는 잿빛 하늘에 눈발이 굵어지고 있다. 이제 마지막 출구 대서문만 남았다. 대서문까지야 평지 아스팔트 내리막길 아닌가. 하산 즈음에 내리는 눈송이는 그야말로 희열 자체이다. 뿌리는 눈이 아름답게 보이니 피로감도 싹 사라지고 만다.

"나는 에베레스트를 정복하려고 오른 게 아니다. 그랬으면 성공을 보장받기 위해 쓸 수 있는 모든 기술을 준비했을 것이다. 나는 그저 이 세상 최고의 대자연에서 나 자신을 체험하고 싶었다. 거기 더해, 할 수만 있다면 에베레스트의 모든 장엄한 것들을 끌어안고 싶었다. 이런 일은 산소마스크의 기능으로 채워지는 것이 아니다. 나는 그저 유토피아에서 살아보고 싶었을 뿐이다."

 금세기 최고의 산악인이라 일컫는 라인홀트 메스너의 말이다. 열세 번째 대서문을 찍고 산성 입구까지 무사히 원점 회귀하자 유토피아를 체험한 뿌듯한 성취감이 몰려든다. 거기가 에베레스트이든 북한산이든 진정 너끈함을 안겨주는 유일무이한 곳은 역시 산뿐이다.

"호근아, 수고했어."
"고마워, 같이 종주해줘서."

열세 개의 성문을 통과하면서 열세 번 묵상하며 스스로 다그치고 독려도 하였는데 한동안이나마 뇌리에 남아 공허한 메아리가 되지 않기를 희망해본다.

열세 성문 지나며 열세 번 묵상하시라

들머리 산성 입구에서 신발 끈 조여 매고 서암문으로 향하며 작금의 처절한 삶을 운명으로 받아들인 홀몸노인들과 소년소녀가장들에게 새옹지마의 대전환이 생기길 기도하시라.
원효봉 올라 이마에 송송 맺힌 땀 훔치고 북문으로 내려가거든 살며 상처 주었던 이들에게 용서를 구하고 상처 안겨준 이들을 진심으로 용서하시라.
깔딱 고개 올라 백운봉암문에 이르러 내 가족의 평안을 기도하고 그들의 고마움을 묵상하시라. 숨 몰아쉬며 정상인 백운대까지 올랐으니 세상사 밝은 긍정으로 받아들일 수 있게끔 자신을 스스로 보듬어주시라.
이제 얼음길 조심스레 발 디디며 지금의 행보와 세상사 아름답게 내다볼 줄 아는 장년의 혜안을 새김 하고 용암문을 통과하시라.
산성의 긴 펼침이 마치 인생 같지 아니한가. 칼바위 왼편으로 늘어선 산성 주능선, 시작이 반이고 거의 반을 왔으니 널찍한 대동문에서는 함께하는 삶, 동반의 보폭이 얼마나 감사한지 다시 한번 서로를 칭찬하고 아낌없이 포옹하시라.

용의 비늘을 만지며 걷다가 뒤돌아 걸어온 길 되새기며 잠시 숨 고르다가 보국문에서 삶의 재충전이 탄생만큼이나 귀한 계기라는 걸 자각하시라.

둘러보니 세상이 발아래 펼쳐지지 않았던가. 대성문에서 묵연히 형제봉 바라보며 시종일관 겸허의 지혜를 되새기시라.

보현봉과 문수봉이 은빛 웃음 지으며 어서 오라 손짓하나 그래도 비봉능선과 의상능선이 접하는 대남문에서 저 자신을 위해 묵도하고 스스로의 존재에 감사하시라. 최고봉 백운대와 맞먹을만한 존재감이 묵직하게 들어차며 자신을 더욱 사랑하게 될지도.

이제 더욱 신중하게 의상능선으로 들어서는 청수동암문을 지나게 될 것이니 여기서는 나를 아는 내 주변 사람들의 건강과 행복을 위해 지그시 눈을 감아보시라. 저도 모르게 미소 번지며 벅찬 감회에 젖어 들지 않던가.

다시 버거운 오르막, 조심스러운 내리막을 거쳐 부왕동암문에 다다르거든 오늘 하루를 처음부터 회상해보시라. 지난 삶이 쏜살같듯 종일 걸은 산길이 파노라마처럼 눈앞에 펼쳐있을 것이니 산이 있어 감사함을 한껏 느끼시라.

가사당암문 지나 국녕사의 합장한 국녕대불을 내려다보며 함께 걸어온 내 친구의 손을 잡아주시라. 수고했노라고 말은 하지 않더라도 서로의 눈빛으로 오늘의 감동을 흠뻑 느끼리니.

산성마을 발아래 두고 막바지 내리막 조심스레 내디뎠다가 열두 번째 중성문 위로 물들기 시작하는 주황 노을빛에서 아무리 울적한 일 많은 삶일지라도 세상은 충분히 살만하다는 사실을 깨달으시라.

그리고…… 마지막 대성문에 이르기 전에 사랑했던 이들을 더욱 사랑하고, 그렇지 않았던 이들까지도 사랑할 수 있는 큰마음을 지니시라. 그곳 대성문에 닿거든 세상이 화답하는 커다란 박수 소리를 들을 수 있으리니.

때 / 겨울
곳 / 북한산성 탐방안내소 – 내시 묘역 길 – 원효능선 – 서암문 – 원효봉 – 북문 – 대동사 – 약수암 – 산성 주능선 – 백운봉암문 – 만경대 – 노적봉 – 용암문 – 동장대 – 대동문 – 보국문 – 대성문 – 대남문 – 문수봉 – 의상능선 – 청수동암문 – 나한봉 – 나월봉 – 부왕동암문 – 용혈봉 – 용출봉 – 가사당암문 – 국녕사 – 중성문 – 북한동 – 대서문 – 원점회귀

임꺽정의 기개가 묻어나는 양주의 골산, 불곡산

낮자루든, 밤나무든 주야가 바뀐다고 달라지지는 않는 법이다.
치부를 위한 욕심의 발로가 아니라
굶주림을 면하기 위한 생계형 도둑질이라도
합리화시킬 명분이 세워질 수는 없다.

불국산이라고 불리는 불곡산은 옛날에 회양목이 많아 겨울
이 되면 빨갛게 물든다 하여 붙여진 이름이라고 한다.

멀리 경기 북부에서 뻗어 내려온 한북정맥이 도봉산으로
이어가며 자운봉과 만장봉 등의 우람한 암봉을 빚기 위해
먼저 화강암으로 그 솜씨를 보인 것처럼 불곡산 또한 골산
으로서의 면모를 제대로 갖춰 아기자기하면서도 야무진 산
세를 이루고 있다.

김정호의 대동여지도에 양주의 진산으로 표기하였는데 크
거나 높지 않지만, 조망이 뛰어나고 동양화를 연상시킬 만
큼 풍광이 섬세하다.

능선에 올라서면 양주, 의정부, 동두천 등 인근 지역이 내
려다보이고 도봉산에서 북한산을 잇는 유유한 산자락은 보
며 걷는 산행의 맛을 한층 북돋아 준다.

상봉, 상투봉, 임꺽정봉으로 이어지는 야무진 골산

백화사 입구를 들머리로 잡아 5분여 오르면 오른쪽으로 임꺽정 생가터 가는 길이 보인다. 양주지역 학자들이 중심이 되어 고증자료를 수집해 임꺽정의 생가터를 찾아냈다고 한다.

정확한 위치는 알 수 없으나 벽초 홍명희의 소설에 의하면 이 부근 어딘가가 백정들이 모여 살던 천민촌으로 임꺽정은 여기서 태어나 아마 불곡산 꼭대기를 하루에도 몇 번씩 오르내리며 힘을 길렀을 테고 이 지역 청석골을 아지트로 삼아 우두머리 노릇을 했을 것이다.

신라 효공왕 때 도선국사가 창건한 천년고찰 백화사는 적막하기만 한데 320년 넘었다는 느티나무가 높이 솟아 대웅전을 지키는 게 눈에 띈다.

백화사에서 400m의 가파른 너덜 고개를 오르면 십자고개이다. 양주시청을 들머리로 잡게 되면 2.4km를 지나온 지점이다. 이제부터 크고 작은 바위들과 가파르게 내리뻗은 단애들을 보게 되고, 거기 뿌리를 박고 몸 낮춰 수평으로 뻗친 소나무들을 보게 된다.

"절벽 위에 그렇게 누워 가지 뻗으면 힘들고 어지럽지 않으신가?"

"현기증 나도록 어지럽다네. 그런데 몸을 일으켜 세우기가 쉽지 않구먼."

수평으로 누워서도 제 가지들만큼은 위로 뻗게끔 있는 힘을 다하는 엄청난 생명력을 지켜보니 기둥을 일으켜 세워주고 싶다.

"잘 버티실 거로 믿네. 다른 산에서도 많이 보아왔네만 소나무들은 인내심이 보통 강한 게 아니더구먼."
"갈 길이나 가게. 어이구, 어깻죽지야."

얼른 능선을 따라 벗어나자 오른쪽으로 펼쳐지는 조망이 이루 말할 수 없이 시원하다. 그런데 이곳 불곡산은 유별스럽게 소나무들이 수난 겪는 걸 자주 보게 된다. 골짜기에도 그리 크지 않은 소나무들이 쓸려 내려갈 듯한 바위들을 받치고 있다. 골바람까지 일어 혹여 절벽 작은 송림이 우르르 추락할까 불안하다.

"무조건 버티게. 버티는 게 이기는 걸세."

결국, 전혀 도움 되지 않는 말만 건성으로 내뱉고 돌아선다. 엷은 구름이라도 찌를 양 꼿꼿이 뻗은 각진 바위들은 강인해 보이기도 하지만 그것들이 두루 이룬 비탈 단애는 푸근하고 부드럽다.
오밀조밀 모인 모양새가 잘 단합된 부락처럼 여겨지기도

한다. 그러려니 지나치는 이에게 불곡산은 넌지시 훈수를 둔다.

"부드러움이야말로 최고가 강함이요, 겸손이 어우러진 결속이야말로 최고의 단합이라네."

사람들의 조직에서는 당연시되기 어려운 충고인지라 고개 갸우뚱거리고 지나치게 된다. 펭귄의 형상을 찾아보기 어려운 펭귄바위를 지나고 불곡산 제1봉인 상봉(해발 470.7m)에 선다. 산북리 쪽에서 보면 투구 모양과 흡사해 투구봉이라고도 불린다.

듬성듬성 개발 중인 양주시가지가 눈에 들어온다. 조선조 수도 한성부와 가까워 지역적으로 그 중요도가 높았고, 그 파급으로 역사상 애환도 많았던 지역이다.

6·25 한국전쟁의 과정에서도 양주지역은 군사적으로나 전략적으로 매우 중요한 곳이었기 때문에 군부대가 주둔하게 되면서 그 주변으로 새로운 마을이 형성되는 등 많은 변화가 생겼다. 현재 25, 26, 28, 65, 72사단의 다섯 개 사단이 주둔하고 있는 것은 이때부터의 변화과정이다.

그런데 양주의 변화 중 가장 급변한 건 양주지역이 본가인 현재의 양주시 지역을 제외하고 모두 출가시킨 일이다. 우선 1963년 의정부시가 분리되어 독립했고, 지금의 노원

구와 도봉구에 해당하는 양주 남쪽 지역이 서울특별시에 편입되었다. 이어 1980년 남양주군이 분리되고, 1981년에는 동두천시가 분리되어 나가게 된다.

출가한 모든 지역이 현재의 양주시보다 더 부유한 자치단체로서 잘살고 있다는 사실이다. 자식들을 내보낸 부모가 초가삼간에 사는 우리네 정서와 닮았다. 그래도 본가는 역시 양주시임은 분명하다.

양주시에서 눈을 거둬 가파른 단애 넘어 솟아오른 임꺽정봉 그리고 도봉산 자락을 두루 살피고 잠깐만에 두 번째 봉우리 상투봉(해발 431.8m)으로 건너뛴다.

2월 초순의 오후 임꺽정봉 가는 길은 서늘하고 뿌옇던 아침나절과 달리 새순이라도 돋을 듯 따뜻하고 화창하다. 햇빛 덜 드는 음지는 간간이 눈이 녹지 않았어도 겨울은 이미 진행을 다 하고 새 계절로 넘어가는 중이다.

바위산답게 생쥐바위, 물개바위, 코끼리바위 등 형상에 맞춰 이름 지은 바위들이 곧잘 나타난다. 바위 이름들은 누가 그렇게 지었는지 세세히 살펴봐도 이름과 부합하는 바위는 그리 많지 않다.

실제 임꺽정봉 오름길은 맞은편에서 험상궂게 보이는 것보다 수월하게 오를 수 있도록 길을 잘 다듬어 놓았다. 밧줄로 경계선을 세워 위험 요소도 줄였다.

오름길에 보이는 악어바위는 다른 바위들과 달리 그 명칭에 걸맞게 바위 군락이 두툼하여 제법 볼륨 있는 악어가죽처럼 보인다.

임꺽정봉(해발 449.5m)에 올라서도 시야가 환하다. 여기서 임꺽정이 움막을 짓고 살았다고 전해진다. 커다란 바위 하나가 세워져 있는데 중간에 움푹 팬 홈이 보인다. 움막을 세울 때 거기에 지지대를 넣었다고 한다.

"도적이 되는 것은 도적질하기 좋아서가 아니라 배고픔과 추위가 절박해서 부득이 그렇게 된 것이다. 백성을 도적으로 만드는 자가 누구인가."

명종실록에 농민의 저항에 대해 그렇게 기록하였다. 사회 경제적 모순이 격화됨에 따라 전국 각지에서 도적 떼가 자연 발생적으로 출몰했다.

비록 실패로 끝났으나 임꺽정 집단은 지배계층에게는 불안과 공포의 대상이 되었으며 농민들에게는 희망을 안겨주었다. 이에 따라 그에 대한 평가도 상반된다. 지배층은 그를 흉악무도한 도적이라고 했고, 백성들은 호의적인 걸 넘어서 의적으로 영웅시했다.

임꺽정은 홍길동, 장길산과 함께 조선시대 3대 도적으로 꼽는다. 로빈훗이나 괴도 뤼팽처럼 대리만족을 주는 의적으로 각인되어 있어서일까. 그들을 도적으로 단순 폄하하기엔 거부감이 일고 서운함도 생긴다.

낮자루든, 밤나무든 주야가 바뀐다고 달라지지는 않는 법이다. 치부를 위한 욕심의 발로가 아니라 굶주림을 면하기 위한 생계형 도둑질이라도 합리화시킬 명분이 세워질 수는 없다. 그런데도 이곳 불곡산에 오면 임꺽정한테 동지애를 느끼는 게 사실이다.

어쨌거나 임꺽정은 조선왕조실록에까지 그 이름을 올린 실존 인물로 명종 때 황해도를 중심으로 평안도, 강원도, 경기도, 충청도까지 거점을 넓힌 전국구 패거리의 우두머리이다. 조정에서는 집단을 형성하여 도적질을 일삼는 그를 잡기 위해 온갖 노력을 기울였으나 그가 토포사 남치근에 의해 체포되기까지 무려 3년여의 세월이 걸렸다.

임꺽정은 두루 지역을 넓혀가며 도적질을 해서인지 파주 감악산에도 임꺽정봉이 있고 철원에도 제 이름으로 된 바위가 있다. 적어도 경기 북부지역에서만큼은 명함 값을 하는 인물이었음이 틀림없다.

임꺽정봉에서 하산을 위해 계단을 내려서고 바로 아래 군사시설이 있는 안부에서 다시 올려다보면 봉우리와 봉우리 암벽에 설치된 계단이 제법 멋진 경관을 자아낸다.

차분하게 이어지는 오솔 숲길을 지나고 묘소도 지나면서

자그마한 아파트 단지가 내려다보이는데 거기가 하산 완료
지점인 양주시 대교 아파트이다.

때 / 늦겨울
곳 / 양주시청 – 백화사 – 십자고개 – 상봉 – 상투봉 – 임꺽정봉 –
양주 대교아파트

몽덕산부터 가덕산, 북배산, 계관산 거쳐 삼악산까지

도전이나 모험이 아닌 자제와 평정을
먼저 떠올려야 한다고 산은 가르쳤었다.
순간적인 결정과 순발력 넘치는 행동은
위험으로 연결되는 지름길임을 산에서 배웠었다.

5월 초, 화악리 윗 홍적 버스 종점에서 내리자 아침 10시
가 지나지 않았는데도 내리쬐는 태양열이 제법 따갑다.

연계 산행을 즐기는 마니아들에 의해 몽가북계라는 용어가
생겨났는데 한북정맥에서 우측으로 뻗은 화악 지맥의 몽덕
산, 가덕산, 북배산과 계관산을 잇는 산행 구간의 머리글자
이다.

거기 네 곳의 산을 찾아왔다가 지도상으로 연결된 걸 보
고 삼악산까지 잇기로 한다.

행정구역상 경기도 연산면 화악 1리를 들머리로 하는 몽
덕산에서 강원도 춘천시 강촌 지역을 날머리로 하는 삼악
산까지의 다섯 산을 넘는 꽤 긴 길이다.

화악리 버스 종점에서 도로의 보호난간이 끝나는 홍적 고
개까지 걸어 올라간다. 춘천에서는 지암리 고개 또는 마장
이 고개라 부르는데 여기가 경기도와 강원도의 경계 지역
이다.

들머리 외진 마을 화악리
그 끄트머리 미끄러질 듯 기운 구릉
적막한 홍적 고개
솟대처럼 높기만 하여 더욱 외로운 나무 한 그루
붉은 꽃 활짝 피어났더라면
고독에 지치고 땀에 찌들어 겨운 시름
잠시나마 덜어냈으려나

쫓지도, 쫓기지도 않고 마냥 그 산들을 걷는다

홍적 고개에서 몽덕산을 오르는 길은 비교적 평탄하다. 신록의 계절에 접어들었지만, 이곳은 아직 겨울 잔해들이 채 걷히지 않은 모습이다. 나뭇가지는 앙상하게 헐벗었고 땅바닥도 온기 뿜어내려면 시간이 더 필요할 듯하다.

이날은 산행하는 이들이 없어 싸리밭길 능선을 호젓하게 걷는다. 사방으로 겹겹의 깊은 산들이 없다면 그냥 밋밋한 능선에서 지루한 걸음을 옮겼을 것이었다.

화악산과 매봉이 지붕을 드러내면서 얼마 지나지 않아 몽덕산 정상(해발 690m)에 닿는다. 쓰러진 정상석을 누군가 기둥으로 받쳐놓았다. 경기도 가평군과 강원도 춘천시의 경계 선상에 있는 몽덕산인지라 지방자치단체 간의 눈치싸움이 끝날 때까지는 당분간 기울인 채로 버텨야 할 듯싶다.

"내 문패 걱정은 하지 말고 쭉 편안한 길이니까 느긋하게 즐기시게."

"네, 산에서 내려가면 담당자한테 바로잡도록 조치시키겠습니다."

뒤돌아보니 고개를 치켜든 촛대봉이 손을 흔들어 배웅해주고 그 뒤로 응봉도 자애롭게 미소를 짓고 있다. 조금씩 고도를 높이기는 하지만 산자락이 부드러운지라 느긋하게 거리를 줄여나갈 수 있다. 다만 햇빛을 피할 수 있는 나무가 능선 아래로 심겨 있어 조금 더 지나서는 더위깨나 먹을 것만 같다.

여전히 비슷한 등산로를 걸으며 오른쪽으로 명지산과 애기봉, 화악산을 보다가 납실 고개라는 갈림길에 이른다. 춘천시 서면 오월리 윗납실로 넘어가는 고개라고 한다.

간간이 새소리와 바람 소리만이 귓전을 스치고 주변에 걷는 이 한 사람 없다. 시간이 지날수록 먼 하늘이 청명해지고 있다. 여름 이후엔 키 큰 억새로 인해 걷기가 무척 불편할 듯도 느껴지지만 대체로 넓은 능선은 굴곡이 심하지 않아 겨울 산행에 적합할 것처럼 보인다.

몽덕산에서 외길을 편안하게 걷다가 가덕산에 다다른다. 한 시간이 채 걸리지 않아 가덕산(해발 858.1m)에 도착했으니 어지간한 산의 봉우리와 봉우리처럼 가까운 데 산이 이어지고 있다. 너른 억새 군락지대인 가덕산 정상에서 북배산과 계관산으로 이어지는 능선을 바라보고는 곧장 길을 향한다.

삿갓봉으로 가는 삼거리가 나오고 춘천 서면 서상리로 넘어가는 퇴골 고개로 이어진다. 능선 아래로 노랗게 무리 지은 야생초가 평화로이 햇살을 즐기고 있다.

오늘 이어지는 다섯 산 중 해발고도가 가장 높은 북배산 北培山(해발 870m)에 도착해서 허기를 채운다. 이때가 홍적 고개에서 출발한 지 세 시간이 지나지 않은 12시 30분경이다.

휴식을 취하며 둘러보니 지나온 가덕산과 화악산이 환히 드러난다. 춘천과 화천 쪽으로 용화산, 그 너머로 사명산도 고개를 내밀고 있다. 명지산에서 연인산, 또 축령산의 정체성을 확인한다.

경기도 가평군은 지형적으로 군의 대부분 지역이 험한 산지를 이루고 있으며, 북쪽에서 남쪽으로 갈수록 점차 고도가 낮아진다. 그 산들을 끼고 가평천이 흘러 북한강으로 합류된다. 명산과 청정계곡이 즐비하여 발 닿는 곳마다 휴양지나 다름없어 자주 오게 되는 가평은 수도권의 넉넉한 힐링 공간이다.

고만고만한 오르내림 후 한 시 방향으로 능선을 틀자 계관산이 보인다. 그늘이 없는 능선의 연속이다. 이젠 더위를 느낄 시간이고 땀이 솟을 만큼 걸었다. 계관산까지는 보이는 것과 달리 꽤 긴 편이다. 낮은 하늘로 뭉게구름이 흘러가고 능선 아래엔 진달래, 억새랑 잡목들이 마구 섞여 질서는 없어 보여도 수더분하고 자유스럽다. 쫓길 것도, 쫓을 것도 없는 곳, 그래서 산은 산이다.

살아오면서 성실함과는 거리가 있었다. 크게 인내력이 있지도 않았다. 그런데 산을 알고부터, 특히 장거리 연계 산행에 몰입하면서부터 성실함이 절로 몸에 밴 듯하다.

일단 산에 들어서면 앞으로 나아가지 않고는 달리 방안이 없다. 위로 솟구쳐 오르면서 인내심은 습관으로 자리 잡게 되었다. 살아가면서 필요 불급한 것들을 내 것으로 하게 되었으니 이런 큰 가르침을 산이 아닌 어디에서 익힐 수 있었겠는가.

가평군 고달면 목동리 싸리재 마을로 내려가는 삼거리 고개인 싸리재를 지난다.

들짐승의 등줄기 같은 구릉 몇 개를 넘다 보니 닭 볏 형상으로 솟은 계관산鷄冠山 정상(해발 735.7m)에 이르자 몇몇 등산객들이 모여 있다. 싸리재 버스종점에서 올라왔다고 한다. 명지산과 화악산이 커다랗게 뭉친 구름을 얹었고 의암호 너머로는 춘천 시내가 낮게 몸을 굽히고 있다.

몽가북계의 4산 연계 산행에서는 보통 여기 계관산 정상에서 2.8km 아래의 싸리재 버스 종점으로 하산하게 된다. 홍적 고개에서 여기 계관산까지 11.2km이니 총 14km 거리의 4산 종주 코스라 할 수 있다.

험하기가 수리 발톱 같은 삼악산인데다 심하게 지쳤다

"이리 갈까, 저리 갈까?"

능선 너머 다소 아득하게 보이는 삼악산과 싸리재 내리막을 놓고 잠시 망설인다.

"지나침은 모자람만 못하다고 했는데."

도전이나 모험이 아닌 자제와 평정을 먼저 떠올려야 한다고 산은 가르쳤었다. 순간적인 결정과 순발력 넘치는 행동은 위험으로 연결되는 지름길임을 산에서 배웠었다.

삼악산까지 갔다가 내려가려면 지금까지 온 만큼 혹은 그보다 더 가야 한다. 거리보다 중요한 건 길을 제대로 찾을수 있느냐는 거다. 충분히 검색했지만, 실제 산길은 지도와 매우 다르다는 것을 여러 번 겪어봤다. 더구나 식수가 거의 바닥을 드러낸 상태다.

"아아, 그런데도 나는……"

걸음은 머리가 결정 내리기 전에 이미 그쪽으로 내디디고
있다. 이제부턴 더욱 지치고 고독한 수행이 될 것이다. 계관
산 정상에서 900m 지점에 낡은 이정목이 세워졌는데 삼악
산까지 8km라고 적혀있다.

다시 빠른 걸음으로 꽤 많이 왔다고 생각했는데 삼악산
등선봉까지의 거리가 침울하고 목이 타게 한다. 7.3km 거
리의 등선봉에 올랐다가 강촌마을로 내려갈 때까지 갈증을
견뎌내야 한다.

"나이 먹을수록 주머니에 돈 떨어지면 외로워져."

갑자기 왜 이런 말이 떠오르는 걸까. 없으면 더 궁해지나
보다. 인적 없는 산길에 익숙해 있기는 하지만 물이 없어서
일까, 마을도 갈림길도 보이지 않는 외길이다 보니 은근히
걱정스러워지고 바짝 입이 타들어 간다. 그러나 산은 믿음
을 준다. 언제나 내 편일 거라는 강한 믿음을 준다. 늘 그
래 왔다.

지천에 숱하게 깔린 바이올렛 야생화를 내려다보고 크게
심호흡을 하며 마음을 안정시키려 하지만 좀처럼 불안이
가시지 않는다.

그렇게 조바심을 안고 석파령 꼭대기(해발 380m)까지 왔다. 그런데 이정표에 삼악산으로의 방향 표시가 없다. 표시가 없으면 직진이 운행 상식이다. 내비게이션도 그렇지 않은가. 역시 석파령 전면으로 오르는 길이 보인다.

"그대는 이번에도 안전하게 해낼 걸세."

좌우로 쭉쭉 뻗어 늘어선 낙엽송들이 푸릇푸릇 힘을 실어주는 느낌이다. 이정표나 리본은 진작부터 보이지 않아도 밧줄이 설치되어 있다는 건 제대로 길을 가고 있다는 방증이다. 바위들이 보이고 바위 구간이 나타난 걸 보니 삼악산 자락에 들어서긴 했나 보다.

시간이 지날수록 갈증이 심해 입술이 말라버렸다. 물도 떨어진 상태에서 길을 연장한 게 후회가 되기도 하고 무모함에 자책하게도 된다.

"역시 과유불급이었나."

바윗길을 타고 또 타길 거듭해서 수북한 돌무더기에 이르렀는데 삼악 3봉 중 한 곳인 청운봉이다. 주봉인 용화봉과 등선봉 그리고 여기 청운봉을 일컬어 삼악산이라 명명했다. 잡목 숲 사이로 등선봉과 570m의 삼악 좌봉이 잡힌다.

왼쪽으로 계관산이 8.7km, 오른쪽으로 등선봉이 1.2km인 이정표가 있다. 날카롭기가 수리 발톱 같은 삼악산인데다 심하게 지쳐있다.

이정표의 수치가 오늘처럼 멀게 느껴진 적이 있었던가. 북한강 줄기를 보면서도 저 물을 마시고 싶단 생각만 든다.

등선봉의 앉은뱅이 정상석(해발 632m)과 키를 맞춰 앉는다. 아니 정상석 옆으로 주저앉는다는 표현이 적절하다. 신선이 되어 오른다는 등선봉 앞에서 셀프 카메라를 들이댔는데 낯빛까지 창백하니 신선은 고사하고 영락없는 노숙자다. 그래도 오늘 목표한 다섯 산의 최후 봉우리에 이르자 긴장이 누그러지며 뿌듯한 기분이 든다. 어둠이 몰려올 시간이기에 여기서도 서두르지 않을 수 없다.

"다시 만날 땐 편한 맘, 웃는 얼굴로 해후하세나."

등선봉의 인사말도 듣는 둥 마는 둥 등을 돌린다. 삼악 좌봉 쪽으로의 하산로, 그야말로 너덜길이다. 다시 고개 들어 저물어가는 한북정맥의 산들을 둘러본다.

"이처럼 시련을 주는 그대 산들이 있으므로 그래도 난, 무척 행복하다오."

강촌에 하나둘 불빛이 켜지는 중이다. 마음이 급해진다는 걸 의식하며 끝까지 조심해야 한다고 마음 다지지만, 허기까지 겹쳐서일까. 암릉 하산길이 무척 어지럽다.

두어 번 왔던 곳인데 삼악 좌봉으로 건너는 길이 왠지 생소하다. 끝내 하산로를 찾으려 헤매다가 길이 아닌 곳으로 들어서고 말았다. 위험지역이란 표지판을 보고 안전한 길을 찾는다는 게 그만 위험지역으로 들어섰다.

"침착해야 해. 차분해져야 한다."

그랬어도 미끄러워 헛디디기를 여러 번, 거의 80도에 가까운 낙엽 경사로를 간신히 내려오고 보니 바위가 굴러 생긴 애추崖墜의 너덜지대다. 경직된 긴장 탓으로 온몸이 땀에 젖었다. 이미 어둠이 산을 휘덮었다.

"하나님! 도우소서."

저도 모르게 하나님을 찾으며 도와달라고 중얼거린다. 헤드 랜턴도 없이 최대한 서행하며 조심스럽게 발을 내딛다가 물소리를 들었다. 바위틈에 팔을 뻗어 들이민 물병에 물이 담기는 걸 보니 환청이 아니었다. 이 물이 식수로서 적합한 건지 아닌지는 전혀 상관이 없다. 마치 지옥 같은 곳에서, 태어나 가장 맛있는 물을 먹어보았다.

"아아! 역시 하나님은, 산은 내 편이었어."

불빛을 보고 내려오니 강촌검문소에서 1km 떨어진 국도
변이다. 강변 국도 갓길을 걷는 것도 내리막 산길만큼이나
무섭다. 밤바람을 가르는 차들의 속도가 엄청나다.
 평상시 느끼지 못했던 자신을 깨우치게 됐다. 준비도 안
된 상태에서 내지르는 무모함, 자칫 무기력해질 수 있는 상
황에서의 극복 의지와 생존본능……
 내 안에 스스로도 인지하지 못했던 다른 모습이 있다는
걸 깨달았다. 사람은 역시 예상치 못한 상황에 던져졌을 때
자기 자신의 새로운 모습을 보게 되는가 보다.

"어쨌든 이젠 살았어."

강촌교 앞 건널목에서 파란불을 기다리는 동안 달리는 차
들의 바람 가르는 소리가 이명처럼 울리는 중에 다시 살아
났다는 생각이 든다.

'강촌역에서는 산도 구름도 기차도 강물 속으로 떠난다.'

다리를 건너 강촌유원지에 들어서니 다신 오늘처럼 무모하게 까불지 않겠다는 반성뿐이다.

나 홀로 긴 여정
피로 몰려오고 입술 타들어 가며
나,
무얼 담아 내려왔는가.
수행은 원래 고독하다 했잖은가.
땀 흘려 숨 가쁘게 오르고
수직 비탈 미끄러지며
무얼 담아오려
거길 간 건 아니었잖은가.
길 잃고도
목 축여 해갈하고
내려와 허기진 배 채웠으니
그게 극한의 행복 아니겠는가.

때 / 초여름
곳 / 윗 흥적 버스종점 – 흥적 고개 – 몽덕산 – 납실고개 – 가덕산 –
전명골재 – 퇴골 고개 – 북배산 – 갈밭재 – 자라바위 – 싸리재 – 계
관산 – 작은 촛대봉 – 방화선 끝 – 석파령 – 475봉 – 삼악산 청운봉
– 삼악산 등선봉 – 삼악 좌봉 – 강변로 – 강촌유원지 – 강촌역

잣나무의 보고, 축령산에서 절고개 지나 서리산으로

속임수와 모함으로 조작된 거짓은
영속성이 있을 리 없다.
시간이 지나면서, 우연한 반복에 의해서라도
진실은 드러나기 마련이다.

경기도 가평은 산과 계곡, 호수뿐 아니라 지역 자체가 하나의 자연생태공원이라 할 만큼 나무와 꽃들로 아름다움을 가꾼 곳이다.

그런 가평의 대표적 명소 중 한 곳인 '아침고요 수목원'은 수만 종의 수목을 보유하고 한국적 정서를 담은 최적의 정원으로 꼽는다. 사계절 내내 낮이든 밤이든 아름다움을 찾는 이들로 북적인다.

2009년 10월 일반에 개방되어 오감 생태문화 테마파크로 자리매김하고 있는 '이화원' 역시 자연생태공원으로는 특이하게 다른 것은 결코 틀린 것이 아니라는 화두를 주제로 공간을 구성하였다.

브라질의 커피나무, 이스라엘의 감람나무에 하동 녹차나무, 고흥의 유자나무 등 이색적인 수목들을 한 곳에서 감상할 수 있으며, 인공적이지 않고 부드러운 자연을 담은 '꽃무지 풀무지'는 꾸밈없이 수수한 숲의 모습을 그대로 경험할 수 있다.

이러한 가평군과 남양주시 수동면에 접한 축령산祝靈山은 화악산과 명지산으로 이어지는 한북정맥의 줄기를 타고 내려오다 한강을 코앞에 두고 멈춘다.

고려 말 이성계는 이곳에 사냥을 왔다가 한 마리도 잡지 못하고 얼굴을 붉힌 채 돌아간다.

"그만 돌아가자. 바람이 심해 화살이 자꾸 빗나가는구나."

"이 산은 신령스러운 산이라 산신제를 지내면 백발백중 맞출 것입니다."

몰이꾼의 말을 들은 이성계가 산신제를 지낸 후 멧돼지를 잡았다는 속설이 전해져 이때부터 고사를 올린 산이라 하여 축령산이라 불리게 되었다고 한다.

축령백림의 피톤치드를 흠뻑 흡입하며

산행은 축령산 자연휴양림으로 들어가면서 시작된다. 친구 병소와 동수가 동행했다.

"일찍 왔네."

"가까운데 사는 사람이 먼저 와서 기다려야지."

남양주에 사는 동수가 미리 와서 기다리고 있었다. 오른쪽으로 축령산 정상까지 2.74km, 왼쪽으로 서리산 정상까지 2.64km의 표시가 되어있다. 3년 전에 올랐을 때와 반대로 이번에는 축령산으로 올랐다가 서리산을 거쳐 내려오기로 한다.

울창한 잣나무 숲으로 들어서기 직전에 각종 새 이름으로 문패를 단 숲 속의 집 열세 동이 있고, 1동 18실의 산림휴양관이 있으며 삼림욕장, 휴게소, 체육시설과 야영장 등 편의시설을 두루 갖춘 휴양림이다.

하늘을 찌를 듯 곧고 높이 뻗은 잣나무 숲 길에 접어들자 송진 내음이 진하다. 아늑하고 포근한 숲에 풍기는 잣 향을 음미하며 천천히 걷는다.

"여길 축령백림이라고 부르지."
"축령백림?"
"가평 8경 중에서 7경에 속하는 잣나무 숲을 이르는 명칭이야."

인근에 살아 이 일대를 잘 아는 동수가 설명을 덧붙인다. 해방 전후 심은 잣나무 묘목들이 70여 년이 지난 지금 아름드리 잣나무 숲으로 변해 삼림욕장과 자연휴양림으로 편안한 공간을 조성하고 있다.

"그 말을 들으니 몸이 편안해지는데."

머리보다 몸이 먼저 느끼고 반응하게 된다. 잣나무가 뿜어내는 피톤치드 덕분에 아무리 걸어도 피로감이 생기지 않을 것만 같다.

잣나무의 피톤치드는 다른 나무에 비해 월등한 효과가 있어 각종 감염질환이나 아토피 질환은 물론 면역력을 좋게 해 줄 뿐 아니라 우울증 같은 마음의 병도 완화하는 효과가 있다고 하니 말이다.

"명의가 따로 없군."

이맘때쯤의 가을 잣나무가 가장 늠름하다고 한다. 봄과 여름을 견뎌내고 그 푸름이 절정에 달하면서 실한 잣송이들이 열리기 시작한다. 꽃이 피고도 꼬박 한해를 넘겨 다음해 가을이 되어야 잣을 수확할 수 있다니 서두른다고 해서 잣을 먹을 수는 없는 노릇이다.

암벽 약수터에 졸졸 흐르는 약수를 보고 바윗길과 너덜길을 번갈아 지난다. 그리고 잣나무 향이 채 사라지기도 전에 바위에 낮게 가지를 뻗은 소나무의 강인한 생명력을 보게 된다.

예로부터 축령산은 골이 깊고 산세가 험해 다양한 야생동물이 서식하였는데, 그중에서도 독수리가 많았다고 한다.

 이 바위를 멀리서 바라보면 독수리의 두상을 닮았다고 하여 수리바위라 부르고 있는데 실제로 얼마 전까지 이 바위 틈에 독수리 한 쌍이 둥지를 틀고 살았다고 한다.

 아래로 조금 더 내려가면 조선시대 때 홍 씨 성을 가진 판서가 늦도록 후세를 잇지 못해 애를 태우던 중 이 산에 올라 제단을 쌓고 지성으로 기도했다. 그러자 얼마 지나지 않아 아들을 낳아 자손 대대로 가문이 번창했다는 전설이 깃든 홍구세굴이 있다. 축령산의 신령스러움을 부각하는 또 하나의 전설이다.

 정녕 모나서 정 맞은 남이바위인가

 밧줄이 설치된 바윗길을 올라 수동면 일대를 내려다보고 고목 군락을 지나 남이바위에 이르게 된다. 조선 세조 때의 명장이었던 남이장군이 한성의 동북방 요충지인 이곳에 자주 올라 지형지물을 익히며 심신을 수련했다고 하여 남이바위라고 부른다.

 백두산의 바위 돌은 칼을 갈아 모두 없애 버리고
 白頭山石 磨刀盡
 두만강 물은 말을 먹여 다 말려버리리라.

160

豆滿江水 飮馬無
남아 이십 대에 나라를 평화롭게 하지 못하면
男兒二十 未平國
후세에 누가 대장부라 부르리요.
後世誰稱 大丈夫

속이려 사력을 다하는 자에게 어찌 속지 않을 수 있으랴.
남이장군은 북방 정벌 때 지은 이 북정가北征歌로 인해 목
숨을 잃게 된다.

조선 3대 왕 태종 이방원의 외손자로 태어나 지혜와 용맹
을 갖춘 건장한 청년 남이는 무관으로 급제하여 이시애의
난을 평정하고, 변방의 여진족을 정벌하는 혁혁한 공을 세
운다. 공신으로 승승장구하며 28세의 젊은 나이에 병조판서
에 올랐으나 유자광의 모함으로 역모죄에 몰리고 만다.

역모죄의 단초는 북정가의 셋째 행, 남아 이십 미평국의
'平'자를 얻을 '得'자로 바꾸어 '남아 20세에 이르러 나라
를 얻지 못하면'으로 고쳐 고함으로써 역모의 굴레를 벗어
나지 못하고 형장의 이슬로 사라지고 말았다.

속임수와 모함으로 조작된 거짓은 영속성이 있을 리 없다.
시간이 지나면서, 우연한 반복에 의해서라도 진실은 드러나
기 마련이다. 유자광은 뛰어난 기개와 용력으로 세조의 총
애를 받아 서얼이라는 신분의 한계를 극복하고 두 차례나
일등공신에 책록된 인물이다.

조선 7대 왕 세조부터 11대 중종에 이르기까지 5대에 걸쳐 출세 가도를 달렸지만 사림으로부터 남이의 옥사를 고변하고 무오사화를 일으킨 희대의 간신으로 규정되어 비참한 최후를 당했고 조선왕조 내내 지탄의 대상이 되었다.

"당대의 두 천재가 힘을 합쳤으면 조선이 달라졌을 텐데."
"예나 지금이나 그게 어려운 거지. 두 개의 태양이 같이 비추면 세상이 어두워지거든."

남이장군의 한이 가득 담겼을지도 모를 남이바위가 불현듯 모난 돌처럼 보이기도 한다. 그러나 남이는 모나서 정 맞은 돌에 비유할 수 없는 인물이다. 열등감과 시샘에 의한 억울한 희생자이다.

사면이 직벽 낭떠러지인 남이바위를 지나고 헬기장을 또 지나니 바로 축령산 정상(해발 886.2m)의 돌탑과 태극기를 보게 된다. 드높은 가을 하늘 아래로 주금산, 천마산, 용문산, 운악산과 경기도에서 으뜸 버금가는 화악산과 명지산을 조망한다.
또 저 아래로 잔잔한 청평호를 내려다보고 서리산으로 향한다. 능선 오른쪽 아래로도 잣나무 숲이 광활하게 펼쳐져 있다.

162

"세상이 여기 잣나무 숲만 같아도 좋겠건만."

"왜? 아토피에 좋아서?"

"올려다봐. 다 같이 쭉쭉 뻗었잖아."

"제 살길만 찾으려 하지 않는다?"

"그렇지. 어느 한 놈이 더 굵고 더 높아지려면 옆의 다른 나무를 쓰러뜨려야 했겠지."

동수의 견해로 인해 빠져나와서도 잣나무 숲을 다시 쳐다보게 된다. 무릉도원과 지옥은 같은 곳에 존재하는지도 모르겠다. 세상은 거기가 어디든 욕심이 아니라 필요에 의해 살면 무릉도원이고 유토피아일 것이다.

그러나 탐욕이 날카로운 발톱을 세우는 순간 이미 그곳은 지옥이 되고 만다. 탐욕의 끝은 잣나무 숲과는 전혀 다른 암울한 터널로 남을 것이다.

절고개 가까이 풍성하게 자란 억새들이 소소히 부는 산바람에도 요란스레 몸을 흔들어댄다.

절고개를 지나면 한결 편한 길이 이어지면서 헬기장을 지나 휴양림 주차장으로 하산할 수 있는 억새밭 갈림길에 이르게 된다. 축령산을 뒤돌아보고 짧은 바윗길과 완만한 오르막 언덕을 넘어 서리산(해발 832m)에 닿는다.

바위가 많은 축령산에 비해 육산인 서리산은 느낌도 여성적인 면이 짙어 보인다. 여기서도 조망은 여전히 시원하게 뚫려있다. 서리가 내려도 쉽게 녹지 않아 늘 서리가 있는 것처럼 보인다는 서리산은 축령산과 함께 자연휴양림을 분지처럼 쓸어안고 있다.

5월 철쭉 철이 되면 정상에서 화채봉까지 700여 m에 달하는 한반도 지형과 흡사한 철쭉동산이 있어 많은 등산객이 찾는 곳이기도 하다. 지금은 가지만 앙상한 철쭉 터널을 지나 전망대에서 한숨 돌리며 가평 일대를 내려다본다.

화채봉은 휴양림과 연결되지 않아 진입을 통제하고 있다. 힘차게 뻗은 잣나무 숲길을 통과하여 내려서면 중간에 너덜지대가 있긴 하지만 내리막 걸음에 큰 불편함은 없다. 서리산 간이 목교를 지나 평지를 걸어 휴양림 제1 주차장까지 닿으면서 산행을 마치게 된다.

때 / 초가을
곳 / 축령산 자연휴양림 – 잣나무 숲 – 수리바위 – 남이바위 – 축령산 – 절고개 – 서리산 – 화채봉 삼거리 – 간이 목교 – 원점회귀

원효대사와 요석공주의 멜로, 만산홍엽 소요산

불교의 가르침을 형상화한 문에 연꽃이 새겨져 있다.
문 위의 종에서 청아한 소리가 난다.
해탈문을 통과하건만 세속의 백팔번뇌에서 벗어나고
다시 이르게 된다는 해탈의 경지를 어찌 헤아릴 수 있을 것인가.

경기도 동두천시와 포천시 신북면에 걸쳐 있는 소요산逍遙山은 1981년 국민 관광지로 지정되었는데 화담 서경덕, 봉래 양사언과 매월당 김시습이 종종 노닐며 거닐었다逍遙하여 소요산이라 부른다. 과거 문인들의 휴양지였다가 지금은 국민 관광지이자 동두천시민의 아늑한 휴식처로 자리한 곳이다.

주차장을 지나 소요산 탐방지원센터 입구부터 조선 초의 역사를 접한다. 이곳에 조선 태조 이성계가 머물렀던 별궁인 행궁지가 있다.

"난 그놈이 싫어."

형제들을 죽이고 왕위에 오른 태종 이방원의 꼴사나운 모습이 싫어 도성 한양을 떠나 함경도 함주로 가는 길에 한동안 소요산에 머무른다. 어렵사리 나라를 건국했는데 권력을 쥐고자 자식들끼리 칼부림을 하였으니 그 아비의 심정이 어떠했을까.

소요산은 하백운대, 중백운대, 상백운대, 나한대, 의상대, 공주봉의 여섯 봉우리가 말발굽 모양의 능선을 이루고 있는데 오늘 말발굽을 따라 소요하며 역사의 숨결을 따라가기로 한다.

일단 보여주고 산행을 시작하게끔 하는 소요산이다

소요산 단풍문화제에 즈음한 시기라 추색이 완연하기도 하지만 소요산에 이처럼 많은 인파가 몰린 건 처음 본다. 국민 관광지답게 입구에 아치 형태의 문을 만들어 연리지 문이라 명명했다.

원효대사와 요석공주를 형상화하여 두 사람의 애틋한 사랑이 천년을 지나 연리지처럼 이어진다고 적어놓았으나 글쎄, 그처럼 열렬한 관계는 아니었던 것 같다.

포장도로를 따라 요석 공원에 이르는데 많은 탐방객이 단풍 그늘에 자리를 깔고 가을을 즐기고 있다.

"그 누가 내게 자루 없는 도끼를 빌려주지 않겠는가. 나는 하늘을 떠받칠 기둥을 찍으리라."

30대의 원효는 전국 방방곡곡을 돌며 이런 노래를 부르고 다녔다.

"필경 이 스님이 귀한 아들을 낳고자 하는구나."

이렇게 해석한 신라 29대 무열왕은 딸인 요석공주를 원효와 맺게 하여 훗날 대유학자가 된 설총을 낳게 된다. 그 후 원효는 파계승이 되어 표주박을 두드리며 노래하고 춤추면서 세월을 보내다가 이곳 소요산에 머물며 수행에 전념하였다.

그즈음 요석공주는 아들 설총을 데리고 이곳에 와서 조그만 별궁을 짓고 원효를 흠모하며 그가 수행하는 원효대를 향해 예불을 드렸다.

경기 소금강이라고 덧붙여 적은 자재암 일주문을 통과하니 좌측의 약수터에도 많은 이들이 물을 받고 있다. 조금 더 지나 원효폭포 못미처에 있는 대리석 다리 속리교에서 왼편은 자재암 코스이고 오른편은 공주봉으로 가는 길이다.

어느 쪽으로든 정상 일대의 능선으로 갈 수 있다. 속세와의 인연을 끊는다는 의미로 명명한 속리교俗離橋를 수많은 속인이 건너고 있다.

속리교를 지나 좌측의 아담한 폭포가 원효폭포이다. 원효대사가 원효대에서 수행을 하다가 내려와 휴식을 취하던 곳으로 폭포 옆에 원효굴이라 칭한 작은 동굴이 있다. 원효굴 안에는 섬세하게 조각한 일곱 석불을 봉안하였는데 극락 삼존과 사천왕상이다.

동굴이 있는 바위 절벽 위를 원효대라 하는데 수도하던 원효대사가 모든 것을 체념하고 자살하려 뛰어내리려는 순간 문득 도를 깨우쳤다는 이야기도 전해 내려온다. 여기까지만 보아도 소요산은 원효대사가 감독, 주연을 맡고 제작까지 총괄한 원효의 산이라 해도 과언이 아닐 것이다.

그리고 108계단을 걸어 오른다. 번뇌를 떨쳐내며 계단을 오른 후 작은 계곡을 지나고 극락교를 건너 자재암에 들어서게 된다. 신라 선덕여왕 때 원효대사가 창건한 암자로 원효대사가 깨달음의 경지를 일컫는 무애 자재無碍自在의 수행을 쌓았다고 해서 그 이름이 유래되었다. 청량폭포는 여전히 흐트러짐 없는 물줄기를 쏟아내고 있다.

나한전 바로 우측의 원효샘은 지하 100m의 지하수로 물맛 좋기로 이름난 샘물이라 물을 받으려 많은 사람이 줄을 섰다. 고려 시대의 시인 이규보는 젖처럼 맛있는 차가운 물이라며 감탄했다는데 그 맛이 어떤 건지 궁금하기는 한데 그냥 지나치고 만다.

일단 보여주고 산행을 시작하게끔 하는 소요산에서 가을 정취와 원효의 숱한 자취, 기암과 폭포를 눈에 담고 해탈문

앞에 멈춘다.

불교의 가르침을 형상화한 문에 연꽃이 새겨져 있다. 문 위의 종에서는 청아한 소리가 난다. 해탈문을 통과하건만 세속의 백팔번뇌에서 벗어나고 다시 이르게 된다는 해탈의 경지를 어찌 헤아릴 수 있을 것인가. 해탈문을 통과한들 나옹선사의 '선시禪詩'가 주는 채움의 미학을 어찌 헤아려 자기 것으로 할 수 있을 것인가.

청산은 나를 보고 말없이 살라하고
창공은 나를 보고 티 없이 살라하네

탐욕도 벗어놓고 성냄도 벗어놓고
물같이 바람같이 살다가 가라하네

말없이 살라하네 푸르른 저 산들은
티 없이 살라하네 드높은 저 하늘은

탐욕도 벗어놓고 성냄도 벗어놓고
물같이 바람같이 살다가 가라하네

세월은 나를 보고 덧없다 하지 않고
우주는 나를 보고 곳없다 하지 않네

번뇌도 벗어놓고 욕심도 벗어 놓고

강같이 구름같이 말없이 가라하네

아무것도 헤아리지 못하고, 아무것도 얻은 것 없이 해탈문을 통과하면서 본격적인 산행을 하게 된다. 기암괴석과 숲을 끼고 길고도 가파른 계단이 이어진다.

백운대 능선의 첫 봉우리 하백운대(해발 440m)는 펑퍼짐한 공터이다. 조망은 가렸지만 벌어진 나무 틈으로 울긋불긋한 단풍 숲을 눈에 담을 수 있다. 매월당 김시습이 소요산에 머물며 노래하였다는 시구가 적혀있다.

길 따라 계곡에 드니
봉우리마다 노을이 곱다
험준한 산봉우리 둘러섰는데
한줄기 계곡물이 맑고 시리다

이성계의 진노를 듣고, 요석공주의 사모를 느끼다

비교적 평탄하여 걷기 좋은 능선의 바위 주변으로 몸통을 함부로 비틀며 이리저리 가지를 뻗은 소나무들이 눈길을 끈다. 중백운대를 지나 상백운대를 250m 남겨둔 지점에서 선녀탕을 거쳐 자재암으로 하산하는 삼거리를 지난다.

상백운대(해발 560.5m)에 이르자 하늘은 더욱 높고 가을색은 완연한데 태조 이성계의 진노가 메아리친다.

"혈육을 무참히 죽이다니 하늘이 무섭지 않으냐."

이성계는 왕자의 난 이후 소요산 아래에 행궁을 짓고 불교 수행에 힘쓰며 이곳에 자주 올라 회한을 달랬다고 하지만 사랑하는 아들과 조선 건국의 일등공신 정도전을 잃은 한이 어디 쉽사리 달래질 일이겠는가.

아마도 이방원에 대한 원망으로 속이 문드러졌을 것이다. 1398년과 1400년, 건국 이후 10년도 지나지 않아 피비린내 나는 내홍을 두 차례나 겪은 조선이지만 그 후로도 500년을 넘게 이어간다.

상백운대에서 350m 떨어져 크고 작은 편마암들이 즐비한 칼바위는 소요산의 절경을 한층 돋보이게 하는 구간이다. 바위와 바위틈으로, 혹은 바위를 뚫고 뿌리를 내린 소나무들과 울긋불긋 물든 단풍 숲이 걸음을 더디게 한다.

칼바위를 지나 소요산에서 두 번째로 높은 나한대(해발 571m)에 이른다. 여기서 길을 이어 얼마 지나지 않아 주봉인 의상대(해발 587m)에 닿는다. 바위 봉우리인 의상대에서 인근 마차산을 볼 수 있고 파주 감악산과 국사봉, 왕방산, 해룡산, 칠봉산이 휘감아 이어지는 걸 보게 된다.

여기서 공주봉으로 향하면서는 능선 아래쪽으로의 풍광이 더욱 아름답다. 소요산의 마지막 봉우리이자 우측 능선으로 오르는 첫 봉우리가 공주봉(해발 526m)이다.

"사랑은 한 사람의 뜻만으로는 끝날 수 없사옵니다."

원효대사를 향한 요석공주의 애끓는 사모를 기려 붙여진 명칭이라고 한다.

"절이 싫어 떠난 중은 다시 불러들이는 게 아니오."

쉽고 편하게 잘 살 수 있는 길을 버리고 원효는 고행을 택했다. 삶의 결정적 순간에 이질적 판단을 내린 조선 태종 이방원과 원효대사를 대비하며 일개 범부로서 그 두 사람의 입장에 섰다면 어찌했을까.

아마 그 어떤 판단이나 행동도 저들처럼 극단적으로 취하지는 못했을 거란 생각이 든다. 결과를 위해 수단을 가리지 않기도 어렵거니와, 자신의 양심이나 이상을 위해 함께 한 이를 버리기도 쉽지 않은 일이다.

"역사는 남다른 이들이 만드는 건가 봐."

복잡한 과거사에서 벗어나 서울 쪽으로 눈을 돌리니 도봉산이 흐릿하다. 공주봉에서 원점으로 회귀하는 하산로는 다소 가파르다가 구절터 인근에서 더욱 험하고 미끄러워 조심스럽다.

산에서 내려오자 탐방객들이 훨씬 많아졌다. 절정의 가을을 즐기는 이들의 웃음이 여기저기서 말갛게 들린다.

때 / 가을
곳 / 소요산 관광 탐방안내소 – 소요산 일주문 – 자재암 – 하백운대
– 중백운대 – 상백운대 – 칼바위 – 나한대 – 의상대 – 공주봉 – 구절
터 – 원점회귀

출렁다리로 거듭난 경기 5악 감악산의 겨울

강원도 원주의 소금산에 출렁다리가 생기면서
으뜸의 자리를 내어주었지만 길이 150m, 폭 1.5m의
무주 탑 산악 현수교로 주변 산세와
적절히 조화된 모습이다.

서울과 개성의 중간지점에 있는 경기도 북서부의 파주시는 북쪽으로 임진강이 연천군을 끼고 흘러 한강과 만나는 한강 하류 지역으로 군사분계선이 지나는 임진각과 판문점이 이곳에 있다.

1970년 후반에 미군이 일부 철수하고 기지촌이 쇠퇴하면서 대규모 신도시가 건설되었고, 남북화해의 분위기를 타며 인구가 증가하고 더불어 땅값도 오르기 시작했다.

경기 5 악의 하나로 산세가 험하고 폭포, 계곡, 암벽 등이 발달하였으며 파주시에서 가장 높은 감악산紺岳山은 양주시 남면, 연천군 전곡읍에 걸쳐 있는데 바위 사이로 검은빛과 푸른빛이 동시에 비춰 감색 바위산이라는 의미로 그 명칭이 생겼다고 한다.

인근 주민들은 감악산을 신령스러운 산으로 인식해 왔는데 태조실록에 의하면 조선시대 궁중에서 봄과 가을에 국가의 안정과 평안을 위하여 별기은別祈恩이라는 산신제를 지냈

다고 한다.

이 산도 임꺽정이 활개를 치고 다녔었다

감악산 가는 길, 설마리에 영국군 전적비가 있다. 6.25 한국전쟁 때 UN군으로 참전했던 영국군이 2개 대대의 병력으로 중공군 3개 사단을 거의 전멸시킨 설마리 전투를 기념하기 위한 것이다.

눈이 펑펑 쏟아지는 신년 초, 다섯 해가 지나 다시 찾은 감악산은 감회가 새롭다기보다는 낯선 분위기에 다소 어리둥절하다. 관광지로서 시설투자는 물론 주변 면모를 일신하여 예전에 느꼈던 오지의 분위기는 온데간데없다.

친구 병소, 호근이와 함께 첫 신년 산행지로 출렁다리가 생긴 감악산을 찾았다. 잘 지은 만남의 광장 오른편 계단을 올라 출렁다리 쪽으로 향한다.

"눈이 너무 많이 내려서 다리를 건널 수 있을까?"

호근이의 우려가 쓸데없는 기우였음은 10분도 채 지나지 않아 알게 된다. 눈을 맞으면서도 많은 사람이 출렁다리를 건너가고 있다. 함박눈이 펑펑 뿌리는 붉은색 다리에 다양한 색상의 파카와 점퍼가 출렁이는 광경이 이색적이다.

 감악산 출렁다리는 도로로 인해 잘려 나간 설마리 골짜기를 연결하여 길을 이어놓았다. 강원도 원주의 소금산에 출렁다리가 생기면서 국내 으뜸의 자리를 내어주었지만 길이 150m, 폭 1.5m의 무주 탑 산악 현수교로 주변 산세와 적절히 조화된 모습이다.

"정말 멋지네."
"오늘 분위기에 딱 맞는 산이야."

 다리를 건너면서 지붕이 하얗게 덮인 운계 전망대와 범륜사를 보게 된다. 다리를 건너 능선 계곡 길을 버리고 운계 폭포와 범륜사를 지나 정상으로 향하는 등로를 택하자 수북이 쌓인 눈길을 걸어 올라가 숯가마 터에 닿게 된다.

 1960년대 말까지도 이곳에서 참숯을 구워 내다 팔았다고 한다. 감악산에는 숯가마 터 흔적이 여러 곳에 남아있다. 조금 더 올라 화전민이 주거했던 묵은 밭에 이른다. 이 높은 곳에서 밭을 일구고 숯을 구우면서 살았으니 얼마나 생활력이 강했던가.

"넌 편하게 사는 거야."
"내가 왜?"

"바닷가 전원생활이 이 산꼭대기에서 사는 것보다 얼마나 편하고 낭만적이냐는 말이지."

석모도에 전원주택을 짓고 막 도심 생활을 옮긴 호근이다. 각자 원하는 생활 취향이 다르겠지만 평상에서 일탈을 추구한 친구의 선택을 존중하지 않을 수 없다.

오른쪽 숲길을 지나 쉼터로 조성한 만남의 숲에서 잠시 숨을 돌리며 NFC 스마트 안내판이 세워진 걸 무심히 보게 된다. 적힌 대로 휴대폰 슬라이드 바를 내려 NFC 읽기/쓰기 기능을 활성화한 후 터치하니 위급에 처했을 경우 자신의 위치를 자동 문자로 신고해주는 기능이다. 참 좋은 세상이다. 스마트 폰 하나면 뭐든 할 수 있는 세상으로 변했다.

"이젠 안심이야."
"뭐가?"
"너희들이 빨리 가도 길 잃을 염려가 없어졌잖아."

호근이의 밝은 표정을 본 병소가 "천천히 와. 먼저 갈게." 라고 내뱉고는 앞서 걷는다. 병소가 오른쪽 임꺽정봉으로 향하는 능선 길로 먼저 내딛는 바람에 왼쪽의 편안한 어름 골재로 가는 길을 버리게 된다.

능선에 들어서서 오르막 경사로를 거쳐 장군봉과 임꺽정봉을 마주한 암봉에 이르자 절벽 아래로 부도골과 신암 저수지 일대가 내려다보인다. 점점 약해지던 눈발이 멎으면서 시계가 훨씬 밝아졌다.

통천문이라고 일컫는 석문을 지나 장군봉(해발 640m)에 올랐다가 봉암사 갈림길이 있는 안부 부도골재를 통과하고 신선바위라고도 하는 병풍바위 밑에서 오른편으로 돌아 바위를 오르면서 임꺽정봉(해발 676.3m)에 도착한다. 하얗게 펼쳐진 양주 들판과 눈에 파묻힌 듯한 마을이 아담하다.

산 밑에서 올려다보는 임꺽정봉은 매처럼 생겨 매봉 혹은 응봉이라고도 부른다. 이곳 아래에는 너무 어두워 깊이와 넓이를 가늠키 어려운 굴이 있다. 설인귀 굴 또는 임꺽정 굴이라 부르기도 하며 일설에는 고려 말 충신 남을진이 고려 멸망 후 은거한 남선굴이라고도 전해진다. 남을진이 신선처럼 살던 굴을 줄여 칭한 명칭이다.

"설인귀는 왜?"

임꺽정은 경기도 양주 태생으로 지척인 이곳까지 활동지를 넓혔을 거로 추측할 수 있겠지만 평양성을 함락하고 고구려를 멸망시킨 당나라 장수 설인귀는 왜 등장하는 것일까.
설인귀가 고구려를 칠 때 이 굴을 중심으로 진을 쳤다는 전설도 전해지거니와, 조선 세종실록지리지 및 신 증 동국여지승람에는 지금의 파주시인 양주 적성현에 위치한 감악산의 산신을 설인귀라고 지목한다. 신라 사람들이 설인귀를 위해 사당을 세웠으며 이후 감악산의 산신이 되었다고 전하고 있다.

이들 세 사람의 공동명의로 된 굴에서 어름골재를 지나 감악산 정상(해발 675m)에 오르자 헬기장과 군 초소가 있는 개활지에 태극기가 펄럭인다.

사방으로 시야가 열려 청명한 날에는 임진강 너머로 개성의 송악산이 보이고, 동두천의 소요산은 물론 동북쪽으로 철원의 금학산과 고대산이 보인다고 한다. 오늘은 가까운 양주의 불곡산도 흐릿하고 북한산과 도봉산도 어렴풋하기만 하다.

전쟁의 상흔 깊이 배인 피아의 각축장

군부대 울타리 옆 돌무더기 위에 정상 표지석과 그 위로 오래되어 허름한 비석이 있다. 향토유적 8호로 지정된 이 감악산 비는 새긴 글이 모두 닳아버린 몰자비沒字碑이다. 비스듬하게 서 있어 빗돌대왕비라고도 불리며 일설에는 설인귀의 공적을 기리는 사적비라고도 하고 광개토대왕의 비라는 말도 있다.

근년에는 신라가 한강 변을 차지한 후 세운 제5의 진흥왕 순수비라는 설도 유력하게 대두되고 있으니 역사학자들의 관심 대상인 것만은 분명해 보인다.

임진강을 끼고 있는 이 일대는 예로부터 군사적 요충지여서 전쟁의 상흔이 깊이 배어 있다. 삼국시대부터 한반도의 지배권을 다투던 고구려, 백제, 신라의 각축장이었고 1010년 고려 현종 때는 거란군이 임진강 장단까지 침입하였는데 감악산 신사에 펄럭이는 깃발이 마치 많은 군마가 늘어선 것처럼 보여 더는 남침하지 못하고 물러갔다고 한다. 또 한국전쟁 때는 고랑포 싸움의 격전지였던 곳이다.

"풍파가 끊이지 않았던 곳이군."

정상 바로 아래의 팔각정 전망대를 지나 내려가서 암릉과 노송이 잘 어우러진 까치봉(해발 560m)에 이른다. 이곳에서의 경관도 날만 좋으면 무척 수려한 곳이다.

북쪽으로 파주시 적성면 일대와 임진강이 보이고 멀리 북녘땅까지 조망할 수 있는데 오늘 함께 온 친구들이 볼 수 없어 아쉬움이 남는다.

"못 봐도 괜찮아. 추우니까 빨랑 내려가자."

호근이의 성화에 운계 능선까지 단박에 내려선다. 여기서 손마중길 방향으로 내려가 운계 전망대에 이른다. 전망대에서 보는 출렁다리와 얼어붙은 운계 폭포는 한 폭의 겨울 산수화다. 감악산이 명산의 반열에 있다는 걸 증명하기에 족한 풍광이다.

보편적으로 느끼는 신년의 차오름 때문일까. 범륜사 지붕과 감악산 주 능선이 하얗게 덮였어도 왠지 모르게 정지되어 있지 않은 생동감을 느끼게 한다. 범륜사에서 백옥석의 관음상을 보게 되는 것도 특이하고 십이지상도 눈길을 잡아끈다.

동물로 상징되어 자子를 쥐. 축丑을 소. 인寅을 호랑이 등으로 동물을 배정한 것은 2세기 경이라는데 자축인묘 진사오미 신유술해의 십이지는 시간 신과 방위 신을 나타내면서 불교와 결부시키고 있다.

또 나무화석이라는 걸 보게 된다. 화산 폭발과 지각변동으로 나무가 땅속에서 오랜 세월 묻혀있는 동안 주로 규토 성분의 광물질이 나무속으로 스며들어 화석화한 자연적 유산이자 보석이다. 전시된 목화석은 1992년 중국에서 반입되었다고 한다.

범륜사를 나서며 올려다본 운계 전망대도 그림처럼 운치 있다. 전면에서 운계 폭포를 보고 다시 출렁다리 근처로 와서 처음 진입했던 만남의 광장에 이르며 백색 설산의 신년 첫 산행을 마치게 된다.

때 / 겨울
곳 / 감악산 만남의 광장 - 출렁다리 - 숯가마 터 - 묵은 밭 - 만남의 숲 - 장군봉 - 임꺽정봉 - 감악산 - 까치봉 - 범륜사 - 운계 폭포 - 원점회귀

더 이상 호반의 도시로만 머물 수 없어, 청평 호명산

봄, 특히 이른 봄 산길은 야단스럽지 않아야 한다고 했다.
들에서, 강에서, 산 위에서 서서히 다가오는 봄이
깜짝 놀라 돌아가지 않게끔
살금살금 걸음을 내디뎌야 한다.

청평하면 산보다는 강과 계곡, 유원지가 먼저 떠오르는 곳
이다. 캠핑, 수상스키, MT……. 청평은 도심 젊은이들의 청
춘을 그대로 발산하기에 안성맞춤인 곳, 말 그대로 호반의
도시, 젊음의 장소로 존재해왔다.

청평호가 있으므로 해서 많은 사람이 그리로 갔었다

그 후, 호명산이 알려지기 시작했다. 괜찮단다. 좋은 산이
란다. 귀동냥 풍월에 찾는 곳이 산 아니던가. 와보니 호명
산은 괜찮다거나 좋다는 그저 그런 호감으로 표현할 산이
아니었다. 산이 그 어디라서 좋지 않으랴마는 호명산은 그
이상의 찬사로 이어져도 고개 끄덕이며 수긍할만한 산이다.
첫인상부터 호감을 지니게 한다. 청평역에 내리자마자 아
름드리 미송 울창한 멋진 들머리를 지나는 게 즐겁다. 청평

역에서 조종천을 건너면 바로 안전유원지 방면의 들머리이다. 초입부터 가파른 깔딱 길이지만 소소한 봄바람 애교 떨듯 속삭이고 청평호반 한눈에 들어오니 어릴 적 소풍 나온 기분이다.

봄, 특히 이른 봄 산길은 야단스럽지 않아야 한다고 했다. 들에서, 강에서, 산 위에서 서서히 다가오는 봄이 깜짝 놀라 돌아가지 않게끔 살금살금 걸음을 내디뎌야 한다.

그렇게 솔 숲길, 아직 습기 머금은 낙엽 길 조심스레 걷는데도 가슴 뻥 뚫어질 것처럼 심장이 아우성치는 건 지금이 봄기운을 소리 내지 않고 느끼기엔 그 시절 소풍 길처럼 많이 들떴기 때문이다.

명지산에서 뻗은 능선이 남으로 연인산, 매봉, 청우산까지 길게 이어지다가 동으로 급하게 방향을 틀어 불기산으로 그 맥을 잇고 다시 주발봉에서 남서로 틀어 뻗다가 북한강에 막혀 멈춘 곳이 바로 여기 호명산이다.

산 아래 남쪽으로 굽어 흐르는 조종천이 북한강에 합류되어 유유하고도 도도한 흐름을 길게 이으며 북서로 화야, 축령, 서리, 운악산 등 경기 명산들과 어깨 줄지어 서 있으니 얼마나 대단한 기운을 지닌 장소인가.

조종천 철교를 건너 초입부터 가파른 오르막을 땀 씻고 숨 고르는 정상까지의 2.7km 등산로도 산행의 묘미를 만끽하게 하지만 정상에서 기차봉까지 노송 줄지어 늘어선

능선 길은 그야말로 초봄 정취를 물씬 느끼게 한다. 하긴 이 정도의 산길이라면 계절에 상관없이 그 멋과 맛이 늘 일품일 거란 생각이 든다.

다시 지난가을에 수북하게 쌓인 낙엽들이 긴 겨울 폭설을 거둬내고 그때 그 모습 그대로 이른 봄 미풍에 추락한 채 말라지는 아기자기한 암릉길이다. 이 길을 지나 백두산 천지 닮은 호명호수까지의 3.7km 능선은 또 한 번 산이란 실체에 흠뻑 매료되게 한다.

"시산제 지내려면 이 산 기차봉이 적격이며 기우제 지내려면 호명호수 한눈에 들어오는 수리봉이 안성맞춤이요."

누군가 물어본다면 이렇게 대답해줄 것 같았다. 오래 산을 다니면서 풍수에도 능해졌다고? 절대 그렇지 않지만, 괜히 그런 느낌이 들 만큼 첫 대면에도 이 산은 곳곳이 정겹다.

호명산. 호랑이 담배 피울 무렵, 호랑이 울음소리가 들린다 하여 그렇게 이름 붙여졌다고 했다. 무얼 소망하고 간절한 기도가 통하려면 이만한 곳이 또 있을까 싶을 정도로 호명산은 호랑이 울음虎鳴보다는 좋은 운명을 뜻하는 호명好命이 훨씬 어울리는 호명呼名이 아닐까 싶다.

풍수지리란 기본적으로 지기地氣로 이루어진 살아있는 땅에 사람이 어떻게 잘 조화하고 균형을 이뤄가며 살 것인가 하는 문제의식에서 출발한다지 않는가. 호명산은 그 지명도에 비해 명산이라 칭하기에 모자람이 있지 않다.

대자연으로서 산세의 우람함이나 우거진 수림 등으로 볼 때 풍수지리에서 말하는 기감氣感이 뛰어난 곳임이 분명하다. 나무와 새들, 햇살까지 생기가 넘친다.

이 산에서 백두산 천지를 조망하다

모진 겨울 용케 골절되지 않은 여린 나목 잔가지들도 살 만한 양 훠이, 훠이 팔 내젓는다. 감칠맛 나는 이른 봄 햇살에 작은 새 한 마리 날아들어 다소곳이 가지에 앉아 앙증맞게 입을 맞춘다.

다시 만나 반갑다고, 살아주어 고맙다고 눈물 한 방울 떨구는 걸까. 봄이 뿌려지는 호명산은 등성이 곳곳마다 천상의 공원이다. 그 공원 언저리마다 사랑의 향이 가득하다. 보듬어주고 끌어안아 주는 어진 품성이 도드라진다.

그 겨울 너무 길고 추워서였을까.
지난가을 떨어져 쌓인 그대로의 낙엽들이
눈 녹아 축축한 채 드러나
햇살 받아 바스락 움찔거림에
몸짓 큰 생명력을 느낀다.

호명산 산정 하늘 맞닿은 곳
천지 닮은 호수까지
장백산에 온 양 착각하게 한다.
생동하고 생장하는 봄기운마다
아릿한 젖내 풍겨
하나같이 그 발원이
어머니 품인 듯
착각하게 한다.

전망대에서 보는 호명호수는 평지에서 보는 것과 확연히
다르다. 백두산에서 아래로 펼쳐지는 천지를 조망하는 것처
럼 만들었을 거란 생각이 들게 한다. 지극한 정성이다.

호수 석비에 적힌 안내문의 내용을 그대로 옮겨보면, 호명
호수는 에너지를 효과적으로 사용하기 위해 심야에 남아도
는 전기를 이용해 지하수를 산꼭대기까지 끌어올린 후 전
기 수요가 정점일 때 물을 떨어뜨려 비상전력을 얻는 양수
발전소 기능의 인공호수로 1980년도에 완공했다.

호명산 정상 4만 5천 평의 면적에 둘레 1.7km로, 730m
짜리 수로를 통해 지하 발전기와 연결한 국내 최초의 양수
식 발전소란다.

호수 둘레 길을 피크닉 하듯 유유자적 둘러보며 신선한
봄기운 흡입하니 내리막 날머리로 향하는 걸음이 새털처럼
가벼워진다.

아아, 어쩜 이토록 처음과 끝이 달라짐 없이 탄성을 자아내게 하는지. 산행 내내 곳곳 안전을 위한 시설들이나 안내 표지도 모남 없이 깔끔해서 고마워하고 있었는데, 대갓집 식구들이 총동원된 양 양옆으로 늘어선 미송 숲 내리막길은 지나가기 미안스러울 정도로 과한 배웅을 받는 듯하다.

여름이면 햇빛을 막아줄 터이고, 겨울이면 바람을 막았을 장대하고 굵직한 청록 침엽수림들 틈으로 비켜 비치는 햇살은 비록 저물녘이지만 짙은 청록에 물들었는지 그 푸름이 이루 말할 수 없이 싱그럽다.

눈에 가득 담고, 가슴으로 강하게 들이마시며 다시 오마 거듭 기약하게 한다.

때 / 초봄
곳 / 청평역 – 철판 다리 – 전망대 – 호명산 – 기차봉 전망대 – 호명호수 – 큰골 능선 – 송전탑 – 상천역

어비산에서 통방산까지, 어유소중삼통 6산 종주

언제나처럼 고된 길 딛고 올라 산정에 오르면
삶의 희로애락은 색 바랜 한지에 불과하다.
한지에 그려진 세상의 그림들이야말로 자연에 비할 때
턱없이 하찮다는 생각이 드는 것이다

산과 산을 잇는 연계 산행, 그 산들의 시점부터 종점을 연결하는 종주 산행은 체력 면에서나 안전성 측면에서 다소 위험을 수반할 수 있지만, 그에 따른 반대급부도 적지 않다. 목표한 산행을 무사히 마쳤을 때 가슴 깊은 곳으로부터 뜨겁게 복받쳐 오르는 희열과 포만감이 그것이다. 그리고 살아가며 극복을 요하는 역경에 처했을 때의 대처 자세가 확연히 달라진다는 것이다.

그러나 산을 간다는 게 꼭 무얼 얻고자 가는 거였던가. 산과 산이 이웃해 있고 그 산들을 잇는 능선이 있으므로 연계 산행의 종주 코스를 찾아 길을 나서게 된다.

버스 하차지점인 가일리 삼거리에서 유명산 휴양림 입구를 오른쪽으로 두고 어비 산장을 찾아 2.5km를 거슬러 오르면 그 맞은편이 어비산 들머리이다.

"길이 있다는 건 갈 수 있다는 거겠지?"

189

신록이 한껏 푸름을 뿜어내기 시작하는 지금, 한강기맥을 거치는 여섯 산을 잇고자 그 첫 산인 어비산 입구에 닿았다. 이제부터 하늘을 올라 구름과 벗하며 녹음 우거진 긴 여행을 하게 될 것이다.

산 이름의 머리글자를 딴 이른바 '어유소중삼통'은 마니아들이라면 흔히들 연계하는 어비산, 유명산, 소구니산, 중미산의 4산 산행에 삼태봉과 통방산을 연결한 거라 할 수 있다. 검색하다 보니 중미산에서 절터 고개라는 곳을 통과해 통방산까지 길이 이어지는 지도를 보게 되었다.

"길이 있다는 건 갈 수 있다는 거겠지?"
"거기에 대한 산행 후기가 하나도 없다는 게 좀 꺼림칙하긴 하지만요."
"우리가 최초가 되겠지."
"이미 형한테 판단이 섰으니까 난 따라만 가는 거지 뭐."

불안감이 없지 않은 표정이지만 계원이가 동조한다. 등로를 놓쳐 엉뚱한 길을 헤매거나 시간상 시행착오로 여러 차례 고생했으면서도 가는 곳이 어디든 믿고 따라나서는 후배가 고맙다. 계원이와 함께 이 여섯 산을 무사히 완주할 수 있도록 겸허히 기도 올리고 성큼 그 들머리로 걸음을 내디딘다.

가평군과 양평군에 걸쳐 있는 어비산魚飛山은 그 계곡에 물고기가 날아다닐 정도로 많다고 해서 지어진 명칭이다. 어비산 서쪽으로 흐르는 1급수의 옥계가 어비계곡이고 그 동쪽에 흐르는 계곡이 유명산에 접한 입구지 계곡(유명 계곡)이다.

아침부터 안개구름이 뿌옇게 깔려 주변 산세가 흐릿했으나 건너편 유명산 자락만큼은 손에 잡힐 듯 가깝다. 소나무 사이로 산과 산을 가르는 도로, 선어치고개가 보이고 그 왼쪽으로 소구니산, 오른쪽으로 중미산이 보인다. 몇 시간 후면 만나게 될 곳들이다.

어비산은 부드러운 육산이지만 비교적 가파른 편이어서 처음부터 호흡을 제대로 조절하는 것이 필요하다. 근육질의 소나무 숲과 신갈나무 군락이 좌우로 늘어서 그늘을 만들어주고 거기 더해 쾌적하기 이를 데 없는 음이온을 내뿜으니 그야말로 산림욕이 따로 없다.

"한적하군."
"한적하면서도 고즈넉하네요."

그렇다. 한적하되 고즈넉하다. 주말이 아닌 평일을 잡은 건 여섯 개나 되는 산에서 부대끼지 않고 산행하고 싶어서이다. 등산로 입구에서 2.3km를 올라 첫 산 어비산(해발

829m)에 도착했다. 시작이 반이라 했으니 반 이상 목표 지점에 도달한 셈이다.

"비릿한 민물고기 냄새가 나는 거 같지 않아?"
"……글쎄요."

어비산은 위치상 북한강과 남한강 사이에 있어 장마철에 폭우가 쏟아지면 일대가 잠기게 되는데, 그때 계곡 속 물고기들이 유명산보다 조금 낮은 어비산을 넘어 본류인 한강으로 돌아갔다는 설화가 있다. 이 또한 산 이름과 관련한 이야기일 것이다.

길게 지체할 여유가 없다. 길고 먼 길이기에 흔적만 남기고 두 번째 기착지 유명산으로 향한다. 겨우 5월 중순에 접어들었는데도 날씨는 한여름을 방불케 한다.

산행 초반인지라 걸음이 빠르다. 부지런히 내려서자 물소리가 점점 크게 들리는가 싶더니 어비산과 유명산의 경계인 입구지 계곡 합수점에 이른다. 이 계곡은 아래로 더욱 수량이 많아지면서 박쥐소, 용소, 마당소 등 맑고 시원한 옥수로 연결된다.

"물은 오래 머물면 사람을 게으르게 하니까."
"부지런히 산으로 가야겠지요?"

세수만 하고 바로 일어섰다. 가파르게 내려왔으니 다시 그만큼 올라가야겠지. 정상까지 1.3km의 깔딱 고개는 어비산과 달리 바위투성이 너덜지대의 연속이다.

사람이든 꽃이든 아름다우면 눈길을 돌리게 된다. 진초록을 더욱 멋진 빛깔로 승화시키는 흰색과 노란 들꽃 무리를 보고 허리를 굽힌다.

"이 자리에 피어줘서 고맙구나."

몸을 낮춰 이 계절 잠깐이겠지만 곱게 피어 제 색을 내는 야생화에 감사를 표한다. 작은 새 한 마리가 구성지게 휘파람을 불어 나뭇가지에 날아 앉았다. 유명산 터줏대감이 응원가를 불러주며 오늘 행보를 성원해주어 더욱 힘이 솟는다. 정상 일대에는 붉은 철쭉이 무리지어 미소를 머금는다.

유명산 정상(해발 862m)에 올라 희미하나마 어비산 너머로 우뚝 솟은 용문산 백운봉을 바라본다. 흐린 날 탓에 화악산과 명지산은 어슴푸레 실루엣만 보인다.

인근 지역에 많은 말들을 사육하여 마유산이라고 불렸었다. 1973년 한 산악단체에서 국토 자오선 종주를 하던 중 주변 사람들한테 이 산의 이름을 물어보았는데 마침 아는 사람이 없어 이들은 산 이름이 없다고 여겨 일행 중 홍일점이었던 진유명 씨의 이름을 따서 유명산이라고 불렀다.

그런데 이 종주기가 당시 스포츠신문에 게재되면서 유명산으로 굳어 버렸다. 웃자고 던진 조크가 산 이름을 바꿔버린 것이다.

"진유명 씨는 지금도 산행을 즐길까."
"여기 유명산 만큼은 자주 찾지 않을까요."

시집가는 신부의 농을 지고 넘던 고개

소구니산으로 향하는 내리막길도 내내 철쭉밭이다. 유명산의 철쭉은 연분홍 꽃 색깔이 유난히 곱고 꽃잎도 무척 매끈하다. 유명산 정상에서 철쭉을 감상하며 340m를 내려와 농다치고개 쪽으로 방향을 잡자 평탄한 숲길이 이어진다.

등산로는 그 길이 넓거나 좁음보다는 험하거나 평탄함을 의식하는 게 보통이다. 한 사람이 충분히 걸을 수 있는 폭이면 그다지 좁다고 느끼지 않게 된다.

이런 길에 농을 지고 걷는다면? 시집가는 신부의 농을 지고 고개를 넘으면 아무리 조심한들 여기저기 부딪쳐 농이 다치지 않을 수 있을까. 그래서 농다치고개라고 불렀단다. 어쨌거나 이 고개를 사이에 두고 많은 혼사가 이뤄졌다는 걸 짐작하게 하는 대목이다.

"배낭을 메고도 힘든데 농을 메고 이 길을?"
"용달차가 이런 데까지 올 리가 없잖아."

좁지만 평탄한 숲길에서 약간 가파른 고갯길을 올라가면 바로 소구니산 정상(해발 800m)이다. 여섯 산의 각 구간 중 유명산에서 소구니산까지가 가장 짧은 구간이다. 가평군 설악면과 양평군 옥천면의 경계이자 유명산과 중미산을 연결하는 능선 한가운데 솟아 있다.

유명산 쪽으로 눈을 돌려 고랭지 채소밭과 백운봉을 눈에 담고, 떨어진 철쭉 꽃잎 살포시 지르밟으며 선어치고개로 내려간다. 양옆으로 우거진 숲을 끼고 내려가는 길이 무척 비탈지고 길다.

소구니산과 중미산 사이의 안부, 가평과 양평을 이으면서 운전자들과 등산객들에게 국수, 음료 등의 간식을 제공하는 쉼터 역할도 하는데 여기가 선어치고개다.

지금은 37번 국도에 유명로라는 명칭을 지닌 4차선의 넓은 도로지만 예전엔 고갯길의 너비가 세 치寸 내지 네 치寸가 될까 말까 할 정도로 좁아 서너 치(三四寸 : 9~12cm) 고개라 불렸다고도 하고, 고개가 하도 높아 서너 치만 더 오르면 하늘과 닿는다거나 신선들이 사는 고개라는 의미의 선어치仙於峙라는 여러 설이 있는 곳이다.

선어치고개의 이름 유래가 어떠하든 이 고개는 6·25 한국전쟁 때 남한강으로 진출하려는 중공군을 제압하여 용문산을 사수하는 등 중공군의 이후 전략을 무력화시켜 빛나는 전과를 올린 유서 깊은 고개라는 사실이다.

"국수 한 그릇씩 먹고 갈까?"
"그러죠. 중미산도 식후경이라는데."

고개 포장마차에서 국수 한 그릇씩을 뚝딱 비우고 가파른 중미산을 오르는데 바로 땀이 흐른다. 분홍 철쭉 밑에서 숨을 고르다 바윗길을 끼고 다시 오른다. 오르며 뒤돌아보니 저만치 유명산이 손 흔들어 끝까지 긴장의 끈을 풀지 말라고 일러준다. 철탑 아래로 선어치고개가 꽤 낮아진 걸 보면 정상이 멀지 않았다.

중미산 바위 지대 정상(해발 834m)에 올라서서도 사방이 뿌옇다. 아래 유명산 자연휴양림의 연두색 푸름을 시기하는지 연무가 쉽사리 걷히지 않는다.

가야 할 삼태봉과 통방산도 더욱 멀어 보인다. 삼태봉까지 4.7km. 거기서 또 통방산으로. 부지런히 걸어야 어둡기 전에 하산할 수 있다. 그것도 길을 제대로 찾아 하산했을 때를 전제로 한다.

가는 길은 잎사귀 푸른 활엽수와 쭉쭉 뻗은 침엽수들이 땀을 식혀주어 피로가 덜하다. 삼태봉까지 2.9km라는 이정표를 보고 그 방향을 잡았는데 절터 고개를 지나면서 길을 잘못 들었다. 사방 두리번거려보지만, 방향감각을 잃고 말았다.

산에서 길을 잘못 들어 고생하고 시간까지 허비하는 것을 알바라고 표현하는데 노동 대비 가성비가 낮은 아르바이트에서 나온 말인 듯하다. 종종 알바를 하면서 느끼는 거지만 세상사 대다수 벌어지는 일도 마찬가지일 것이다.

그 일의 참된 의미나 가치를 모르고 추진하다 보면 엉뚱한 곳으로 진행되기 마련이다. 첫 단추를 잘못 끼운 꼴이 되고 만다.

국민이 참으로 원하는 바를 모르고 입안된 정책은 국민을 비극으로 몰아가기 일쑤다. 국민을 국가의 주인이 아닌 다스리는 존재로 여겼기에 수립된 정책이 국민의 이상대로 갈 리 만무하다.

"널 무시하고 마구잡이로 방향을 잡았던 건 아닌데."
"그럴 리가 있겠어요. 결과적으로 그런 상황이 벌어지긴 했지만요."

한 시간을 헤매다가 간신히 삼태봉으로 오르는 명달리 쪽에서의 들머리를 찾았다. 보통 가파른 게 아니다. 길 찾다가 시간에 쫓기다 보니 땀이 비 오듯 흐른다. 군말 없이 따라오는 계원이한테 면목이 서지 않는다.

"지나고 나면 한바탕 봄 꿈같은 추억으로 남겠지요."
"그래, 지금은 힘들겠지만."

겨우 그런 말들로 현 상황을 위안하며 높은 고도를 치고 오른다.

여섯 개 산을 하나로 엮고 그걸 풀어낸 게 감사하다

쉬면서 둘러보니 지나친 이들 없고 앞서간 이들 없어 보이는 곳마다 수북한 숲길이고 아련한 고갯길이다. 가늘고 긴 고목들 늘어선 군락을 지나면서 노을 물들기 시작하더니 삼태봉 꼭대기가 보인다. 정상(해발 682.5m)에 올라서자 제일 먼저 중미산이 아득하게 잡힌다.
언제나처럼 고된 길 딛고 올라 산정에 오르면 삶의 희로애락은 색 바랜 한지에 불과하다.
한지에 그려진 세상의 그림들이야말로 자연에 비할 때 턱없이 하찮다는 생각이 드는 것이다. 그래서 자연이라는 단어에 '대'라는 접두어를 붙여 대자연이라고 부르는 건 아닐까 싶다.

지친 발걸음 조심스레 내디딜 무렵 해거름 주홍 노을
속에 담아 돌아오면 너무 그리워
다시 오게끔 하는 그 찬연한 풍광
소매 잡아끌려 몸 맡기면
초록 수림 우거지고
늙은 고목 기침 뱉는 곳
그 무어로도 거부할 수 없는 강한 유혹
우린 그예
그 산
그 깊은 품에 푸근히 안겨있다.

마지막 통방산이 실제 거리와 비교하면 너무나 멀리 떨어진 것처럼 보이지만 남은 에너지를 두 다리에 싣고 단전에 기를 모은다.

오로지 저기 뾰족 봉우리 통방산까지 가야만 서울 가는 교통편이 있는 천안리로 내려갈 수 있으므로 달리 샛길로 탈출할 수도 없다. 통방산 뒤로 보이는 화야산, 곡달산의 흐린 마루금 밑으로 작아진 해가 떨어지려 한다.

"해야! 잠시만 추락을 늦춰다오. 초행길 어둠에 덮이면 아직 남은 길 가시밭길 될까 두렵구나."

통방산 1km, 이때쯤이면 이정표의 숫자가 쉬이 줄어들지 않는다. 마음이 급하기 때문이다. 그런데도 결국 해낸다. 고진감래, 여섯 산과 만남, 아직 하산 길이 남았지만, 목표를 이뤘을 때의 성취감이 짠하게 몰려온다.

통방산 정상(해발 649.8m)에서 계원이와 굳은 악수를 하고 바로 움직인다. 날머리까지 1.9km. 이때가 7시 40분이니 어둠을 뚫고 지나야 그 끝에 도달할 것이다. 한참을 내려와 하늘을 올려다보니 바람이라도 불면 꺼져버릴 것 같은 몇 점 작은 별들이 점멸한다.

헤드 랜턴을 켜고 그리 험하지 않은 하산로를 지나 마을에 도착해서도 바쁘다. 37번 국도변으로 나가 막차를 탈수 있어야 한다.

"산에서 내려오자마자 뛰어야 하다니."

참으로 간발의 차이로 서울 가는 마지막 시외버스가 손흔들며 뛰어오는 우릴 보고 서준다.

"감사합니다."

모든 게 감사하다. 연출하듯 여섯 개 산을 하나로 엮고 그 엮은 걸 풀어낸 게 감사하고, 초행의 긴 여정인데도 믿고 따라와 준 후배한테 감사하고, 마지막으로 브레이크 잡아

우릴 태워준 기사님이 감사하다.

때 / 초여름
곳 / 가일리 삼거리 - 어비 산장 - 어비산 - 입구지 계곡 합수점 -
유명산 - 농다치고개 - 소구니산 - 선어치 고개 - 중미산 - 절터 고
개 - 나가터골 삼태봉 등산로 입구 - 삼태봉 - 통방산 - 천안리 - 가
마소 유원지 - 뽕나무마을 - 37번 국도

청청계곡 유혹 뿌리치고 백운산에서 광덕산까지

하늘 지척 백운산 꼭대기 오르거든 우리 무얼 하겠는가.
그저 산새 울음소리 듣고 맑은 산바람 마시며
함께 걸어온 아랫길 되뇌면서, 그간의 시름 잊으면서
우리 우정 깊어 가면 그만 아니겠는가.

경기도 포천시 이동면과 강원도 화천군 사내면에 접해 있는 백운산은 광덕산, 국망봉, 박달봉 등이 주위를 감싸 안은 산군의 중앙에 위치한다. 산세도 그리 험하지 않은데다 수목이 많고, 넓은 계곡에 수십 리를 흐르는 물이 맑아 여름이면 찾는 이들이 많아진다.

그리고 봄에는 산나물이 특유의 향취를 풍기고 연분홍 철쭉이 온산을 뒤덮는다. 지리산이나 소백산의 새빨간 빛과는 달리 은은하고도 신비로운 색채를 그해 봄, 이 산에서 보았었다. 이번엔 건조하고 무더운 한여름의 이른 아침, 친구 태영, 외사촌 연준과 후배 기준이가 모두 먼 곳에서 집을 나서 한 사람도 약속 시각에 어긋남 없이 모여 포천으로 출발했다.

닦아내도 흐르는 땀을 주체하기 어렵다

202

백운계곡 주차장에 차를 세우고 쨍쨍 내리쬐는 더위를 피하고자 빠르게 산행 준비를 마친다. 여름엔 산이, 그리고 숲이 훨씬 시원하니 말이다.

전세버스 두 대에서 내려 우르르 산행하는 산악회 멤버들을 젖히고 가느라 처음부터 속도를 낸다. 흥룡사를 지나고 백운 1교와 2교를 건너 왼쪽으로 계곡을 끼고 오르면서 시원하게 흐르는 물소리를 듣게 되자 물가에 머물고픈 생각이 몰려든다.

"생각대로 행동하라."

지금의 경우랑 걸맞지 않은 말이 떠오르면서 그걸 합리화시키고픈 생각이 들었지만 이내 이성을 찾는다. 생기 돋는 녹색 수풀 지나 골을 트는 실바람에 숨 돌리는데 발걸음 내딛음과 함께 더위는 다시 기승이다.

흐를 듯 말 듯 암반을 적시는 물길에서도 출렁이는 물살을 보려 하니 오늘 산행은 수행과는 동떨어졌나 보다. 자꾸 편안한 속인의 길을 취하려는 갈등이 생기는 걸 어쩌지 못하겠다.

그러나 물의 유혹을 뿌리치고 계곡 상류에서 숲으로 들어가 고도를 높인다. 산에 와서 계곡에 눌러앉아 나태한 안락에 도취하는 우를 범하지는 말자.

한 무더기 삶의 무게 담긴 봇짐 덜어놓고 왔다네.
우거진 수림 적시는 물소리에 아까워 남긴 짐마저
모두 풀어놓을 수 있으면 좋겠네.
풀잎처럼 가붓이 걸으며 이 산,
생의 한가운데인 양 옷깃 세우고
바람 한 점 없어 걸음 내딛지 못할 때라도
고요한 산사 풍경,
영혼의 맑은 소리
노상 들을 수 있으면 좋겠네.

오르면서는 거의 조망이 없다가 수림 사이로 간간이 틈이
생기면 눈에 들어오는 건 온통 진초록 정글이다. 정글 사이
로 가야 할 박달봉과 광덕산 자락이 열기를 뿜어낸다. 더
올라 도마치봉 줄기와 멀리 화악산도 눈에 담는다.

물소리는 끊겼어도 계곡의 달콤한 유혹을 이겨내니 걸음이
가벼워진다. 국망봉으로 이어지는 한북정맥 마루금도 길게
자락을 펼치고 있다. 첫 봉우리 흥룡봉(해발 649m)에 도착
하여 다들 흘린 땀부터 닦는다. 닦아내도 흐르는 땀을 주체
하기 어렵다.

"길이 멀어 길게 쉴 수가 없다네. 바로 출발하세나."

밧줄 구간을 길게 지나면서 공간이 트이자 산 아래로 백

운계곡 식당가가 내려다보인다. 흥룡봉에서 1.6km, 들머리 흥룡사에서 3.7km를 지나 향적봉(해발 774m)에 닿았다. 역시 땀을 훔치는 게 일이다. 섭씨 35도를 웃도는 예보가 있었음에도 군말 없이 긴 산행에 동참한 일행들이 우러러 보인다.

"우리 이래도 되는 거야? 오늘 같은 날은 물장구치고 놀아야 하는 거 아냐?"
"뒷북치고 있군."
"물 건너갔어요."

가야 할 봉우리들을 헤아리다가 태영이가 농담으로 던진 말에 그렇게들 대꾸하지만 다들 예정대로 완주하고자 하는 오기 같은 게 엿보인다. 그렇게 했었다. 이들과 뭉쳤을 때는 한파가 몰아치던 겨울이건, 뙤약볕 복더위였건 예정했던 산행을 중도 포기한 적이 없었다.
하늘 지척 백운산 꼭대기 오르거든 우리 무얼 하겠는가. 그저 산새 울음소리 듣고 맑은 산바람 마시며 함께 걸어온 아랫길 되뇌면서, 그간의 시름 잊으면서 우리 우정 깊어 가면 그만 아니겠는가.

"또 다음 봉우리로 가자. 거기서 점심 먹자."

헬기장인 도마치봉(해발 925.1m)까지 약 1.2km를 걸어와
서 그늘을 찾아 배낭을 푼다.

궁예가 왕건과의 명성산 전투에서 패하여 도망칠 때 이곳
산길이 험난해서 말에서 내려 끌고 갔다 하여 도마치라는
명칭이 붙었다고 적혀있다.

"궁예나 말이나 도망치면서 치를 떨었겠지."

태영이가 도마치봉의 유래에 그럴듯하게 살을 덧붙인다.

식사를 마치고 미지근하게 더워진 커피까지 마시자 여유로
움이 생긴다. 백운산 정상을 향하다가 국망봉 갈림길을 지
나게 된다. 포천시 이동면에서 올려다보면 거대한 독수리가
날개를 펼친 모양으로 국망봉國望峰이 우뚝 솟아 있는 걸
보게 된다. 국망봉(해발 1,168.1m)은 포천 일대의 무수한
산 중 제일 높은 산이다.

국망봉도 궁예와 관련된 전설을 지니고 있다. 궁예가 태봉
국을 세우고 철원에 도읍을 정한 뒤 폭정이 심해지자 부인
강 씨가 충언하였으나 듣지 않고 오히려 강 씨를 강씨봉
아랫마을로 쫓아냈다. 그 후 왕건에 패한 궁예가 잘못을 뉘
우치고 강 씨를 찾았지만, 부인 강 씨는 이미 세상을 떠난
뒤였다. 회한과 자책에 빠진 궁예가 국망봉에 올라 도성 철
원을 바라보며 비탄에 빠져 이름이 붙었다고 전한다.

또 궁예와 왕건이 싸울 때 궁예의 부인 강 씨가 이곳으로 피난을 와 토굴을 파고 살면서 태봉국의 수도 철원을 바라보며 남편의 승리를 기원했다고 하여 붙여진 이름이라고도 전한다. 설화란 사람들의 입을 통해 각색되기 마련이다.

남편인 궁예의 잘못된 행실에 대해 충언하는 강 씨를 궁예가 직접 죽였다고도 전해지는데 핵심은 궁예의 실책과 강 씨의 올곧은 성품을 이야기하는 것으로 해석하게 된다.

"궁예는 이 산 곳곳에 실속 없는 전설만 남겨놓았어."
"불운하고도 아집이 강한 인물이었어."

나름대로 궁예를 평하며 완만한 능선을 지난다. 삼각봉을 거쳐 1km 남짓한 거리를 더 지나 열기가 절정일 즈음 넓은 헬기장인 백운산 정상(해발 903.1m)에 도착했다.

"저기가 조금 후에 서게 될 광덕산 천문대야."
"조금 후요?"

광덕산 정상 일대를 가리키며 말하자 기준이가 반문한다. 산은 보이는 거리감보다 실상 걸으면 더 가깝다. 산과 산 사이 공간이 주는 느낌은 실제 거리보다 훨씬 멀리 느껴진다. 광덕산에서 이어지는 한북정맥이 이곳 백운산을 찍고 남쪽으로 계속 마루금을 이어간다.

한북정맥은 산경표에 정한 1대간 1정간 13정맥 중 하나로, 한강 북쪽에 있는 분수령이라 그렇게 부르며 한강과 임진강 수계를 가름한다. 한북정맥도 남북으로 분단되어 있어 남한 쪽은 강원도 화천군과 철원군의 경계 선상에 있는 수피령(해발 740m)부터 이어진다. 대성산, 수피령, 광덕산, 백운산, 국망봉, 강씨봉, 청계산, 운악산, 죽엽산, 도봉산, 노고산, 현달산, 고봉산, 장명산 등이 남한의 한북정맥에 소재한 주요 산들이다.

백운산에서 충분히 땀을 배출하고 그만큼의 수분을 보충한 다음 3.2km 떨어진 광덕고개로 내려간다.

"다들 힘들지? 캬라멜 하나씩 먹어. 졸음이 올 때는 캬라멜이 최고야."

거의 녹다시피 한 캬라멜을 하나씩 받아 입에 넣는다. 광덕고개로 내려가는 길도 몇 번의 오르내림이 반복된다. 광덕고개에서 올라오는 몇 명의 등산객들도 땀에 젖어있다.

"부럽습니다. 벌써 내려가시네요."

올라가는 등산객 한 분이 길을 비켜주며 그렇게 말하는데 진짜로 부러워하는 표정이다. 헬기장을 지나고 762m 봉에서 돌아보니 넘어온 봉우리가 꽤 높다. 모래주머니를 쌓아 놓은 참호를 지나자 광덕고개로 이어지는 372번 지방도로와 그 위로 길게 늘어선 광덕산 능선이 보인다.

광덕산에서 뻗어 나와 그 오른쪽으로 움푹 들어간 회목현에서 다시 회목봉으로 연결되는 마루금을 보노라니 그해 겨울 발이 푹푹 빠지는 설산을 홀로 걸었을 때가 떠오른다. 상가 뒤편의 좁은 철 계단을 내려서서 광덕고개에 이르러 식수를 보충한다.

캬라멜고개 지나 광덕산으로

백운산에서의 산행 종점이자 광덕산의 기점이 될 광덕고개는 경기도 포천시와 강원도 화천군의 경계로 캬라멜고개로도 불린다. 한국동란 때 미군 병사들이 졸다가 낭떠러지로 떨어지는 불상사가 생기자 지휘관들이 이곳을 지날 때 캬라멜을 나눠주어 졸음을 막았다 하여 그 후로 그렇게 불렀다고 한다.

38선 북방 10km 지점에 있어 자연경관과 식생이 잘 보존되고 때 묻지 않은 풍광을 지닌 광덕산廣德山은 한탄강과 북한강 수계의 분수령을 이룬다. 1000m가 넘는 높은 산이지만 620m 고도의 광덕고개에서 출발하므로 그만큼 힘의 소모가 반감된다.

반달곰 조형물의 오른쪽 도로를 따라 200여 m를 걸어 왼쪽의 조경철 천문대 방향으로 꺾는다.

"아폴로 박사?"

"맞아. 천문학자."

"정치도 하셨었지?"

2000년대 초반 새천년민주당에서 중앙위원을 역임하긴 했지만, 그는 천문 기상학자로서, 그를 아는 이들에게 하늘의 무수한 별이나 우주를 떠올리며 기억되고 있을 것이다.

광덕산 가든 앞 이정표에 정상까지 2.44km라고 표시되어 있다. 도계 주 능선을 따라 오르게 된다. 광덕산은 특히 겨울 설경이 아름답다. 작년 겨울, 정상을 이룬 규암석 바위 지대가 마치 망망대해에 떠 있는 암초에 비유하는 상해봉에서 추위도 잊고 홀로 설경에 심취했었다. 다시 오마고 스스로 다짐했었는데 지금 이들과 함께 오게 된 것이다.

뜨거운 태양 아래에서 시렸던 그 겨울의 추억을 떠올리며 걷는데 포장도로는 운암교 앞에서 가파른 흙길로 바뀐다. 잣나무 숲을 지나자 급격하게 고도가 높아지고 수림 사이로 회목봉을 훔쳐보며 땀을 쏟아낸다. 네 사람의 간격이 벌어지지 않아 다행이다.

"여기서 잠시 쉬자."

마주 보이는 화악산이 걸음을 멈추게 한다.

"저쪽 능선이 우리가 막 지나온 백운산 봉우리들이지."

백운산에서 삼각봉과 도마치봉을 짚어보고 흐릿한 명지산과 운악산을 살피다가 다시 걸음을 옮긴다. 골프공처럼 보이던 기상청 레이더 기지가 축구공만큼 커졌다. 정상이 멀지 않았다.

"이제 더 올라갈 데는 없어."

메마른 숲길 오르막을 치고 올라 정상석(해발 1046m) 앞에 모여 서로를 격려한다. 백운산, 국망봉, 상해봉이 손에 잡힐 듯 지척 간이다. 첩첩이 늘어선 봉우리들의 육중함이 겨울과는 또 다른 분위기를 자아낸다.

"조망은 천문대 쪽이 훨씬 나으니 그리 가보자."

기상청 레이더 기지와 조경철 천문대로 가니 많은 등산객이 여기저기 사진을 찍고 있다. 암초처럼 툭 삐쳐 솟은 상해봉과 회목봉 뒤로 복주산이 폭염에 찌들어 지쳐 보인다. 멀리 각흘산과 명성산을 가늠하다가 산 아래 승진훈련장에서 시선을 거둔다.

"모두 호국 용사에 대한 묵념!"

6.25 전투 현장 알림판을 읽던 태영이가 묵념을 외치자 다들 안내판에 눈길을 돌린다. 이곳은 1951년 4월 20일부터 6일간 국군 6사단과 중공군 4개 사단 간의 치열하고도 치열했던 사창리 전투가 일어난 지역이다.

이 지역에서 2009년부터 2015년까지 호국 용사 60여 위의 유해를 발굴했다고 한다. 잠깐의 묵념을 마치고 정상석이 있는 곳으로 다시 왔다가 차를 세워놓은 백운계곡 주차장 쪽으로 하산한다. 6.34km의 거리다.

내리막길의 첫 봉우리 973m 봉을 넘고 큰골 갈림길을 거쳐 완만한 숲길을 또 지난다. 광산골 갈림길인 826m 봉에서는 각흘산 들머리이기도 한 자등현으로 내려설 수 있다.

4km 남짓 남은 백운계곡 주차장으로 향해 내려가다 박달봉(해발 810m)에서 작은 발달봉을 거쳐 주변 봉우리들을 눈에 담으면 날머리를 좁혀간다. 급하게 기울어진 바윗길을

거쳤다가 완만한 수림 오솔길을 지나면서 들리는 차량 소음이 반갑다.

"대장이 잘 인도해줘서 수월했어."
"모두 수고했어. 유능한 사병들을 부하로 둔 장교는 하는 일이 그다지 많지 않아."

식당이 있는 도로에 내려서서 길을 따라 주차장까지 도착하여 하이 파이브를 하면서 서로의 수고로움을 거듭 격려하고는 곧바로 계곡 물가로 이동한다.
땀에 흥건히 젖은 티셔츠를 벗어 던지고 풍덩, 물로 몸을 던지는 소리가 너무나도 흥겹다. 튀어 오르는 물방울이 너무 시원하다.

때 / 여름
곳 / 백운계곡 주차장 – 흥룡사 – 흥룡봉 – 도마치봉 – 삼각봉 – 백운산 – 광덕고개 – 광덕산 – 조경철 천문대 – 박달봉 – 원점회귀

용문산, 열린 하늘에서 열린 세상을 내려 보노라

서로 다른 위치에서 같은 곳을 바라본다는 건
흔한 일이 아닐 것이다.
동반자란 서로 공감하는 이상이 시선 머무는
그곳에 있어 함께 가는 것이리라.

용문산은 경기도에서 화악산(해발 1468m), 명지산(해발 1267m), 국망봉(해발 1168m)에 이어 네 번째로 높은 산이다. 주변에 가평 유명산을 비롯하여 양평의 중원산, 도일봉 등과 육중한 산세를 이루며 남한강, 홍천강의 흐름과 어우러져 있다.

국내 최고, 최대의 은행나무가 거기 있다

넓은 주차장에 식당과 상가, 숙박업소 등 각종 위락시설과 편의시설이 갖춘 용문산 관광단지로 들어서게 된다. 서울에서 수시로 대중교통이 운행되는 데다 뛰어난 산세와 경관을 갖추고 주변의 유서 깊은 유적까지 더해 많은 관광객이 몰린다.
관광단지에서 정상으로 오르는 등산로는 크게 용문봉을 거쳐 정상인 가섭봉으로 가거나 용문사를 지나 가섭봉으로 직접 오르는 코스가 있다. 어느 쪽이건 고도가 높고 거친 편이다. 용문봉을 택해 올랐다가 호되게 애를 먹은 기억이 있어 오늘은 그나마 난이도가 덜한 용문사길로 향한다.

북한산에서 불암산까지 서울 강북의 다섯 산 종주를 계획해놓고 몸 다지기 차원에서 온 용문산이다. 함께 종주할 병소와 가섭봉에서 장군봉을 거쳐 백운봉까지 갔다가 내려오기로 했다. 용문봉까지 코스에 넣어 길을 늘려 잡는 건 시간적으로나 체력적으로 무리가 따른다.

용문산 관광단지에 들어서는 길 양옆으로 늘어선 은행나무들이 초록에서 노랑으로 물들고 있다. 하늘이 너무 푸르고 높아 채 오르지 못한 뭉게구름 몇 점이 살포시 가섭봉을 누르더니 장군봉 쪽으로 흘러간다.

관광단지로 들어서서 친환경농업박물관과 독립운동 기념비를 지나 용문사 일주문을 통과하고도 용문사까지 1km를 더 걸어 들어간다.

용문사 대웅전 앞에 우리나라에서 가장 큰 은행나무(천연기념물 제30호)가 역시 초록과 노랑의 두툼한 갑옷을 걸치고 우뚝 서 있다.

"헐~ 대박!"

해마다 100여 가마니의 은행알을 수확한다니 입이 벌어져

215

다시 올려다보게 된다. 이 은행나무에 대한 문화재청의 기록을 요약해서 인용해본다.

나이가 약 1100살 정도로 추정되며 높이 67m, 뿌리 부분 둘레 15.2m로 통일신라 경순왕의 아들 마의태자가 나라 잃은 설움을 안고 금강산으로 가다가 심었다는 전설과 의상대사의 지팡이를 꽂은 것이 자라서 나무가 되었다는 전설이 전해진다.

또 1907년 정미 의병항쟁 때 일본군이 용문사에 불을 질렀는데 이 나무만 타지 않았다고도 하며 나라에 큰일이 일어날 때마다 소리 내어 알렸다고도 한다. 조선 세종 때 정3품 당상관 품계를 받을 만큼 중히 여겨져 왔고 생물학적으로도 자료 가치가 높다고 한다.

"대단하시군요. 천태산 영국사, 운길산 수종사, 치악산 구룡사에서도 내로라하는 은행나무들을 보았지만 여기 용문사 은행나무님한테는 견줄 상대가 못 되네요."
"그럼. 그 애들은 손주뻘도 안되지."

나이로나 풍채로나 최고, 최대인 용문사 거목을 우러러보다가 고개 숙여 인사를 올리고는 등산로를 따라 올라간다. 좌측 상원사 방면의 능선길이 아닌 우측 마당바위 쪽을 택한 건 400여 m 더 긴 코스이긴 하지만 다소나마 고도를

216

낮춰 오르려 함이다. 어느 길로 가든 마음을 놓을 수 없는 데가 용문산이다.

계곡의 울퉁불퉁한 바윗길은 낙석으로 인해 더욱 거칠고 험상궂은 너덜 길이 되었다. 내려오는 산객의 걸음도 무척이나 조심스럽다. 수량이 많지는 않지만, 간간이 흐르는 계류는 티 없이 맑고 투명하다.

상원사 갈림길부터는 붉은 단풍이 보이고 조금 더 오르자 시원스레 트인 조망이 가슴을 후련하게 한다. 약간 비스듬한 기울기의 넓적한 마당바위는 평균 높이가 약 3m, 둘레 19m 정도라고 적혀있다. 서너 명의 산객들이 앉아서 쉬고 있는 마당바위를 지나면서도 여전히 모난 돌길이 이어진다. 밧줄 난간 길을 걸으면서 맺힌 땀을 훔쳐내지만, 더욱 심한 고도로 호흡마저 거칠어진다.

"들은 대로 사납기가 이만저만이 아니군."

힘들기는 하지만 용문산 등산은 하늘을 오르는 기분이 들게 한다. 돌길, 수림 속에서 힘겨워하다가 하늘이 열리고 세상이 트이면서 하늘에 닿는 느낌을 받기도 한다.

"저기 저 산은?"
"추읍산이야. 저 산에 오르면 양평군 내 일곱 개의 읍이

내려다보인다고 해서 칠읍산이라고 불렸었지. 재작년 산수
유축제 때 갔었거든."

뾰족하게 솟은 추읍산 뒤로 은빛 남한강 물이 반짝이고
용문사도 저만치 내려다보이니 부쳤던 기운이 보충된다. 다
시 장군봉 삼거리에서 긴 나무계단을 올라 펜스에 달린 수
많은 리본을 보고 정상인 가섭봉(해발 1157m)에 닿는다.

양평군 용문면과 옥천면에 모두 접한 용문산龍門山은 우
람한 산세와 울창한 수림에 걸맞게 산 아래에 두 군데의
자연휴양림을 거느리고 있다. 동북쪽 기슭의 산음 자연휴양
림과 남서쪽 기슭의 설매재 자연휴양림이 그곳이다. 본래
미지산으로 불렸었는데 태조 이성계가 날개 단 용이 드나
드는 산이라 하여 용문산으로 바꿔 불렀다.

유명산, 중미산과 방향을 바꿔 중원산을 가까이 바라볼 수
있다. 또 왼편으로 용문봉, 전면 아래로 상원사 방향의 감
미봉이 이곳 정상을 향해 능선을 뻗고 있다. 곧 만나게 될
백운봉은 한국의 마터호른이란 수식어에 어색하지 않게 우
뚝 솟은 자태가 카리스마를 풍긴다.

가섭봉 지나 함왕봉과 장군봉 찍고 백운봉까지

가섭봉에서 장군봉으로 향하는 주 능선 정상 일대에는 군

부대와 통신기지국을 비켜 우회해야 한다. 1.5km 거리의 장군봉까지 비교적 편안한 능선을 따라 걸어서 기지가 세워진 함왕봉을 지나고 그늘을 찾아 자리를 폈다. 꿀맛 같은 식사다. 산에 안겨 가까운 친구와 맛난 식사에 두서없이 나누는 대화도 꿀맛이다.

"주말에 친구가 같은 취미 생활을 한다는 건 큰 복이야."
"기쁨을 같이 나누면 두 배가 된다잖아."
"오래오래 건강해야 한다."

참으로 성실하고 열심히, 상대를 배려하며 긍정적으로 살아온 친구다. 그런 친구가 오래도록 참한 건강을 유지하며, 또 오래도록 함께 산행했으면 마음이다. 서로 다른 위치에서 같은 곳을 바라본다는 건 흔한 일이 아닐 것이다. 동반자란 서로 공감하는 이상이 시선 머무는 그곳에 있어 함께 가는 것이리라. 덕담을 나누면서 다시 길을 나서 장군봉(해발 1085m)을 지난다.

이어 밧줄 난간과 긴 나무계단을 올라 백운봉(해발 940m)에 이르자 사나사 쪽에서 올라온 산객들이 정상석 앞에서 사진을 찍고 있다.

대리석으로 만든 석비에 굳은 암석을 세워놓았는데 통일을 기원하는 마음으로 백두산 천지에서 옮겨놓은 흙과 암이라고 적혀있다.

"양평 인근을 지나다가 우뚝 솟은 삼각 봉우리를 보면 여기 백운봉이라는 걸 기억해둬."
"지나치면서 궁금했었는데 산세가 마터호른에 비유될 정도로 유난히 튀는군."

구름을 벗어난 태양이 창연한 햇살을 뿜어낸다. 유명산과 중미산 쪽으로는 붉게 가을이 번져가고 있다. 지나온 용문산의 봉우리들도 기지와 통신탑과 함께 파란 하늘을 뚜렷한 선으로 그어놓았다.
중원산과 도일봉, 추읍산 등 양평 일대의 산들을 찬찬히 둘러보고 자연휴양림 쪽으로 하산 코스를 잡는다. 백 년 약수터를 지나고 백안산 수양원을 지나 새숙골이라고도 하는 백안 3리로 내려와 내처 6번 국도를 따라 양평 터미널까지 아스팔트 길을 걷는다.

"다음 달에 다섯 산 종주할 때도 아스팔트 길을 꽤나 걷게 되지?"
"후후, 오늘 충분히 예행 연습하는 셈이지."

양평 도심에서 올려다보는 백운봉은 역시 야무지고 단단하

면서도 가히 위압적이다. 양평 터미널에 도착하여 서울로
가는 시외버스에 오르니 이미 어스름 노을이 지는 중이다.

때 / 가을
곳 / 용문산 관광단지 – 용문사 – 가섭봉 – 함왕봉 – 장군봉 – 구름
재 – 백운봉 – 삼태재 – 백 년 약수 – 용문산 생태공원 – 새숙골 – 6
번 국도 – 양평터미널

얼어붙은 아리수 밟으며 검단산에서 용마산으로

계단을 올라 살얼음 둥둥 뜬 한강을 내려다본다.
한적한 미사리 조정경기장은 꽁꽁 얼어붙은 것처럼 보인다.
고도를 올릴수록 바람이 몰아쳐
나무에 붙었던 설분이 세차게 나부낀다.

검단산이 있는 하남시는 경기도 중심에 위치하여 서울 강동구 및 송파구와 접한 서울의 동쪽 관문이라 할 수 있다. 신석기 문화유적에 청동기 무문토기가 발견되었고, 미사동에서는 선사 유적지와 빗살무늬토기가 나왔으며, 덕풍동에서는 돌도끼, 숫돌과 화살촉, 대팻날 등이 출토되었다.

또 몽촌토성 등 삼국시대 유물까지 광범위하게 발견되어 역사유적 관광지로 관심이 높은 지역이다. 이처럼 한 장소에서 각기 다른 시대 삶의 유적 층을 발견한 건 세계 어느 곳에서도 그 유례를 찾아볼 수 없다고 한다.

백제 한성시대 때 하남 위례성의 숭산崇山으로 왕이 하늘에 제사를 지내던 신성한 산이 검단산鈐丹山인데 백제 때 고창 선운사를 창건한 검단선사가 이곳에 은거한 데서 그 이름이 유래하였다는 설이 있다.

경기도 하남시 동쪽 한강 변의 하산곡동에 위치하여 한강을 사이에 두고 예봉산, 운길산과 마주하고 있다.

각처에서 한강을 이용하여 한양으로 유입되는 물품들을 이곳 검단산 입구 창우동倉隅洞에서 보관하였는데 창고가 있던 지역이란 의미의 이 동네가 산행기점이 된다.

왕이 하늘에 제사를 지내던 신성한 산

사는 곳에서 가까워 더러 찾는 검단산이다. 들머리는 대체로 교통이 편한 한국애니메이션고등학교와 산곡초등학교, 그리고 반대편 팔당호 배알미리 쪽이 있다. 오늘은 창우동 애니메이션 고등학교를 기점으로 하여 유길준 선생 묘역을 지나 검단산에 오른 뒤 용마산을 거쳐 광주시 중부면 엄미리로 하산하는 종주 코스를 잡았다.

애니메이션 고등학교 뒤편 주차장 입구의 두 갈래 길에서 왼쪽으로 방향을 잡는다. 오른쪽은 현충탑 아래 노상주차장을 통해 오르는 길이다. 등산로 초입은 길도 넓고 완만하며 등산로 양옆으로 높이 뻗어 도열한 잣나무들이 하얗게 입김 뿜어내는 겨울 방문객들을 환영한다.

약간의 경사를 걸어 유길준 선생 묘역에 이른다. 잔설이 묻은 그의 묘비가 오늘따라 더욱 을씨년스러워 보인다.

"이 아비는 조국을 위해 아무것도 한 일이 없으니 묘비를 세우지 마라."

그가 죽으면서 자식들을 앉혀 놓고 남긴 유언이다. 식민지
하에서 눈을 감은 지식인의 고뇌를 엿보는 유언이지만 자
손들은 묘비를 세웠다.

1885년, 유럽의 도시에 특이한 옷차림의 동양 청년이 만
나는 유럽인들에게 서툰 영어로 뭔가를 묻기도 하고 메모
를 하면서 돌아다닌다. 그는 빠듯한 여비를 아껴 쓰면서 이
곳저곳을 분주하게 돌아다녔다.

단순 관광이 아닌 기행에 열중한 유길준은 일어와 영어로
말하고 쓸 줄 아는 첫 세대였고, 국한문 혼용의 문체로 저
술을 남긴 지식인이며 유럽을 최초로 기행 한 조선인이다.
그해 12월 고국으로 돌아온 유길준은 갑신정변에 직접 가
담하지 않았으나 그의 동료들이 갑신정변에 연루된 개화파
라고 하여 바로 연금을 당했다.

연금 생활 중 자신이 보고 겪은 미국과 유럽의 문물제도
를 소개한 서유견문록西遊見聞錄을 집필했다. 이 책은 우리
나라 최초의 미국과 유럽 기행문으로 꼽힌다. 그 후 유길준
은 백성들에게 교육이 보급되지 못해 개화하지 못하고, 산
업이 일어나지 못해 결국 일본에 나라를 빼앗긴 원인이 있
다고 여겨 국민계몽에 앞장섰다.

유길준 묘소 옆으로 경사 급한 계단이 이어진다. 약수사거

리 공터에서 숨을 고른다. 무척 차가운 날이다. 바람까지 불어 어깨를 움츠리게 한다.

밧줄 울타리를 친 돌계단은 언 곳도 있고 눈이 굳은 곳도 있다. 계단을 올라 살얼음 둥둥 뜬 한강을 내려다본다. 한적한 미사리 조정경기장은 꽁꽁 얼어붙은 것처럼 보인다. 고도를 올릴수록 바람이 몰아쳐 나무에 붙었던 설분이 세차게 나부낀다.

따뜻한 차 한 잔을 마시고 다시 고도를 높인다. 휴식처인 전망대에서는 아래로 팔당호와 멀리 용문산에 눈길만 주고 곧바로 정상으로 향한다. 경사 구간과 능선을 따라 검단산 정상(해발 657m)에 이르자 강추위에도 아랑곳없이 많은 등산객이 모여 있다.

날은 차지만 모처럼 시계가 트여 북한산 인수봉을 눈에 담을 수 있다. 북한강과 남한강이 합쳐지는 두물머리는 조금도 물살의 흐름이 없다. 하얗게 눈 덮인 광주시와 하남시 일대를 묵연히 내려다보노라니 갑자기 뜬금없는 생각이 떠오른다.

"삼국은 신라가 아닌 백제가 통일 대업을 이룰 수도 있지 않았을까."

백제 초기 도읍지로 추정되는 위례성이 있던 검단산이다.

이 일대는 백제 시조 온조왕 이래 13대 근초고왕에 이르기까지 약 370여 년간 백제의 도읍지였다. 근초고왕은 남으로 왜국과의 무역을, 북으로는 영토 확장을 위한 북진정책을 통해 평양성을 공격하여 고구려의 고국원왕을 전사시키면서 역사상 최대 영역을 확보했다. 신라와의 동맹도 강화하여 백제는 한반도의 중심세력으로 성장했다.

그러했던 백제가 21대 개로왕 때에 이르러 한강 유역을 고구려에 빼앗기고 만다. 역사학자들은 왕족 중심의 집권체제를 강화하려다 내부의 정치적 결속이 와해한 걸 그 주원인으로 꼽지만, 삼국사기에는 고구려 장수왕이 파견한 승려 도림의 계략에 넘어가 패배하였다고 기록하고 있다.

개로왕이 바둑을 좋아하는 점을 이용해 신임을 얻은 도림이 대대적인 토목공사 등을 부추겨 고구려 침공에 대한 대비를 소홀하게 했음을 패배의 요인이라고 기술하고 있다. 어찌 되었건 이후 백제는 도읍을 사비성, 지금의 충청남도 부여로 옮기면서 역사의 물줄기를 바꿔놓는 계기가 된다.

개로왕과 관련하여 검단산은 삼국사기 열녀전에서 전하는 도미 부인의 이야기를 간직한 곳이기도 하다. 평민인 도미의 아내는 아름답고 행실이 곧아 사람들에게 칭송을 받았다. 개로왕이 도미의 아내를 탐냈다.

"그대 부인이 정절하다고 하지만 내가 유혹하면 마음이

226

흔들릴 것이다."

도미를 불러 개로왕이 이렇게 말하자 아내를 신뢰한 도미
가 부인했다.

"제 아내는 그런 사람이 아닙니다. 죽더라도 마음을 바꾸
지 않을 것입니다."
"그렇다면 나랑 내기를 하겠느냐?"
"그러시지요."
"좋다. 목숨을 걸기로 하자."

목숨을 건 내기가 벌어졌다. 개로왕은 도미를 잡아두고 가
까운 신하를 왕으로 변장시켜 도미의 아내에게 보내 합방
할 구실을 만들었다.

"방에서 기다리겠소."
"그러시지요. 샤워를 마치는대로 모시겠나이다."

그런데 도미의 아내는 한술 더 떠 몸종을 단장시켜 방에
들여보낸다. 후에 속았음을 알게 된 개로왕은 자존심이 상
한데다 분을 가누지 못하고 도미의 두 눈을 빼냈다.

"천한 계집 주제에 감히 왕인 나를 능멸해? 도저히 묵과하고 넘어갈 수 없느니라."

그리고 다시 그의 아내를 범하려 했다. 도미의 아내는 궁을 탈출하였으나 강가에 이르러 더 이상 갈 수가 없어 실의에 빠져 통곡하였다.

그때 조각배 한 척이 떠내려와 올라탔는데 잠깐 잠이 든 사이에 배가 천성도에 이르러 멈추었다.

"여보! 여기 계셨었군요."
"당신이 나를 찾아냈구려."

눈먼 도미가 거기에 살아있었다.

"백제엔 돌아갈 수 없으니 고구려로 갑시다."

극적으로 만난 두 사람은 갖은 어려움 끝에 고구려 땅으로 건너와 그곳에 정착하게 되었다.

왕의 협박에도 굴하지 않고 정절을 지키려 했던 도미 부인의 이야기는 조선시대까지 전해 내려와 세종대왕은 삼강행실도 열녀의 표상으로 삼도록 지시하였다. 또 박종화의 단편소설 '아랑의 정조'로 재탄생되기도 하였다.

이 설화의 파급이 지금까지도 재미있게 전개되고 있으니 경기도 하남시와 충남 보령시에서 도미 부인이 살았던 곳이 각각 그들 지자체 관할이라는 주장을 펼친다. 아마도 요즘처럼 각박한 세상에 절대권력에 맞서 부귀영화 대신 지순한 사랑을 택한 이야기는 동서고금을 막론하고 훈훈한 교훈으로 남을 것이기 때문이리라.

검단산을 등지고 용마산으로

백제의 흥망과 도미 부인의 사연을 뒤로하고 용마산으로 걸음을 옮긴다. 정상에서 계단을 내려서 능선을 따라 그대로 산곡초등학교 방향으로 나아간다. 용마산 능선부터는 인적이 뜸하다. 산곡초교로 내려가는 갈림길까지가 검단산이고 이제부터는 용마산 능선을 걷게 되는 것이다. 오후가 되어서 해가 구름을 벗어나면서 추위는 많이 누그러졌다.

용마산으로 가는 길에 두리봉 또는 고추봉이라고도 부르는 570m 봉에 이르게 되는데 여기서 오른쪽으로 내려가면 하남 공영차고지이다. 검단산에서 2.1km를 지나왔고 용마산을 1.62km 남겨둔 지점이다. 두리봉이 한 발짝씩 더 뒤쪽으로 물러서는 걸 확인하며 용마산에 근접해간다.

몇 번의 굴곡을 오르내렸다가 다시 올라 자그마한 정상석이 세워진 용마산(해발 595.7m)에 도착한다. 이곳의 조망도 매우 뛰어난데 검단산 정상과 달리 겨우 서너 명의 등산객과 마주쳤을 뿐이다.

용마산에서의 하산로는 눈이 쌓였다가 녹으면서 간혹 미끄럽기는 해도 무리 없이 내려갈 수 있는 평범한 길이다. 갈림길이 나오면서 굴다리 낚시터와 은고개 버스정류장을 선택할 수 있다. 어느 곳으로든 광주시의 차량 도로로 이어지게 된다.

꽁꽁 언 낚시터를 지나고 중부고속도로 아래로 몇 개의 굴다리를 통과해 43번 국도의 엄미리 버스정류장에서 서울 가는 버스를 기다린다.

너른 고을, 도자기의 고장 광주에 어스름 노을이 물들기 시작하면서 기온은 더욱 떨어지는 듯하다. 자고로 겨울 산은 그곳이 어디든 세심한 주의가 필요하다. 낮 짧은 겨울인지라 무리하지 않게 산행코스를 잡게 되고 만일에 대비한 준비물을 갖추는데도 신경을 쓰게 된다.

때 / 겨울
곳 / 창우동 애니메이션 고등학교 – 유길준 선생 묘소 – 전망대 – 검단산 – 산곡초교 삼거리 – 두리봉 – 용마산 – 엄미리

도심의 자연생태 숲, 명품 진달래의 요람, 수리산

때론 세상 소식 다 잊은 채 며칠이고
산속에 파묻혀 지내고 싶을 때가 있다.
그건 통상의 갖춰진 틀이 아닌 다른 세상에서
자신의 또 다른 모습을 발견하고자 함일 수도 있다.

경기도 안양시와 군포시, 안산시에 걸쳐 있는 수리산修理
山은 2009년에 경기도의 세 번째 도립공원으로 지정되었으
며 관악산, 청계산, 백운산, 광교산 등과 함께 광주산맥을
형성한다.

풍수지리상 큰 독수리가 두 날개를 펼치고 날아내리는 형
상을 매우 귀하게 여기는데 이런 형상을 태을太乙이라 한
다. 일출 무렵 수리산 최고봉이자 군포 1경으로 꼽는 태을
봉에 올라 그 그림자를 내려다보면 커다란 태를 형상이 보
인다고 한다. 삼림욕장이 있는 수리산은 2002년에 생명의
숲 및 산림청에서 주최한 제3회 아름다운 숲 전국대회에서
우수상을 받기도 하였다.

수리산 전투의 격전지에 꽃향기가 가득

이번 수리산행은 안양 8경 중 제7경으로 꼽는 병목안 산

림욕장에서 출발하여 관모봉, 태을봉과 슬기봉을 올랐다가 수암봉의 네 봉우리를 모두 거쳐 원점 회귀하는 환 종주 코스를 택했다. 김포에서 부지런하게 서두른 태영이와 집이 수리산 아래 평촌인 노천이가 동행하였다.

"완주를 축하해."
"기록도 좋았어. 축하해."
"고마워."

지난주, 동아 마라톤에서 42.195km 풀코스를 뛰어 세 시간대에 결승점을 통과한 태영이에게 전하는 축하 인사다. 10년 이상 마라톤을 하며 대회에 나갈 때마다 거의 세 시간대를 유지하는 중이다. 태영이는 뛰면서 친구들에게 아직 충분히 젊다는 걸 일깨워주고 있다. 그런 친구가 있음으로써 새로움에 대한 도전 의식이 생기고, 삶의 시너지를 받기도 한다.

"산에서는 내 뒤만 잘 따라와."

병목안 시민공원으로 들어가 둘레길을 따라 산 쪽으로 걸어 야영장을 지난다. 병목안은 계곡으로 들어서는 입구가 호리병처럼 좁아지는 병목 형이기 때문에 붙여진 명칭이다.

병목안 산림욕장 입구에 세워진 두 개의 돌탑을 통과해 진
달래 낙원으로 들어선다. 관모봉으로 오르는 길도 소담한
꽃길이 이어진다.

곱고도 고운 봄 빛깔일세
내내 오므렸다 기지개 켜듯 하니
살맛 나는 시절일세
비에 젖고 햇살에 마르다가
바람에 찢기었어도
산중 비탈진 언덕에서
피어나는 바이올렛이라
짙고도 아련한
향기 물씬하구나

빛깔 고운 꽃길을 걸어 현충탑에서 올라오는 길과 합류하
면서 능선 평지 숲길을 걷는데 거기도 꽃향기 물씬하다. 산
중에 피어나는 봄 향기는 생동의 시그널이다. 몸이 느끼고
마음마저 받아들이니 향내 맡는 이는 역동적이지 않을 수
가 없다. 미세먼지 사라지고 하늘빛까지 참하여 움츠러들었
던 어깨가 펴지고 묵직했던 다리도 한결 가벼워진다.

금세 안양 시내의 아파트들이 발아래로 내려앉았다. 숲은
점차 연두색으로 변해가고 바위에도 온기가 가득 묻어나는
것만 같다. 적지 않은 등산객들의 옷차림이 밝고 가벼운데
다 표정은 마냥 화사하다. 봄을 맞은 주말 산의 분위기 그

대로이다.

관모봉까지의 오름길은 굵고 짧다는 표현이 적합하다. 잠시 거칠어지는가 싶으면 어느새 정상(해발 426.2m)에 세워진 태극기를 보게 된다.

날 좋고 진달래 흐드러진 봄인지라 많은 상춘객이 관모봉을 메우고 있다. 보는 방향에 따라 벼슬아치들이 쓰는 관모冠帽의 형상을 하고 있어 그렇게 불린다.

전망장소인 데크는 백패킹backpacking하는 이들의 야영장소로 종종 활용되기도 하는데, 여기서 바라보는 야경이 일품이다. 야간산행을 하며 이곳을 지나쳤을 때가 떠오른 것이다.

"사람이 문명과 떨어지면 고생스럽긴 하겠지?"

"세상엔 고생을 낙으로 삼는 사람들이 의외로 많아. 태영이가 마라톤을 즐기는 것도 같은 이치 아니겠어?"

"야영의 낭만과 맛깔스러움을 모르는 건 아니지만……."

"집 떠난다고 해서 다 개고생하는 건 아니야. 문명을 벗어나 자연에 동화되다 보면 거기에 걸맞은 필요성을 깨우치곤 하지."

그렇다. 때론 세상 소식 다 잊은 채 며칠이고 산속에 파묻혀 지내고 싶을 때가 있다. 그건 통상의 갖춰진 틀이 아닌

다른 세상에서 자신의 또 다른 모습을 발견하고자 함일 수도 있다. 그랬었다. 산에서 느끼고 깨달은 몇몇 새로움을 세상에 돌아와 현실과 접목한 경험이 있다.

"마라톤이 노상 고통이라면 그 누구라서 그걸 할까?"
"나한테 마라톤은 삶의 중요한 부분이 되었어."

충분히 이해된다. 싫든 좋든 생계를 위해 직장을 다니고 가정을 꾸려나가는 것처럼, 취미가 취미 생활 이상의 비중을 차지하게 되는 건 단지 흥미에 도취했기 때문만은 아닐 것이다. 그래서 많은 이들의 서로 다른 삶이 속에 와닿고 존중하게 된다.

"우리도 야간산행 후 야영 한번 하자."
"노천이가 나서는데 콜이지."
"북한산 사모바위 부근이 딱 좋을 거 같은데."
"국립공원에서는 산장과 대피소나 지정된 야영 장소 아니면 야영이나 취사가 안 돼."

국립공원이나 도립공원으로 지정되지 않은 산도 봄과 가을에 실시하는 산불 예방 기간에는 입산을 금지하는 구간

이 있어 특히 야영하려면 가고자 하는 산의 지역 국립공원
관리사무소나 시·군 단위 지방자치단체 산림과에 미리 알아
보는 것이 좋다.

"마라톤은 해보지 않을래? 하하!"

안양과 의왕시의 꽉 들어찬 도심 주변으로 청계산 만경대
와 이수봉을 짚어보고 백운산에서 광교산으로 이어지는 선
뚜렷한 마루금도 바라본다. 투명한 봄날이라 불암산에서 수
락산, 사패산, 도봉산과 북한산까지 서울 강북의 다섯 산을
바라보며 종주의 추억도 더듬어본다.

관모봉에서 편안한 능선을 따라 노랑바위 갈림길을 지나고
야트막한 오르내림을 잇다가 태을봉에 닿았다. 수리산 최고
봉인 태을봉(해발 489m)은 관모봉만큼 조망이 좋지는 않아
광교산과 가야 할 슬기봉에 눈길만 주고 걸음을 옮긴다.

수리산 능선에서 잠깐이지만 바위 구간의 묘미를 맛볼 수
있는 병풍바위를 건너 조금은 암팡진 내리막을 지나 상연
사 갈림길에 이르러 살짝 고도를 추켜세우게 된다.

아래로 태을봉과 수암봉을 관통하는 외곽순환도로를 내려
다보고 바위들이 뿔처럼 거칠게 솟은 칼바위 구간을 우회
하여 슬기봉 표지판이 있는 위치에 다다르게 된다. 슬기봉
정상(451.5m)은 군부대가 차지하고 있어 이곳에 안내판을

세워놓았다.

1951년 한국전쟁 당시 이곳에서 수리산 전투가 벌어졌으며 시흥, 안양, 수원 전투에서 수리산이 방어선 역할을 했다고 한다. 수리산은 영등포로 통하는 국도와 반월을 거쳐 소사 또는 인천으로 통하는 도로를 통제할 수 있는 중요한 고지였다. 전쟁터에서 방어 고지인 산이 뚫리면 도미노처럼 줄줄이 무너지게 된다. 마찬가지로 산을 점령하면 그 전투는 승리한 거나 다름없다. 근대사이건, 현대사이건 역사의 흔적이 가장 많은 곳도 산인 것 같다.

고궁이나 역사박물관보다 산에서 더 생생하고 실감 나게 흘러간 자취를 떠올리게 된다. 물론 슬픔이 진득하게 배인 흔적들도 그득하지만 말이다.

임도오거리 갈림길을 거치고 슬기봉 사면에 설치된 데크와 계단을 지나면서 레이더 기지가 세워진 슬기봉 정상을 가까이 보게 된다. 수암봉 가는 길 1.52km라고 적힌 날문을 통과해 포장도로를 내려서면 공터의 정자 좌우로 수리사 방향과 수암봉 방향이 나눠진다. 돌탑이 세워진 오른쪽 길로 들어서 부대 외곽의 울타리를 따라 걷는다.

"수리산에 몇 번 왔는데 수암봉은 처음이야."

같은 산인데도 수암봉은 안산 쪽으로 동떨어져 있어서 마음먹고 가지 않으면 수리봉에서 하산하는 경우가 많다. 안산시 상록구 수암동으로 내려가는 갈림길을 지나고 안산골재를 또 지나 헬기장에 닿으면 바위 봉우리 수암봉과 마주 섰다가 긴 계단을 올라 수암봉 정상 바로 아래의 전망대에 이른다.

태을봉에서 레이더 기지를 거쳐 이어지는 수리산 주 능선을 바라보고 안산시 일대와 하산 방향을 내려다본다. 수암봉(해발 395m)은 안산시에서 정상석을 세웠다. 위치상 관모봉에 안양, 의왕, 군포시민들이 많이 올라오지만 수암봉은 안산시민들이 사랑하는 봉우리이다.

하산로는 바로 정상 아래로 이어지는 작은 바위 봉우리만 지나면 실크로드라고 할 수 있을 정도의 산책로나 다름없다. 소나무 군락에 조성한 쉼터에 앉아 커피를 나눠 마시고 지장골과 창박골 갈림길에서 창박골 쪽으로 방향을 튼다.

"산에 오면 좋아서 또 와야겠다는 생각이 드는데 막상 내려가면 그런 생각이 사라지더라니까."
"배낭을 머리맡에 놓고 잤다가 아침에 눈 뜨면 무조건 들고 나서야 해."

산행 초기에 그렇게 시작했었다. 다음 날 변덕이 생겨 게으름을 피우다가 다음으로 미루다 보면 그날은 그저 텅 빈

여백으로 남는 걸 경험했기 때문이다. 산행에도 익숙한 태영이가 덧붙인다.

"훌륭한 취미는 훌륭한 삶이기도 해."

이런저런 잡담을 나누며 자성로 표지석이 세워져 있는 곳에서 병목안 시민공원 방향으로 걷다가 안락한 소나무 숲길을 지난다. 등산로를 내려서서 도로를 따라 시민공원으로 진행하다가 만남의 다리를 건너면 병목안 시민공원이 보인다. 수리산의 진달래는 알아주는 명품 진달래인지라 봄을 즐기기에 흡족한 산행을 할 수 있는 곳이다.

집에서 가깝기는 하지만 관악산 뒷전에 있어 자주 다니지는 못하였다. 그러나 수리산도 산행의 별미를 느끼기에는 여느 산 못지않음을 잘 안다.

"노천이는 가까운 수리산부터 친해져."
"우리나라에 좋은 산이 많다는 게 어느 순간 행복하게 느껴질 거야."

때 / 봄
곳 / 병목안 시민공원 – 관모봉 – 태을봉 – 병풍바위 – 슬기봉 – 임도오거리 갈림길 – 수암봉 – 원점회귀

포탄 피해 오른 각흘산에서 억새 허리 휜 명성산으로

돌아보면 지나온 길들이 각인될만한 자국을 남기며
걸어온 것처럼 도드라졌다. 길게 굽이치며 꺾어지는
능선의 풍광은 질곡 된 인생살이의 한 단면처럼 느껴져
한동안 아스라한 여운으로 남을 것만 같다.

38선을 많이 넘어선 경기도 포천시 이동면 도평리에 숨은
듯 솟아 있는 각흘산角屹山은 소의 뿔을 닮은 각흘봉이 있
어 그 이름이 유래되었다.

청정계곡을 품은 여름철 최고의 산행지라는 카피 문구를
접했고 빼어난 계곡, 부드러운 능선, 웅장한 바위가 삼위일
체를 이룬 초여름 산이라기에 때맞춰 각흘산을 찾았다. 한
북정맥의 여러 산을 다니며 인근에 각흘산이 있음을 알고
신록이 무성해진 초여름에 그 들머리로 자등현을 택했다.

산 일대가 군사시설 보호구역으로 인근에 포 사격장이 있
어 포 훈련을 쉴 것 같은 주말에 명성산까지 이어 내려가
고자 한 것이다.

자등령紫登嶺이라고도 부르는 자등현은 경기도 포천시 이
동면과 강원도 철원군 서면의 경계선에 있는 고개로 동쪽
으로 광덕산, 서쪽으로 각흘산이 마주하고 47번 국도가 이
고개 남북으로 포천과 철원을 잇고 있다.

아군이 포격한 포탄을 피해 산을 오르다

자등현에도 광덕산 들머리인 광덕고개처럼 반달곰 두 마리가 반겨준다. 여기서도 주차장 맞은편의 박달봉 능선을 타고 광덕산으로 오를 수 있다. 즉 한북정맥이 광덕산에서 분기해 이곳 자등현을 통해 명성산을 지나는 명성 지맥으로 국내 최북단의 지맥이 이곳이다.

각흘산 진입로에 꽤 많은 리본이 걸려있다. 산은 존재함으로써 명성과 관계없이 사람들이 찾기 마련인가 보다. 군사지역답게 경고 팻말이 어깨를 움츠리게 한다.

용화동 포병사격 표적 지역이므로 경보용 적색 깃발이 게양되었을 때는 사격 중이란다. 노란색 바탕에 적색 문구 경고표지판이 설치된 지역은 포탄 낙하지역이라고 하니 색맹인 선객들은 결코 혼자 와서는 안 될 산이라는 얘기다.

화약 냄새 대신 초록 상큼한 숲길과 바윗길을 고루 지나고도를 높여가자 시원한 바람과 함께 시야가 열린다. 급한 경사가 있긴 하지만 짧게 끊어져 크게 힘을 들이지 않아도 된다. 정상으로 향하는 능선이 굽이굽이 곡선을 이룬다.

정상에 다가가면서 포탄 낙하지점이 근방에 있다는 팻말이 종종 눈에 띈다. 포격 훈련장에 산행을 허용하면서 군인들의 수고로움이 늘어났을 것이다.

241

굴참나무와 신갈나무 등이 울창한 가파른 숲을 지나다 여러 조각으로 갈라진 바위를 보게 된다. 쪼개진 바위는 소나무가 뿌리를 내리며 파고들었기 때문이다.

산에서 바위에 뿌리를 내리는 여러 소나무의 생존력을 보아왔지만, 이 소나무는 엄청난 파괴력까지 지닌데다 가지도 곧게 뻗고 잎도 푸르러 지나는 이들이 넋을 잃고 바라보게 만든다.

곧이어 가게 될 명성산이 삼각봉을 내밀어 각흘산과 나란히 섰다. 산 아래로 용화저수지와 철원평야가 한눈에 들어온다. 포천 쪽으로는 가리산과 백운산 등이 겹겹이 중첩되고 있다. 헬기장을 지나 정상을 향해 걷다가 접혀있는 적색 깃발을 보게 된다. 훈련이 없는 주말이라 접어놓았나 보다.

"사격할 때면 접힌 깃발을 풀려고 여기까지 올라와야 하는 건가?"

아마도 포병 중 관측병이 관측 임무를 겸해 깃발을 담당할지도 모르겠다.

"근처에 불발탄이나 없어야 할 텐데……."

심란하게 도착한 정상(해발 838m)에서는 일말의 우려가 말끔히 가신다. 빗발치는 포격을 뚫고 안전한 평화구역으로 들어선 기분이 드는 건 속을 후련하게 해주는 조망권에 창창하게 트인 시계 덕분이다.

드문드문 적송이 있는 바위지대 정상에서 사방팔방 눈길을 던진다. 경기 북부와 철원 및 화천 일대의 산들이 장쾌하게 이어져 푸름을 뿜어내고 있다. 왼쪽으로 낯익은 광덕산부터 백운산과 국망봉이 한북정맥을 굽이치게 한다. 또 오른쪽으로 철원평야 위로 지장봉이 금학산으로 이어졌다. 산이 없는 곳은 어디에도 없다.

생각했던 것보다는 많은 등산객의 발길이 지속해서 이어진다. 사면으로 뻗은 능선을 내려서면서도 시선을 멀리 둘 수 있어 좋다.

산불이 옮겨붙는 것을 제어하기 위한 방화선으로 갈라진 능선이 마치 큰 구렁이의 꿈틀거림처럼 길게 이어진다. 이 산을 찾은 산악인들이 흔히 속세를 벗어나 수도의 길을 걷는 기분이라고 한다더니 과장된 표현이 아니란 생각이다.

돌아보면 지나온 길들이 각인될만한 자국을 남기며 걸어온 것처럼 도드라졌다. 길게 굽이치며 꺾어지는 능선의 풍광은 질곡 된 인생살이의 한 단면처럼 느껴져 한동안 아스라한 여운으로 남을 것만 같다.

다시 보는 빨간 우체통

각흘산 능선을 뒤로하고 명성산으로 향한다. 정상 일대의 밧줄 늘어뜨린 바위 구간을 내려서면 아늑한 능선이 이어진다. 적당한 완급의 능선을 오르내리다가 약사령으로 내려선다.

약사령은 포천시 이동면 도평리를 주소지로 하는데 각흘산과 명성산을 가르는 분기점이다. 여기에 이르니 어찌 아니 그러할까. 그분의 모습이 생생하고 그분의 많은 어록이 떠오른다.

"우리 사회는 힘이 제일이요, 힘이 곧 정의요, 힘만 있으면 그만이라는 불행하고 부조리한 생각에 빠졌다. 관민을 막론하고 권력 만능, 권력 숭배 사고에 빠졌다. 힘은 정의를 가져야 하고 정의는 힘을 가져야 할 터인데 정의에 힘을 줄 수 없으므로 힘이 정의라고 떼를 쓰게 되었다."

일제강점기에 광복군 항일 독립운동을 했고 월간 사상계를 창간하여 지식인 의식개혁 운동에 앞장섰으며 박정희 유신체제 하에서 반독재 및 민주화운동을 이끈 장준하 선생은 1975년 8월 17일 바로 이곳에 등산을 왔다가 실족사한다. 아니 그렇게 규정지었다. 산에서의 안전을 노상 강조한 등반가가 구두를 신고 굳이 14m나 되는 절벽으로 내려오다가 추락사했을까.

2002년 의문사진상규명위원회에서 사망 경위를 조사했으나 변사사건 기록 폐기, 수사 관련 경찰관들의 사망, 국정원 자료 미확보 등으로 2004년 그의 사인 규명이 불가능하다고 결론을 내리고 말았다.

그러나 2012년 8월, 묘지를 이장하는 과정에서 두개골 함몰 흔적이 발견되어 그의 죽음이 재조명되기도 하였으나 역사 속 진실은 아직 미궁에 빠진 상태다.

1962년 한국인으로는 최초로 막사이사이상을 받기도 했던 그를 잠시 더듬어보다가 쓸쓸함을 누르고 명성산으로 걸음을 옮긴다.

후 고구려를 세워 철원에 도읍을 정하고 승승장구 세력을 확장했다가 왕건에게 패해 명성산에 은거한 궁예가 왕건과의 최후 격전에서 대패하여 온산이 떠나가도록 울었다 하여 울음산으로 불리다가 같은 의미의 명성산鳴聲山으로 바꿔 부르고 있다.산에서 내려와 다시 산을 시작하니 그만큼 고도가 급해진다. 능선에 이르러 호흡을 가다듬고 목도 축인다. 곧 시작될 무더위를 벗어나면 이 능선의 억새들이 꼿꼿하게 허리를 펴 제 빛깔을 뽐낼 것이다.

용화저수지와 약사령으로 내려서는 삼거리에서 오른쪽으로 틀어 300m를 더 가면 명성산 정상이다. 산안고개 갈림길을 지나 명성산 정상(해발 923m)에 도착하니 반갑고도 감회가 새롭다. 세 번째의 조우다. 가을 명성산의 억새 탐방과 겨울 눈꽃 산행에 이어 신록의 명성산을 접하게 되자 더더욱 친근감이 든다.

"꽃 피는 봄에 다시 한번 오시게나."
"봄에 또요?"
"싫으면 관두시게."
"……."

확실한 기약을 할 수 없어 흘깃 최고봉의 눈치를 살피다가 삼각봉으로 건너간다. 강원도 철원에서 경기도 포천으로 넘어서게 된다. 두 구간의 경계점을 지나 삼각봉(해발 906m) 해태상과 재회의 반가움을 나눈다.

"그동안 명성산에 산불이 나진 않았죠?"

주로 궁궐에 세운 해태상을 2008년 이곳에 세워놓은 건 산불 예방을 염원하는 차원에서다.

"내가 누군가. 산불을 물리치는 신이 아닌가 말일세."

포천을 바라보는 해태상이 눈길도 주지 않고 대답한다. 명성산과 궁예봉에 눈길을 주었다가 삼각봉을 지나자 초여름 햇빛 머금은 산정호수가 내려다보인다. 능선을 길게 걸어와 팔각정 아래 '1년 후에 받는 편지'라고 적힌 빨간 우체통을 다시 보게 된다.

그리고 천년수千年水. 나라 잃은 궁예의 한을 달래주려는 양 눈물처럼 샘솟았다는 궁예 약수는 극심한 가뭄에도 마른 적이 없다는데 굳이 '음용 금지'라고 적어놓지 않아도 먹을 리 없는 불결한 물이 한에 못 이긴 궁예의 피눈물처럼 느껴지는 것이다.

해가 구름을 비켜났을 때 은물결 넘실대던 억새밭에서 그 가을의 풍광을 기억하자 절로 미소가 지어진다. 힘에 부쳐 가느다란 허리가 휘고 색도 초라하게 바랬지만, 곧 보란 듯 일어설 억새군락을 둘러보다가 억새 바람길의 긴 데크를 내려간다.

궁예의 울음이 폭포 되어 내린다는 등룡폭포에서 잠시 패자의 설움을 새겨보다가 아래 비선폭포를 지나고 식당 지대 골목길을 내려서서 산정호수에 이른다.

인공 조성한 관개용 저수지이지만 언제 들러도 늘 정겹고 푸근하여 대할 때마다 미소 짓게 하는 산정호수 푸른 물빛을 바라보는 것으로 산행을 마친다.

철쭉 꽃잎 모두 떨어졌으나 이 산,
녹음 짙어 더욱 푸르기만 하네.

247

골짜기 짙게 드리운 초록 향기,
소쩍새 울음소리
더없이 청아하기만 하네.
초여름 신록 딛고 오른 산정에서
땀에 젖고 계곡물에 젖었다가
다시 푸름에 젖는다네.

때 / 초여름
곳 / 자등현 – 각흘산 – 약사령 – 명성산 – 삼각봉 – 팔각정 – 억새
군락 – 등룡폭포 – 비선폭포 – 산정호수

남한산성 궤척 따라 오르며 삼전도의 굴욕을 곱씹다

한 시간 남짓 걸려 우익문右翼門이라고
현판이 걸린 서문에 닿는다.
묵연한 시선으로 서문의 통로를 바라보노라면
영화 '남한산성'의 장면이 떠올라 가슴이 미어진다.

경기도 광주시 남한산성면과 하남시에 걸쳐 있는 남한산
南漢山은 남한산성으로 더 많이 알려져 있다. 온 사방이 평
지라 밤보다 낮이 길어 주장산晝長山 혹은 일장산日長山으
로 불러왔었는데 지금은 대다수 지도에 청량산으로 표기되
고 있다. 광주산맥에 속하는 남한산은 화강암과 화강편마암
이 침식되어 형성된 고위평탄면高位平坦面에 쌓은 대표적
인 산성 지역으로 성곽 길이는 12.4km에 이른다.

1963년 남한산성의 성벽이 국가사적 제57호로 지정되었
고, 1971년 경기도 도립공원으로 지정되었으며 2014년에는
세계문화유산에 등재되었으니 명함상의 직함만으로도 화려
한 존재감을 드러낸다.

"죽음은 견딜 수 없으나 치욕은 견딜 수 있사옵니다."

수도권 지하철 5호선인 마천역에서 1번 출구로 나와 5분

정도 차도를 따라 걸어 올라가면 남한산성을 일주하기에 적합한 출발점이 있다. 버스 종점이 있는 남한산성 만남의 장소이다. 성골 마을 들머리로 상가 지역을 지나 오른쪽으로 올라가다 보면 잘 정비된 등산로가 나온다. 첫 갈림길의 오른쪽은 유일천 약수터와 수어장대로 갈 수 있는 길인데 왼쪽의 서문을 먼저 오르기로 한다.

남한산성에는 동서남북으로 네 곳의 성문이 있다. 동문(좌익문)과 서문(우익문), 규모가 가장 크고 통행량도 많은 남문(지화문), 그리고 북문(전승문)이다. 그리고 16곳의 암문이 있는데 우리나라 산성중 문이 가장 많은 곳이 바로 남한산성이다.

서문으로 올라가는 길엔 계단이 많다. 무더웠던 여름이 지나고 가을이 짙게 깔릴 무렵이라 붉고 노란 단풍이 화사하게 하늘을 가렸다. 오르면서 숲이 비켜나자 멀리까지 내다볼 수 있게끔 시야가 트인다.

한 시간 남짓 걸려 우익문右翼門이라고 현판이 걸린 서문에 닿는다. 묵연한 시선으로 서문의 통로를 바라보노라면 영화 '남한산성'의 장면이 떠올라 가슴이 미어진다. 수치스러운 역사의 수많은 기록 중에서도 삼전도三田渡의 굴욕은 수백 년 세월이 지나서도 떠오를 때마다 치욕스러워 이를 앙다물게 한다.

나아갈 곳도 물러설 곳도 없는 고립무원의 남한산성, 나라의 운명이 이곳에 갇히고 말았었다. 1636년 12월부터 이듬해 1월까지 청나라가 조선에 침입하며 일어난 전쟁이 병자호란이다.

여진족, 즉 후금은 국호를 청으로 바꾸고 조선에 새로운 군신 관계를 요구한다. 청과의 화친을 통해 후일을 도모하자는 주화파와 청과 맞서 싸워 대의를 지키자는 척화파가 한 치 양보 없이 자신들의 목소리를 높였다.

"죽음은 견딜 수 없으나 치욕은 견딜 수 있사옵니다."
"오랑캐에게 무릎을 꿇고 삶을 구걸하느니 사직을 위해 죽는 것이 신의 뜻이옵니다."

영화 '남한산성'에서 이조판서 최명길로 분한 배우 이병헌과 예조판서 김상헌의 배역을 맡은 김윤석이 당시 상황을 그럴듯하게 재현했다.

"일국의 왕으로서 어찌 오랑캐의 신하 노릇을 하겠느냐."

조선 16대 왕 인조는 갈팡질팡 고심에 휩싸이다가 결국 척화파의 손을 들어 청의 요구를 거부한다. 그러자 청 태종 황태극은 12만 명의 군사를 이끌고 조선을 침공하였다.

조선은 먼저 봉림대군, 인평대군 등의 왕자를 강화도로 피신하게 하고, 조정 또한 피난하려 했으나 청군의 선발대가 이미 길목을 가로막았다. 가까스로 남한산성으로 피신하여 47일을 버티다가 그예 항복하고 만다.

백성의 안위보다 왕으로서의 자존심을 내세웠던 인조는 결국 머리를 땅에 찧으면서 신하로서 청을 섬기겠다고 맹세한다. 이미 조선의 수많은 백성이 죽어 나간 이후였다.

삼궤 구 고두례三跪九叩頭禮. 인조는 소복 차림으로 세자와 신하들을 이끌고 남한산성 문을 나와 지금의 탄천인 삼전도에서 여진족의 의식에 따라 청의 황제에게 세 번 절하고 아홉 번 머리를 조아리며 항복의 예를 갖춘다.

한숨을 내쉬며 허공을 올려다보는데 색깔 고운 단풍이 그 당시의 핏빛처럼 느껴진다. 패자가 받아들여야 할 피눈물 나는 고통의 농도는 다시 밝아지지 않을 짙은 어둠 그대로였으리라. 첩첩이 드리워진 어둠 속 먹구름이 이 나라의 앞날에 얼마나 더 많은 비를 뿌릴 것인지, 별조차 숨을 쉬지 못할 것 같은 까만 어둠이 응어리져 굳어 버린 나라의 미래처럼 느껴졌으리라.

서문에서 성벽을 따라 걸으며 견디기 힘든 서러움이자 통한의 곤욕을 가늠하니 다리에 힘이 빠져 휘청거리게 된다. 나라가 힘이 없으면 백성이 서러움을 당한다. 정묘호란 때도 그랬고, 병자호란 때도 청군의 군사들은 철수하면서까지 곳곳의 우리 백성들을 수탈하였다. 노산 이은상 선생도 남한산에 왔다가 국력의 필요성을 절실히 느꼈던 것 같다.

남한산 돌아올라 헌절사 뜰에
삼학사 충혼 그려 이마 숙일 제
서장대 바람결에 피 묻은 소리
굳세라 뭉치어라 힘을 기르라

병자호란 때 척화를 주장하다 청에 끌려가 갖은 곤욕을 당한 후 참형에 처한 오달제, 윤집, 홍익한의 삼학사 넋을 위로하기 위한 사당이 바로 인근에 있다. 1688년 조선 숙종 때 남한산성 내에 세운 현절사顯節祠이다.

1700년 척화 대신이었던 김상헌과 정온을 함께 배향하면서 지금의 장소로 옮겨지었다. 현절사에서는 매년 음력 9월 10일에 제향을 올린다. 누구나 참석할 수 있다.

성곽을 따라 길이 계속되는데 봉우리와 봉우리 사이에 축성하여 길도 오르막과 내리막의 굴곡이다. 걸으며 산 아래 광주 일대를 내려다보게 되고 하남의 검단산과 용마산 줄기를 눈에 담는다. 위례신도시 뒤로 바늘처럼 솟은 롯데월드타워도 보게 된다.

계속해서 이어지는 역사의 슬픈 궤적

수어장대에 이르면서 단풍은 절정의 색감을 아낌없이 드러
낸다. 높은 하늘 아래 펼쳐진 주변 분위기가 완연한 가을임
을 느끼게 한다.

지휘와 관측을 위해 지은 남한산성 다섯 개의 장대중 유
일하게 남아있는 게 수어장대守禦將臺(경기도 유형문화재
제1호)로 성안에 남은 건물 중 가장 화려하고 웅장하다. 임
진왜란 이후 조선의 중앙군이 5 군영 체제로 정비되면서
수어청이 남한산성을 담당하여 수도 외곽의 수비를 전담했
고 그 수장인 수어사가 장대를 관장하였다.

단층 누각이었던 것을 조선 영조 때 2층으로 다시 축조하
여 2층 내부에 무망루無忘樓라는 편액을 달아놓았다.

병자호란 때 인조가 겪은 시련과 8년간 청나라에 볼모로
잡혀갔다가 귀국하여 승하한 효종의 원한을 잊지 말자는
뜻에서 영조가 지은 것이다. 현재 무망루 편액은 수어장대
오른편에 보호각을 지어 많은 사람이 볼 수 있도록 보관하
고 있다. 훗날 선조들의 불행에 대한 영조의 한스러움에 고
개를 끄덕이다가 누각 옆에 세워진 비석을 보고 우지끈 속
이 비틀리고 만다.

'리 대통령 각하 행차 기념식수'

이승만 초대 대통령의 뜻은 아니었을 거로 생각한다. 응어

254

리진 역사의 현장에 아직도 이런 아부의 산물을 자취로 남기고 있음에 시장기가 싹 달아나고 말았다.

수어장대 담 오른쪽 모서리에 수어서대守禦西臺라고 큰 글자를 음각으로 새긴 일명 매바위가 있고, 수어장대 입구에는 청량당淸凉堂(경기도 유형문화재 제3호)이라는 사당이 있다. 수어장대가 있는 산 이름이 청량산(해발 497.9m)이고 그 옆에 지은 사당이어서 청량당이라 하였는데 남한산성의 동남쪽 축성 책임자였던 이회 장군과 그 부인 송 씨, 그리고 서북성을 쌓은 벽암 스님 김각성의 혼령을 모신 사당이다.

이회 장군은 남한산성을 쌓을 때 완벽히 하기 위해 철저하게 공사를 진행하다가 그만 공사기일을 넘기고 말았다. 설상가상 공사비용까지 부족하게 되자 이회 장군이 주색잡기에 빠졌기 때문이라는 소문이 조정에 나돌아 결국 참수형에 처하고 만다.

"내가 죽은 뒤 아무런 일도 일어나지 않는다면 나한테 죄가 있는 것이 맞을 것이다."

참수형에 처하게 된 이회가 죽기 직전에 하늘을 쳐다보며 한 말이다. 이회의 목을 베자 그의 예언대로 어디선가 매 한 마리가 날아와 바위에 앉아 구슬피 울었다고 한다.

이후 사람들은 매가 앉았던 바위를 매바위라 부르며 그의 죽음을 애도하였다.

이회의 부인 송 씨는 남편이 하는 일을 돕기 위해 영남지방에서 돈과 곡식을 구해오다가 남편이 죽었다는 소식을 듣고 한강에 투신했다. 뒤에 벽암이 쌓은 곳은 무너졌으나 이회가 쌓은 곳은 튼튼한 성벽으로 남았다. 사후약방문, 나라에서는 이회를 위해 사당을 지어 억울함을 위로하였다.

수어장대에서 남문으로 가는 길에 은은한 가을 햇살과 여전히 고운 단풍 틈으로 행궁이 보인다. 서글픈 불행으로 결말지어진 병자호란의 흔적은 아직도 진하게 남아있다.

행궁에서 오른쪽으로 수어장대를 향해 오르면 숭렬전崇烈殿(경기도 유형문화재 제2호)이다. 백제의 시조이며 남한산성을 처음 축조한 온조왕의 넋을 기리는 초혼각招魂閣이 있던 곳인데 조선 인조 때 남한산성 축성에 힘쓰고 병자호란 때 적과 싸우다 병사한 수어사 이서 장군을 함께 모시고 있다.

역사를 길게 오가다가 지화문至和門의 현판이 걸린 남문에 닿으면 더 많은 탐방객을 보게 된다. 가장 큰 정문인 남문으로 들어온 인조가 가장 작은 서문으로 나가 청에 무릎을 꿇었다는 생각이 들어 또다시 우울해지고 만다.

남문에서 성곽을 따라 자동차 통행이 가능한 동문으로 간다. 단풍철이라 입구부터 자동차들이 주차되어 있어 붐빈다. 동문에서 동장대 터 아래로 내려가 남한산성에서 제일 높은 벌봉(해발 515m)으로 올라간다. 길게 이어진 산성이 피아彼我의 긴 전쟁터처럼, 지켜서 살아남기 위한 생존수단처럼 단조롭게 여겨진다.

조선시대 때 개축한 남한산성은 주봉인 청량산을 중심으로 하여 북쪽으로 연주봉, 동쪽으로 망월봉(해발 502m)과 이곳 벌봉 외에 여러 봉우리를 연결하여 성벽을 쌓았다. 성벽의 바깥쪽은 경사가 급한 데 비해 안쪽은 완만하여, 방어에 유리하면서도 적의 접근은 어려운 편이다.

봉암성, 한봉성, 신남성 등 세 개의 외성과 다섯 개의 옹성도 함께 연결되어 견고한 방어망을 구축하였다. 성벽과 성안에는 많은 시설물과 건물이 있었지만, 지금은 동, 서, 남의 문루와 장대, 돈대, 보堡, 암문 등의 군사, 방어시설이 남아있다.

잠시 머물렀다가 북문으로 향한다. 남한산성 산행로는 외길이 아니라 얽매이지 않고 들를 수 있다. 시간만 맞는다면 이곳저곳 발길 닿는 대로 들러 맘껏 가을 기운을 만끽할 수 있다.

북문에 이르러서도 높이 달린 현관의 문패가 쓸쓸함을 안겨준다. 싸움에 패하지 않고 모두 승리한다는 의미로 전승문全勝門이라 칭한 북문은 병자호란 때 기습공격을 감행할 때 사용하던 문이지만 쓰라린 패전의 아픔을 지닌 곳이다.

당시 영의정 김류의 주장에 의해 300여 명의 군사가 북문을 열고 나가 청나라군과 맞붙었으나 적의 계략에 넘어가 전멸하고 말았다.

법화골 전투라고 불리는 이 싸움은 병자호란 당시 남한산성에서 있었던 최대 규모의 전투이자 가장 큰 참패였다. 이후 문의 이름을 패전의 경험을 잊지 말자는 뜻에서 전승문戰勝門이라고 문패를 고쳐 달게 된다.

북장대 터를 지나 다시 서문을 통과한 후 오른쪽으로 올라 전망대에서 서울 도심과 하남 일대를 바라보고 성곽 바깥쪽을 따라 연주봉 옹성에 닿는다.

성문을 보호하기 위하여 성문 밖으로 한 겹의 성벽을 더 둘러쌓는 이중의 성벽을 옹성이라 하는데, 남한산성의 옹성은 성벽으로 근접하는 적을 3면에서 입체적으로 공격하고, 요충지에 대한 거점을 확보하기 위하여 성벽에 덧대어 설치한 구조물로 다른 성에서는 찾아보기 어렵다.

연주봉(해발 467.6m)에서는 아차산과 남양주 일대의 한강을 내려다보고 성불사 갈림길로 내려선다. 왼쪽으로 내려가 능선을 따라 성불사를 거쳐 처음 왔던 곳으로 내려오면서 가슴 쓰리고도 슬픈 궤적의 역사를 덮는다.

남한산성은 후대의 제3자적 관점에서 학습 혹은 명상하는 다른 역사유적지와는 다르다. 여기서는 현실감이 강하여 패배감 또한 짙게 배는 것이다.

때 / 가을
곳 / 마천역 – 만남의 광장 – 서문 – 수어장대 – 청량산 – 남문 – 동문 – 동장대 터 – 벌봉 – 북문 – 연주봉 옹성 – 서문 – 성불사 – 원점회귀

칠봉산에서 마차산까지 꼬박 이틀, 동두천 6산 종주

등성이마다, 고개마다, 봉우리마다 숨 가쁘고 뚝뚝 떨어진
땀방울로 축축하다. 한세월 지나고 나면 지워져도 그만일
자취일 수 있겠지만 지금만큼은 내면 깊숙이 여며두고
언제든 펼칠 수 있게 포개 두고 싶다.

경기도 동두천시와 양주시 그리고 포천시를 경계로 칠봉
산, 해룡산, 왕방산, 국사봉, 소요산, 마차산의 여섯 산을
연계하여 산행할 수 있는 종주 코스가 있다.

첫 번째 오르게 될 칠봉산 아래의 사찰, 일련사 입구에서
여섯 번째 마차산을 하산한 동광교까지 무려 50여 km의
산행로를 조성하여 많은 등산 마니아들을 뒤숭숭하게 하는
것이다.

"왜 산 타는 이들은 무리이다 싶을 정도의 강행군에 연연
하는 것일까. 나는 또 왜?"

3산, 4산, 5산, 6산…… 여러 차례 산을 이어 탐방하면서
그저 사람의 타고난 습성 때문이라는 결론을 내리게 된다.
인간의 본성, 이기적 욕심이 배인 그 본성. 자신이 좋아하
는 것에 대한 집착……

"그래? 그리 멀지 않은 곳에 그런 코스가 있었군."

알아보니 길도 잘 조성되어 있고 이정표도 제대로 설치되어 길을 헤맬 염려는 접어도 될 듯싶었다. 북한산에서 도봉산, 사패산, 수락산을 거쳐 불암산까지, 혹은 불암산에서 거꾸로 북한산을 연계하는 수도권의 5 산 종주 길보다는 수월해 보인다.

"그렇다면 해야지."

동두천으로 간다. 거기 있는 여섯 산을 종주하기 위해.

임금 행차에 맞춰 명명된 일곱 봉우리

수도권 1호선 전철을 타고 지행역에서 내려 송내 삼거리로 간다. 어둠이 내려앉은 밤 8시가 조금 지나서이다. 숙고 끝에 산행 시작을 이 시간대에 맞추는 게 여러모로 수월할 것 같다는 판단이 섰다.

조형 탑 맞은편 전철 교각 아래로 통과하니 일련사 입구에 동두천 6 산 종주 안내도가 설치되어 있다. 6 산 종주 시작이라는 방향 표지판에는 종주 끝 지점인 동광교까지

50.3km라고 적혀있다.

크게 심호흡을 하고 팔다리를 흔들며 스트레칭을 한다. 산을 다니다 보니 더러 달밤에 체조하게 된다. 헤드 랜턴을 착용하고 이리저리 비춰본다. 새 배터리로 교체해서 무척 밝아졌다. 크게 심호흡을 하면서 쉬이 진정되지 않는 긴장감을 추스른다.

보호난간이 설치된 왼쪽 계곡을 따라 마을을 지나면 작은 사찰 일련사가 있다. 정적이 깔린 사찰 왼편을 조용히 걸어 화단과 장독대 사이로 올라간다. 일련사 삼거리 0.2km라는 표지판이 가리키는 방향이다.

수도권 불수사도북과 북도사수불의 다섯 산을 혼자 걸을 때와는 확연히 다르다. 일단 낯설다. 이곳의 여섯 산 중 소요산과 왕방산은 다녀간 적이 있지만, 나머지 산들은 미답지이다. 고작 인터넷에서 지도를 검색한 정도의 정보력만 지니고 맞서니 생소하여 껄끄럽기까지 하다. 아마도 깜깜한 밤중이라서 더 그럴 것이다. 그래서 더 혼자라는 의식이 불안감을 동반하는 것 같다.

"혼자일 리가 있나. 지금 여섯 명이나 되는 친구를 사귀러 왔지 않은가."

일련사 삼거리에서 칠봉산 정상까지 3.7km를 걸으면서 자신을 스스로 컨트롤하고 마음을 다진다.

여정 아무리 길다 한들 있는 노자
다 지니고 갈 셈인가
먼 산 오른다고 등짐 가득 채워
걸음 옮기기조차 힘들어할 텐가.
감당할 수 있을 만큼만
지녀 편할 만큼만
필요한 만큼만
딱 그만큼만 등에 지고
유유자적 유람하듯,
옛 벗 찾아가듯 자연에 녹아드세
오른 산에설랑
그나마 욕구의 찌꺼기가 채운 괜한 무게까지
훌훌 털어놓고 내려가세

동두천시 탑동동과 송내동, 포천시 설운동, 그리고 양주시 봉양동에 걸친 칠봉산七峰山은 양주시 내촌동 뒷산에서 보면 일곱 봉우리가 뚜렷하게 보여 그렇게 이름이 붙여졌다고 한다. 단풍 곱게 물드는 가을이면 단풍나무 사이의 기암괴석이 한 폭 비단 병풍과 흡사하여 금병산錦屛山으로도 불렸다.

가을도 만추에 접어들어 기온이 떨어질까 우려가 없지 않았는데 신선한 공기가 밤길 걷기에는 안성맞춤이다.

"멧돼지가 덤벼들진 않겠지."

사람이 멧돼지를 만났을 때가 무서울까. 아니면 사람을 만난 멧돼지가 더 무서워할까.

대부분 야생동물은 오히려 사람을 두려워한다고 한다. 사람이 접근하는 것을 알면 먼저 피하지만 큰 소리로 위협하거나 놀라게 하면 공격할 가능성이 크다. 몸집이 크건 작건 궁지에 몰렸을 때 저항하지 않는 동물은 없다.

대다수 동물은 새끼를 거느렸을 때와 부상을 당했을 때 가장 위험하다. 특히 무리에서 벗어난 멧돼지는 사납기 그지없다. 멧돼지의 번식기는 봄에서 초여름 사이로 대개 서너 마리에서, 많게는 열 마리가 넘는 새끼를 낳는다.

이런 때는 사소한 자극에도 민감하게 반응해 공격본능이 생기니 절대 접근 말고 조용히 피해야 한다. 멧돼지는 주로 활엽수가 우거진 곳에 무리 지어 생활한다는 말을 들어 혹시 지금 내가 지나가는 곳이 활엽수림 속은 아닌가 하고 살피게 된다.

현실성 없는 걱정일 거라고 위안하며 칠봉산의 첫 번째 봉우리에 닿는다. 임금이 산을 오르기 위해 떠난 곳이라는 발리봉發離峰이다.

"어떤 임금이지?"

밧줄을 붙들고 경사 급한 바윗길을 내려오면서도 궁금증이 동한다. 아니, 머릿속이 하얗게 비면 안 될 것 같아 무어든 떠올리고 몰입하려는 본능 의식일 것이다.

두 번째 매봉(응봉)은 임금께서 수렵할 때마다 사냥에 필요한 매를 날렸던 곳이라고 적혀있다. 매가 날아갔을 법한 곳엔 점점이 희미한 별빛들이 그나마 산중에서의 적막감을 덜어준다.

평범한 바위 옆에 표지판이 있어 랜턴을 비춰보니 아들바위라고 적혀있다. 곳곳에 수수하나마 산행하는 이들을 배려한 흔적이 역력하다. 지루함을 덜어주어 고맙다. 널찍한 공터 깃대봉은 임금이 수렵을 시작한다는 표시 깃발을 꽂아 붙여진 이름이란다. 작은 정자가 세워져 있지만, 그냥 지나쳐 다음 봉우리로 향한다.

"이 봉우리엔 돌이 꽤 많구나."

임금이 이렇게 말해서 석봉石峯(해발 518m)이라고 이름 지었다는 봉우리에 이르러 어느 임금인지 유추해본다. 조선 시대 이 지역을 포함한 양주 일대는 수도 한성부와 가깝고, 산과 들판이 알맞게 펼쳐져 있어 왕실의 강무장, 즉 임금이 공식적으로 사냥하던 곳이었다.

성종 때에는 백성들한테 피해를 주지 않으려 농한기에 사냥을 나갔다고 한다. 조선왕조실록에 의하면 조선왕조 초기 임금들이 양주에서 자주 강무를 하였는데, 태종은 11회, 세종은 36회, 단종은 5회, 세조는 26회, 성종은 21회, 연산군이 15회 등 자주 양주 땅으로 거동하였다는 기록이 있다.

칠봉산은 세조가 왕위찬탈 과정 중에 많은 신하를 죽인 것을 참회하여 전국의 사찰을 찾아다니다가 사냥을 하러 이 산에 오른 것이 계기가 되어 어등산於登山으로 불렸었다고 한다. 어쨌든 사냥하기 좋아하는 조선조의 왕들이 이 산봉우리 명칭의 원인제공을 한 건 분명한 것 같다.

MTB 산악자전거 코스로 길이 이어지다가 투구봉鬪具峰에 이르니 이곳은 임금이 쉬자 군사가 따라 쉬면서 갑옷과 투구를 벗어놓은 곳이라 한다. 여기서 내려서면 MTB 코스와 등산로가 갈라진다.

오늘 밤부터 내일 저녁나절쯤까지 이어지게 될 여섯 산의 첫 산인 칠봉산 정상(해발 506m)에 올라 배낭을 내려놓는다. 묵직해진 어깨 근육을 풀려 스트레칭을 하고 적당히 허기도 채운다.

"돌이 많으니 두루 조심들 하여라."

임금께서 이렇게 당부했다고 해서 이곳 정상은 돌봉突峰이라고도 부른단다. 누군지 몰라도 돌에 민감하고 신하들 안전을 배려하는 살가운 임금이다.

 다시 임금이 군사를 거느리고 떠났던 곳이라 해서 일컫는 수리봉(솔리봉率離峰)까지 일곱 봉우리를 모두 지났다. 각 봉우리마다 화천 1동 주민자치위원회에서 '임금님께서'로 시작하는 명칭 유래를 적어 세워놓아 임금님이 행차하는 착각에 빠져 지루하지 않게 올라왔다. 밤이지만 칠봉산은 거칠지 않은 등산로여서 진행에 무리가 없었다.

칠봉산을 벗어나면서 이어지는 숲길은 깊어 가는 밤과 함께 더욱 적막하고 스산하다. 가족들을 떠올려보고 친구들과의 술자리도 회상하면서 짙은 어둠 속으로 빨려 들어간다.

 그렇게 고요를 벗 삼아 해룡산과 천보산의 갈림길인 장림 고개를 지난다. 밝은 낮이었으면 천보산을 다녀왔다가 해룡산으로 갔을 것이지만 지금은 그냥 지나치며 칠봉산에서 능선으로 연결되어 양주와 포천을 가르는 산줄기의 중앙부에 솟은 시커먼 실루엣만 훔쳐본다.

 조선시대 어느 임금이 난을 당해 이 산에 피신하여 목숨을 건지자 이 산을 금은보화로 치장하라고 명하였다. 신하가 난리 후라 금은보화를 구하기가 어려워 하늘 밑에 보배로운 산이라고 이름 짓는 것이 좋겠다고 간청하여 천보산 天寶山이라 부르게 되었다고 한다.

 명장 밑에 약졸 없다는 말이 있지만, 이 설화야말로 약장 밑에도 명졸이 있음을 방증한다고 하겠다. 옛날부터 이 일대 주민들은 천보산도 뭉뚱그려 칠봉산으로 불러왔다.

"어명에 따라 금은보화로 치장했더라면 이 지역주민들은 대대손손 부자로 살았을 텐데."

생뚱맞은 생각을 하다가 해룡산으로 진입하여 임도를 지난다. 동두천시와 포천시 선단동 경계에 있는 해룡산海龍山은 정상 일대에 큰 연못이 있었는데, 비가 내리기를 빌며 연못 주위를 밟고 뛰어다니면 비가 내리거나 적어도 날씨가 흐려지는 효험이 있었다고 전한다.

이 연못은 조선시대 때 사라져 버렸다고 하는데 연못 주변을 밟고 뛰었으니 무너져 연못이 메꿔졌을 거로 추측하게 된다. 또 해룡산에서 큰 홍수가 났을 때, 이 산에 살던 이무기가 그 물을 이용해 용이 되었다는 이야기가 있는데 이 역시 해룡산의 명칭과 관련한 무수한 허구 중 하나일 것이다.

안평대군, 김구, 한호와 함께 조선 4대 명필인 봉래 양사언이 이 산을 즐겨 찾았다고 하는데 유명한 시조 태산가를 짓고 금강산에도 자주 다녔다니 그분 또한 원효대사나 최치원 못지않은 알피니스트alpinist였던가 보다. 해룡산(해발 661m)의 실제 정상위치인 군사시설은 주변 사방이 나무로 둘러싸여 용의 조형물을 설치해 놓았다.

혼자 내버려진 듯한 고독감이 때론 달콤한 향으로

군사시설 왼쪽으로 차도가 닦여있는데 아마도 보급로인 듯하다. 이 길을 따라 오지재烏知滓고개에 닿는다. 동두천시 탑동에서 포천시 선단동으로 이어지는 고개로 지금은 왕방 터널이 생겨 대다수 차들이 그 길을 이용한다. 오지재란 옹기를 굽고 난 후에 남는 찌꺼기를 의미하는 말인데 이 주변에 가마터가 있어 이런 이름이 붙었다고 한다.

내처 걸음을 빨리하여 대진대학교 갈림길에 이르니 능선길의 시작이다. 인근 마을에서 개 짖는 소리가 들려오다가 멎으면서 다시 고요하다.

아무도 없는 공간에 혼자 내버려진 듯한 고독감이 때론 달콤한 향으로 느껴지기도 한다. 너무나 적막한 고독은 차라리 끈끈한 동반보다도 더 푸근할 때가 있다. 그래서 사람은 혼자일 때에도 홀로의 세상을 감내하고 즐기기도 하는 것일게다.

돌탑 위로 몇 점의 별들이 점멸한다. 여치 소리도 들리고 어디선가 맹꽁이도 운다. 왕방산 정상(해발 737.2m)까지도 그리 험한 경우를 접하지 않고 도착했다.

포천읍 서쪽에 우뚝 솟아 포천의 진산으로 불려 온 왕방산王方山은 동두천과 접해 있다.

신라 헌강왕 때 국왕이 친히 행차하여 이곳에서 수행하던 도선국사를 격려하였다 해서 왕방산으로 불렀다고 한다. 또 조선 태조 이성계가 왕위를 물려주고 이 산에 있는 사찰을 방문해 체류하여 왕방산이라 하고 절 이름을 왕방사라 하였다는 이야기도 있지만, 이 설에는 고개를 흔들게 된다. 왕위에서 물러난 이성계는 왕자의 난을 접하며 수많은 절을 방문했었는데 그 절들은 왕이 방문했다는 의미를 사찰 이름으로 사용하지는 않았다.

천보산맥의 북단에 자리한 왕방산의 호병골에 들어서면 맑은 계류가 흐르는 수려한 산세를 보며 여기 정상까지 오를 수 있다. 아무것도 가늠할 수 없는 어둠 속이라 그 길로 올라왔던 기억만 떠오른다.

왕방산에서 내려와 국사봉으로 향하면서는 크고 작은 봉우리를 반복해서 오르내리게 된다. 국사봉으로 가는 1.2km의 오름길은 오늘 걸었던 길 중 가장 고되고 숨이 차다. 넓은 헬기장인 국사봉(해발 754m)에 이르러 헐떡이는 숨을 가라앉힌다.

왕방산의 상봉上峰을 국사봉이라고도 하는데 고려 3 은의 한 사람인 목은 이색이 속세를 떠나 이 산에 들어와 삼신암이란 암자를 짓고 은신했다 하여 국사봉이라 칭했으며, 왕이 이색을 염두에 두고 이 산을 바라봤다 하여 왕망산이라 부른 것이 왕방산으로 변했다고도 한다. 역시 스토리의 편집일 것이다.

부대 좌측의 담장을 끼고 걷다가 구불구불한 군사도로를 따라 1.3km 더 내려가면 수위봉고개에 이른다. 수위봉고개 왼편으로 올라가서 소요산과 국사봉이 갈라지는 이정표를 보게 된다. 뒤돌아 올려다보니 국사봉과 정상의 군부대가 거무튀튀한 실루엣으로 아직도 먼 길을 배웅해준다.

날이 밝으려면 아직도 멀었다

새목고개에 도착했다. 여기서 임도를 따라가면 동점마을로 내려갈 수 있다. 소요산 칼바위 능선까지 6.3km이며 종주 코스의 종점인 동두천 동광교까지는 약 31.6km가 남았다.

'동두천 방향으로 미군 사격장이 있고 이곳으로부터 약 0.9km에 걸쳐 철조망이 있어 산행에 조심해야 한다.'

소요산에서 수위봉 철조망 구간에 대한 안내판에 랜턴을 비추니 남은 거리 때문에 부담스럽던 차에 기분마저 축 처지고 만다. 조심스럽다. 수도 없이 오르내림이 반복된다.

꽤 많이 다녀간 소요산逍遙山이다. 수려한 자연경관과 수많은 전설을 지닌 명승지를 품고 있어 경기 소금강이라 칭하는 소요산을 매월당 김시습처럼 유람하듯 소요했었다.

"그런 소요산을 이렇게 오르다니."

지금까지의 산들과 달리 소요산은 바위산이다. 게다가 이름 그대로 칼바위로 향하니 바위 구간의 밤길이 여간 조심스러운 게 아니어서 거의 기어오르게 된다. 체력이 급격히 떨어지는 걸 느낀다.

칼바위 능선에 이르러 휴식을 취하자 졸음까지 몰려온다. 잠시 쉬며 눈을 붙이려 했지만, 한기가 파고들어 움직이지 않을 수가 없다. 상백운대(해발 560.5m)에 이르러서도 어둠은 걷힐 줄을 모른다.

여기서 300m를 지나 왼쪽의 중백운대로 향하는 길이 보통 소요산을 일주하는 산행코스인데 여섯 산의 마지막 남은 마차산을 가려면 덕일봉 쪽으로 방향을 틀어야 한다.

감투봉이라고도 부르는 덕일봉(해발 535.6m)에서 포천시 신북면과 연천군 청산면으로 각각 길이 갈라진다. 아무 상념 없이 던진 시선에 까만 어둠이 서서히 사라지는 게 보인다. 완전히 동이 트기를 기다렸다가 헤드 랜턴을 접었다. 그나마 머리가 가벼워지는 걸 느낀다.

말턱고개를 가리키는 청산면 방향으로 무거워진 걸음을 내디뎌 안전로프가 설치된 경사 지대를 더듬더듬 내려선다. 낙엽 수북한 내리막길도 골프장 울타리 옆으로 철조망이 엉켜있어 걸음을 더디게 한다. 근근이 차도로 내려서자 세상이 여간 반가운 게 아니다.

초성리 버스정류장 옆의 말턱고개 약수터를 지나 한탄강 관광지 방향으로 가면서 거리를 두리번거린다. 문을 연 식당이 있으면 무조건 들어가고 싶다.

"어이구, 젊지도 않음시롱 뭔 고생을 요로콤 사서 한다요. 어여 앉으쇼."

무조건 들어가 이른 아침 식사를 하고 한 시간여 쪽잠을 잤다가 다시 출발할 때는 다시 생기가 도는 기분이다.

"꼭 완주하시쇼잉."

식당 주인한테 손을 흔들고 초성교를 건너는데 자동차가 빠르게 지나가며 찬바람을 일으킨다. 다리 건너로 보이는 연천군 입간판 뒤로 마차산으로 오르는 등산로가 있다.

경기도 연천군 전곡읍과 동두천시의 경계 선상에서 경원선 철길을 사이에 두고 소요산과 마주하고 있음에도 소요산의 유명세에 밀려 찾는 이가 그리 많지 않다.

이슬 먹은 낙엽이 매우 미끄럽다. 밧줄에 의지하며 급경사 깔딱 고개를 올라 임도에 이르러 거친 호흡을 가다듬는다. 마차산을 가리키는 이정표를 따라 임도와 무성한 수풀 지

273

대, 밧줄 늘어뜨린 비탈 경사 구간을 고루 지나는 중에 급격하게 몸의 감각이 무뎌지는 걸 의식하게 된다.

향수로 남고 그리움으로 품어진 그 산, 아득한 그 길들

양원리 고개를 지나 간신히 정상 직전에 다다르자 비교적 원형이 잘 보존된 듯한 산성이 보인다. 예로부터 이 지역이 군사요충지였음을 알려주는 마차산성의 흔적이다. 또 참호가 자주 눈에 띈다.

한국전쟁이 발발하기 직전인 1950년 초, 북한의 군사 동향이 심상치 않아 춘천 북방에서 마차산과 임진강 일대를 연결하는 방어선을 치게 된다. 마차산은 한국전쟁 당시의 치열한 격전장이었으며 이 산 계곡에는 시신이 가득 덮였다고 전한다.

쓰라린 상처를 품은 마차산의 정상은 고요하게 찬바람만 흘려보내고 있다. 날씨도 그다지 청명하지 않아 정상부의 높은 수리바위에서 철길 건너 소요산이 제대로 보일 뿐 파주 감악산까지 연결되는 능선은 흐릿하게 끊어져 버렸다.

그래도 전방의 올망졸망한 봉우리들이 수고했노라고 성원을 보내주고, 갈색 억새들이 치어리더처럼 여린 허리를 흔들며 응원해준다.

정상석 뒷면에는 마고할미의 전설이 적혀있다. 각지의 영

험한 산을 골라 다산과 풍요를 베푸는 마고할미가 세상의 만사를 주재하다가, 이곳 정상 수리바위에 앉아 옥비녀와 구슬을 갈고 옷매무새를 고쳤다고 한다. 그래서 산의 이름도 갈 마磨와 비녀 차釵 자를 써서 마차산磨釵山으로 명해진 것이라고 한다.

어렴풋하게나마 어제부터 지나온 길들을 더듬어보고 하산길을 챙긴다. 늦은맥이 고개로 내려서고 감악지맥 간파리 방향의 갈림길에 이르러 작은 바위에 털썩 주저앉는다. 나무가 흔들리고 숲이 회전한다. 진작 경험해보았던 증세다. 허기지고 갈증도 나고 졸음이 몰려오는 것이다. 앉은자리에서 한 시간 가까이 흘려보내며 그럭저럭 원인을 해소하고 일어선다.

산불감시초소를 내려선 다음 만수 약수터 갈림길을 지나면서 긴 종주의 끝자락을 보게 된다. 칠봉산에서 왕방산으로 이어지는 마루금을 돌아보고 동두천 6 산 종주의 마지막 이정표를 대하자 쿵쿵 가슴이 뛰다가 아릿하게 저린다.

막 내려와 걸음 멈추고 뒤돌아보노라니 아련하기만 하다. 등성이마다, 고개마다, 봉우리마다 숨 가쁘고 뚝뚝 떨어진 땀방울로 축축하다.

한세월 지나고 나면 지워져도 그만일 자취일 수 있겠지만 지금만큼은 내면 깊숙이 여며두고 언제든 펼칠 수 있게 포개 두고 싶다.

눈에 가득 드리웠던 갈색 나뭇잎들, 뇌리에 깊이 박힌 각진 바위들, 푸름 잃지 않은 소나무와 막 떨어진 낙엽들, 그리고 어디선가 들려오는 이름 모를 새소리. 저 너머 너머라 이제 보이진 않아도 내가 걸어온 그 산 그 봉우리들 가슴 가득 향수로 남는다.

동두천경찰서를 지나 마을에 들어섰다가 동광교에 이르렀다. 세상에서 보았던 수없이 많은 다리 중 가장 반가운 다리에서 다시 걸음 멈춰 또 한 번 온 길을 되돌아본다. 향수로 남고 그리움으로 품어진 그 산, 아득한 그 길들은 쿵쿵 감동으로 울림 되고 눈물 되어 두 뺨을 흥건히 적실 것만 같다.

때 / 늦가을
곳 / 송내 삼거리 - 일련사 - 일련사 삼거리 - 칠봉산 - 장림고개 - 천보산 갈림길 - 해룡산 - 오지재 고개 - 왕방산 - 국사봉 - 새목고개 - 나한대 갈림길 - 소요산 - 상백운대 - 중백운대 갈림길 - 덕일봉 - 동막고개 - 동막골 갈림길 - 소요지맥 갈림길 - 임도 - 말뚝 약수터 - 초성교 - 한탄강 임도 갈림길 - 임도 갈림길 - 천둥로 이정표 - 양원리 고개 - 마차산 - 늦은 고개 - 흰돌 바위 - 산불감시탑 - 광덕사 갈림길- 동광교

경기도 최고봉, 한반도 정중앙의 화악산

계곡이 점차 멀어지면서 등산로는 더욱 가파르고 험해진다.
게다가 눈길에 얼음길이라 속도가 붙지 않는다.
화악산은 언제 어느 곳에서건 수고로움을 요구한다.
힘깨나 쓰게끔 한다.

경기도 가평군 북면과 강원도 화천군 사내면 경계에 위치
한 화악산華岳山은 지리적으로 한반도의 정중앙으로 알려
져 왔다. 신기하게도 평안북도 삭주에서 울산광역시로, 백
두산에서 한라산으로 선을 이었을 때 화악산에서 두 선의
교차점이 만난다. 운악산, 송악산, 관악산, 감악산과 더불어
경기 5악으로 불리며 그중에서 가장 높다.

산뿐 아니라 온 세상이 새하얗다

가평 터미널에서 화악리행 버스를 타고 45분여 가면 북면
화악리 칠림골 건들내 입구에 도착한다. 버스정류장 옆 비
탈에 커다란 소나무가 서 있는데 유명한 왕소나무이다.
버스에서 내리자 한차례 몰아치는 바람이 고개를 돌리게
한다. 3km 떨어진 천도교 화악산 수도원 안내판, 등산 안
내도 그리고 조금 위로 왕소나무 집 입간판도 보인다.

"경기도 최고봉에 형이 한 번 같이 가줘요."

또 오리라고 기약하지 않았던 화악산을, 그것도 한겨울에 다시 찾은 건 요즘 들어 산에 재미를 붙이기 시작한 후배가 간절히 가고 싶다고 해서이다. 겨울 산행을 좋아하고 유난히 악嶽 자 붙은 험산을 즐기는 기준이가 동반하길 청해서였다.

"차근차근 낮은 곳부터 다니는 게 정석인데 넌 거꾸로 됐어. 일찍 산에 질릴지도 모르겠다."

산뿐 아니라 온 세상이 새하얗다. 도로 아래쪽의 꽁꽁 얼어붙은 화악천을 건넌다. 칠림계곡으로 이어지는 눈길이 스틱에 찍히면서 시멘트 포장도로라는 걸 알 수 있다.

화악산은 동학농민혁명 때 동학(천도교) 교도들이 화전을 일구던 곳이기도 하다. 화악 2리 칠림계곡 상단 해발 700m 지점인 지금의 천도교 화악산 수도원이 그곳이다.

1905년 의암 손병희에 의해 창시된 천도교는 1860년 수운 최제우에 의해 창도 된 동학을 모태로 하고 있으며, 현재 천도교에서는 제1세 교주인 최제우를 대신사大神師, 제2세 교주인 해월 최시형을 신사, 제3세 교주인 손병희를 성사聖師라고 호칭하고 있다.

수도원을 둘러보고 각천정覺天亭을 지나 잣나무 숲을 거쳐 표지판이 있는 옥녀탕 갈림길을 통과한다. 왼쪽으로 60m 떨어진 곳에 옥녀탕이 있지만, 한겨울의 옥녀탕은 의미가 없을 거로 판단하여 곧바로 3.5km 떨어진 중봉으로 향한다.

계곡이 점차 멀어지면서 등산로는 더욱 가파르고 힘해진다. 게다가 눈길에 얼음길이라 속도가 붙지 않는다. 화악산은 언제 어느 곳에서건 수고로움을 요구한다. 힘깨나 쓰게끔 한다.

화창한 봄날, 사창리 화악터널에서 실운현을 통해 올라갈 때도 그랬었다. 또 다른 오름길로 가평군 북면의 적목리와 관청리를 들머리로 하는 코스가 있는데 거기인들 수월할 리 없을 것이다.

한국전쟁이 끝나고도 오랫동안 길을 열어주지 않았던 화악산이다. 이 지역 전투에서 중공군의 대부대를 섬멸하여 사창리에 화악산 전투 전적비가 세워져 있다. 대성산과 함께 6·25 격전지였던 데다 겨울엔 특히 추운 곳이라 쉽사리 친근감이 생기지 않았다. 지금 걷는 눈밭 아래로 아직도 매몰되어있을지 모를 숱한 죽음과 고통이 마음을 편하게 놔두지 않는다.

풍성하게 살진 눈꽃들이 과거 역사를 잊고 산을 즐기라 충고해주니 숲 사이로 작은 햇살이 반짝거리며 상고대가 눈에 들어온다. 본격적인 중봉 오름길에 들어서서 미끄러운 바위 지대를 지나고 능선을 올라 거의 산정에 이르렀는가 싶으면 능선은 다시 굽어져 가파르게 치솟는다.

이러기를 몇 차례 반복해서 이정표가 있는 군사 보급로에 다다른다. 건들내 왕소나무 앞에서 5.2km를 지났고, 중봉을 900m 남겨둔 지점이다.

"힘겹게 올라왔는데 도로가 있다니."
"괜히 허탈해지지? 우리나라 산엔 이런 데가 꽤 많아."

반대편 내리막은 화악터널 쪽으로 내려가는 길이다. 북으로 두륜산, 대성산과 고개를 돌려 한북정맥 광덕산, 복계산, 복주산, 명지산, 운악산이 흐릿하게 형체만 드러냈다.

시멘트 도로를 따라 오르다 신선봉이라고 불렸던 화악산 정상을 뒤돌아보고 중봉 갈림길에 이르렀다. 오른쪽 정상으로 이어지는 도로는 군사시설이라 민간인 출입을 통제하고 있다. 그 옆으로 돌아 좁은 암릉을 거슬러 중봉을 향해 올라간다.

긴 길이 아님에도 정상석이 있는 중봉(1426.3m)까지 막바지 힘을 쏟게 한다. 경기도와 강원도를 구분 짓는 화악 지맥의 정상부는 한북정맥 고산 준봉들의 고도를 능가하고 그 품새도 광활하다.

"원했던 대로 경기도 최고봉을 섭렵한 기분이 어때?"
"힘들었지만 아주 좋아요. 꼭 오고 싶었어요."

 기준이 표정에 뿌듯함이 가득하다. 중봉에서 허기를 채우고 관청리를 날머리로 잡아 하산한다. 3.6km 거리의 애기봉 표지판을 가리키자 기준이가 고개를 끄덕인다. 무조건 따라가겠다는 묵시적 동의다.

"지금부터는 더 조심해서 걸어야 해."

 1220m 봉까지 급한 내리막이라 여간 조심스러운 게 아니다. 관청리에서 올라오면 마지막 깔딱 고개가 이쯤일 것이다. 여기서 능선 사면에 세워진 밧줄 울타리를 따라 걷는데 적설의 무게를 견디지 못한 고목의 나뭇가지가 맥없이 부러져 바닥에 곤두박질친다. 그리 굵지 않은 기둥은 긁히고 벗겨져 금세라도 으스러질 것만 같은 모양새다. 측은해 보이긴 하지만 그냥 지나칠 수밖에 달리 할 일이 있지 않다.

 너무 헐거워 상고대조차 피지 않는 홀몸 아니었던가.
 그런 육신 자체만으로도 고독에 사무칠 터인데
 붉다 검어지는 해넘이 자국은 몸서리칠 정도로
 버겁지 아니한가.
 시려 얼까 보아 얼른 사그라지는 달그림자에 퀭하게 마른

팔뚝만 늘어뜨리다가 눈의 무게조차 견디지 못해
차라리 고행이 거듭되는 여명이 서러워
핏기 더욱 잃지 않았던가.
얼마나 거친 묏바람이었기에 몸뚱이마다 부스럼투성인가.
갸우뚱 기운 네 옆으로 비켜 가며 거듭 곁눈질해
훔쳐보다가
나, 아예 널 보지 않은 거로……
그냥 눈감고 지나치리.
핏기 없이 메마른 네 가지에 싹 터지거들랑
그때 다시 한번 더 오마.
죽다 살아 몸 부풀리고 물까지 오르거들랑
나, 너 찾아와 손바닥 아프도록 손뼉 칠 것인즉
그쯤이면 너도나도 의연하게 재도약할 것이니
스스로 자아도취 한들 누가 오만하다 흉잡겠는가.
얼어붙었다가 따뜻하게 온기 지닌다는 건
극한 세파를 이겨냈음의 다름 아닐 것인즉.

바람이 불지 않는 숲속인데도 무척 차갑다. 완만한 내리막
을 걸어가다 잡목 숲을 헤쳐 눈길에 새 발자국을 내며 애
기봉(해발 1055.3m)에 이른다.

"덤으로 애기봉까지 찍게 되었네요."
"아마 화악산엔 다시는 미련이 생기지 않을 거야."

다시 800m를 되돌아 관청리로 하산한다. 등산로가 가려져 계곡을 따라 내려서니 관청리까지 1.45km 남았음을 표시한 이정표를 보게 된다.

초라하게 걸린 리본들을 길잡이 삼아 얼어붙은 계곡도 서너 차례 건너게 된다. 물은 얼어붙었고 바위도 살얼음이 끼었으며 바닥도 눈에 덮인 채 굳어 버렸다.

관청교를 건너고 관청리 마을에 이르러 올려다본 애기봉에 은은한 햇살이 드리워있다.

때 / 겨울
곳 / 칠림골 왕소나무 – 천도교 화악산 수도원 – 옥녀탕 갈림길 – 군사 보급로 – 중봉 – 관청리 삼거리 – 애기봉 – 관청리 삼거리 – 관청리

황금 정원, 이천 산수유 마을의 수호신, 원적산

산에서는 세 가지를 낮추라는 말이 있다.
욕심을 낮춰 무리한 산행으로 안전을 해하는 일이 없게 하고,
몸을 낮춰 걸음을 효율적으로 하고,
목소리를 낮춰 자연이 놀라지 않게 할 것이다.

경기도 이천시 백사면과 광주시 실촌면에 걸쳐 있는 원적산圓寂山은 광주와 이천을 잇는 넓고개를 건너 솟구친 산으로 무적산이라고도 한다. 동으로는 여주시, 서로는 광주시와 경계를 이루어 동서로 길게 이어진다.

봄꽃은 새로움이다.

화창한 봄날에 미세먼지도 없어 어디로든 뛰쳐나가고 싶어지는 주말이다. 잠실에서 광역버스를 타고 광주 곤지암읍의 경충대로 변에 있는 동원대학교로 간다. 정문을 통과하여 종점에서 내리면 교정 안이다.

종점에서 도로를 건너 쭉 걸어가다 보면 임도처럼 넓은 둘레길이 나온다. 오른쪽 넓고개로 가는 길을 놓고 왼쪽 범바위 약수터로 방향을 잡는다. 이천 MTB 코스와 겹치는 길을 따라 약수터에서 산길을 오르자 노랗게 핀 산수유가

제일 먼저 환영한다.

지난겨울, 오래도록 하얗게 쌓인 설산을 걸었던지라 찾아온 봄이 무척이나 반갑다. 긴 동면에서 깨어나 생기 가득한 따사로움을 뿜어내는 대지가 여간 반가운 게 아니다. 개나리의 노랑과는 또 다른 노랑이 연분홍 진달래와 어우러져 마음을 푸근하게 감싸준다.

눈멀면 어디라서 눈부시지 않으랴
귀먹으면 황홀치 않은 소리 하나라도 있으랴
속 텅 비우면 되레 무어로도 가득 차니
다 내려놓고 허허로운 산정에서
가는 세월 바라보며 응어리졌던 속속 마다
햇살로 가득 채운다네.

봄꽃은 새로움이다. 만물이 일제히 소생하는 봄의 정기는 꽃으로부터 발현되기에 봄꽃을 보기 위해서라도 신춘 산행을 하게 된다. 봄의 신선한 정기를 받아 움츠렸던 어깨를 펴고자 한다. 원적산의 능선에 서면 초원이 푸릇하게 깔려 봄 산행에 특히 적격인 곳이라 하겠다.

나무계단 깔린 주능 1봉까지 올라가는 길이 살짝 가파르다. 20여 분 바짝 고도를 높여 다다른 주능 1봉에 눈길만 주고 바로 봉현리 갈림길을 지나 주능 2봉에 닿는다:

이정표마다 산수유 축제장을 표시하고 있다. 여기서 축제

장까지 7.43km임을 알려준다. 앵자지맥 중간지점에 있는 능선이다. 편차가 크지는 않지만 고만고만한 오르막과 내리막이 반복된다.

송전탑이 세워진 안부를 지나 정개산(해발 407m)에 닿는다. 정상석에 소당산이라고도 표기되어 있다. 솥뚜껑(소당)을 엎어놓은 것처럼 뾰족하다는 의미로 솥 정鼎, 덮을 개蓋 자를 쓴다. 또 옛날에는 이 지역의 지석리 마을 주민들이 해마다 소 한 마리를 공양으로 바치고 제사를 지냈다 하여 우당산牛堂山이라고도 불렀다.

미세먼지조차 없어 설봉산과 도드람산이 환히 눈에 들어오고 산 아래 이천의 시골 마을과 들녘에도 봄기운이 생생하다. 남촌 CC의 누런 필드도 곧 초록 잔디로 바뀔 것이다.

정개산은 원적산으로 가는 길목일 뿐이라 지체하지 않고 걸음을 내디뎌 봉현리 갈림길을 지나고 지석리 갈림길도 지난다. 주변의 나무들은 헐겁지만, 햇살을 받아 빈한해 보이지는 않는다.

이어 골프장 갈림길에서는 광주시와 연결된다. 광주시를 푸근히 휘감은 무갑산과 관산을 보며 걷게 된다. 유난히 갈림길이 많다. 그만큼 이 산으로 올라오는 길이 많다는 것이다. 서서히 나무가 사라지더니 민둥산처럼 뻥 뚫린 능선이 나타난다. 도암 사거리를 지나 약간 가파른 오르막이다.

수리산이라고 하는 주능 3봉(해발 549m)도 곧바로 통과하여 장동리로 빠지는 갈림길을 지난다. 천덕봉으로 오르기 전의 안부인 헬기장에서 조금 더 지나 천덕봉과 원적산의 능선을 바라본다. 잔잔하고도 부드러운 능선이다.

능선에 이르자 탐방객들이 더욱 늘었다. 프로야구 시범경기를 관람하는 대신 산행을 겸해 산수유축제를 즐기려는 이들이 이 산을 찾았을 것이다.

방화선이 뚜렷한 천덕봉 안부는 사격훈련을 위해 시계가 훤히 트여 많은 이들이 야영 장소로 즐겨 찾는다. 곤지암이 내려다보이는 너른 초원지대에 텐트를 치고 둥근 보름달을 바라보는 상상을 하며 천덕봉天德峰(해발 634.5m)에 도착하였다. 정상석에 이천시 신둔면 장동리 산 1번지라고 적혀 있다.

"이천 최고봉인데 원적산 주봉 자리는 동생한테 내어준 모양입니다."

"허허허, 권력에 욕심이 없다네. 훌훌 마음을 비운 지 오래되었다네."

"잘하셨습니다."

고려 말 홍건적의 난을 피해 개경에서 피난길에 오른 공민왕은 파주를 거쳐 이곳 이천에 이르렀다가 음성, 충주, 조령을 지나 안동까지 가게 되었다. 개경을 점령한 홍건적이 아녀자든 노인이든 가리지 않고 백성을 마구 수탈하고 온갖 노략질을 일삼는다는 소식을 여기서도 듣게 된 공민왕의 심정이 어땠을까.

이천을 지나던 공민왕이 여기 천덕봉에 올라왔다니 아마 이 자리에서 펑펑 눈물을 쏟고 후일을 기약하며 이를 갈았을 거란 생각이 든다. 어떻든 여기까지 왔었기에 공민왕봉이라고도 불린 바 있으니 진작 최고의 권좌에 올라 본 적이 있는 천덕봉이기는 하다.

산에서는 세 가지를 낮추라는 말이 있다. 욕심을 낮춰 무리한 산행으로 안전을 해하는 일이 없게 하고, 몸을 낮춰 걸음을 효율적으로 하고, 목소리를 낮춰 자연이 놀라지 않게 할 것이다. 천덕봉 역시 욕심을 낮춰 벼슬이나 권력에 초연하다고 여겨 정상석을 어루만지면서 셀프 카메라 촛점을 맞춘다.

그리고 다시 능선을 걸어 원적봉이라고도 부르는 원적산 정상(해발 564m)에 이른다. 양평의 추읍산도 가늠되고 아래로 마을을 온통 노랗게 물들인 산수유 축제장이 보인다.

조선 중종 때 기묘사화로 말미암아 조광조를 중심으로 했던 신진사류들이 몰락하자 난을 피해 낙향한 엄용순이라는 선비와 다섯 동지가 아랫마을 도립리에 육괴정이라는 정자를 지었다. 그 앞에 못을 파서 연을 심고 각각 한 그루씩 여섯 그루의 느티나무와 산수유나무를 심어 산수유 마을을 형성하게 되었다고 한다. 매화와 같이 산수유 역시 선비를 상징하는 꽃이다.

여기서 산수유 마을로 하산한다. 낙수제 갈림길에서 가늘게 물을 흘러내리는 낙수제 폭포를 지난다. 하산길 주변의 산수유마을은 노랗게 만개한 산수유축제 기간이라 인산인해를 이룬다. 전남 구례의 산수유 마을과 양평 추읍산 밑의 산수유 마을에서도 풍성한 산수유를 보았었다.

도립리는 마을 전체가 산수유 군락을 이뤄 해마다 이맘때면 황홀경을 연출한다. 한 그루만 있으면 자식 하나 대학공부까지 시켰다니 얼마나 귀한 나무인가.

이곳의 산수유나무는 수령이 백 년을 넘는 나무가 많다고 한다. 이천 봄꽃 구경의 명소로 등장한 산수유 마을에서 선홍의 열매를 맺어 풍요로운 아름다움을 선사하게 될 올가을을 떠올리며 물결치듯 절정을 이루는 황금색 정원을 빠져나간다.

때 / 초봄
곳 / 동원대학교 – 범바위 약수터 – 주능 1봉 – 주능 2봉 – 정개산 –
주능 3봉 – 천덕봉 – 원적산 – 산수유 마을

북한산, 도봉산, 사패산, 수락산, 불암산의 5산 종주

깨지고 멍들면서 예까지 온 거 아니었던가.
산이나 인생이나 다 그런 거 아니겠나.
얼음물 한 모금에 씻기는 게 갈증 아니던가.
지나고 나면 죄다 한바탕 봄 꿈같은 게 사는 일 아니었던가.

시월 초순은 가을이라고도 할 수 없다. 무성했던 초록만 갈색으로 바뀌고 있을 뿐 막바지 더위는 건조한 햇살에 심술까지 실어 기승을 부린다.

오후 세 시, 북한산 아래 불광동 대호아파트 입구에서 세 사람이 의미심장한 눈빛을 교환하고 다섯 산을 잇는 첫 들머리로 걸음을 내디딘다.

사람은 살아가는 동안 누구를 만나느냐에 따라 인생이 좌우된다는 말에 절대적으로 공감한다. 그 사람을 행복하게 해주는 이, 한을 품게 해서 불행의 골로 이끌게 하는 이, 모두 그 사람과 매우 가까운 데 있다. 그 전자에 해당하는 이와 함께하는 길은 그 길이 제아무리 멀어도 멀다고 느껴지지 않는다.

오랫동안 5산 종주를 별러왔다는 후배 은수와 두 번째 종주 산행을 하게 되는 친구 병소, 이번엔 그들과 함께이기에 긴장되지도, 외롭다는 느낌도 들지 않는다.

'함께'라는 부사가 풍기는 푸근함과 넉넉함, 세 번째 5 산 종주는 나 홀로였던 이전과 달리 호기로운 마음으로 산행을 시작하게 된다.

"이번에 한 번만 더 함께하자."

세 번째의 5산 종주에 동반해달라는 친구 병소의 제안이었다.

"이 기회에 나도 재충전하는 기회가 되겠지."

평소에 다듬어진 친분은 극한에 처했을 때도 다름없이 그 친분의 진가를 발휘한다고 믿어왔다. 극한에 이르러서야 친분을 찾는 건 소경이 이정표를 더듬는 것과 다를 바 없을 것이다.

숱한 세월 늘 받기만 해서 미안함마저 무뎌졌었다. 늘 주기만 하고 베풀기만 했던 친구에게 내가 해줄 수 있는 게 달리 많지 않았다.

이미 주사위는 던져졌고 루비콘강에 배를 띄운 셈이다

높고 푸른 가을 하늘이지만 한여름을 무색하게 할 정도로 뜨겁고 건조한 날, 그렇게 우린 무박 이틀 약 50km의 대장정에 오른다. 족두리봉 하단에서 도심을 내려다보며 거듭 기도를 올린다.

"우리 세 사람 모두 안전하게 불암산으로 하산할 수 있기를 바라옵니다. 부디 지켜주시고 부족한 덕까지 채울 수 있는 계기가 된다면 더할 나위가 없겠습니다."

간절한 마음으로 기도를 드리지만 세 명이 모두 완주할 가능성에 대해서는 반신반의한다. 주사위는 던져졌고 또 한 번 건너지 못할 루비콘강에 배를 띄운 셈이다. 도저히 못 가겠다 싶으면 중간에 탈출로는 많다.

산행 초반인데도 불볕더위에 가까운 더위에 얼굴이 화끈거린다. 향로봉을 덮은 하늘도 티끌 한 점 없이 푸르다. 어둠이 몰려오기 전에 최대한 많은 거리를 확보해 두는 게 나을 것 같아 보폭을 크게 한다.

"마귀 바위를 한 달도 안 돼서 또 보네."

족두리봉 바로 아래에는 일부가 부서진 듯, 깨진 듯한 기이한 형태의 바위가 있어 많은 등산객이 이 바위에 올라 사진을 찍기도 한다. 이처럼 풍화작용으로 금이 가거나 부서진 바위를 토어tor라고 하는데 병소는 볼 때마다 마귀바위라고 부른다.

족두리봉(해발 370m)은 보는 방향의 형태에 따라 수리봉, 시루봉, 독바위 등으로 불리기도 하는데 향로봉으로 향하며 돌아보았을 때야 제대로 족두리처럼 보인다. 향로봉(해발 535m) 밑에서 잠시 멈췄다가 가려는데 향로봉이 고개를 숙여 바위 부스러기 많은 비봉능선을 조심하라고 일러준다. 출입이 제한된 향로봉은 중봉과 끝봉을 포함해 세 개의 봉우리로 형성되어 있다.

향로봉을 지나 비봉 꼭대기의 진흥왕순수비를 보며 뜬금없는 생각을 하게 된다.

100대 명산 혹은 200대 명산 탐방, 백두대간 종주를 비롯한 여러 산의 종주 산행을 진흥왕의 영토 확장과 비견해보는 것이다. 제 땅을 넓히려는 의도와는 확연히 다른 것이지만 말이다.

진흥왕은 가야 소국의 완전 병합, 한강 유역 확보, 함경도 해안지방 진출 등 활발한 대외 정복사업을 수행하여 광범한 지역을 새로 영토에 편입한 뒤 현지 통치 상황을 보고받는 의례로 순행巡行하고 이를 기념하여 비석을 세웠는데 현재 창녕 신라 진흥왕척경비, 황초령비, 마운령비와 여기 북한산 진흥왕순수비의 4기가 남아있다.

"국보급인데 저렇게 비봉 꼭대기에 방치해도 되는 거야?"

"저기 세워진 건 짝퉁이지."

화강암으로 만들어진 국보 제3호의 순수비 높이는 154㎝, 너비 69㎝, 두께 16.7㎝로 1972년 지금의 국립중앙박물관으로 이전, 보관하고 있으며 비봉의 비는 그 복사본이다.

백운대와 만경대, 인수봉의 북한산 정상부로 이어지는 비봉능선 자락은 초록에서 갈색과 다홍으로 변신 중이다. 사모바위에 이르자 드문드문 보이던 등산객들도 자취를 감추었다.

관복을 입고 머리에 쓰는 사모紗帽를 닮아 이름 지어진 사모바위 아래에는 1968년 1·21 사태 때 청와대를 습격하려고 남파된 무장 공비 김신조 일당이 숨어있던 작은 굴이 있다. 지금 그 자리에 총을 겨누고 엎드린 그들의 밀랍 인형을 만들어놓았다.

"김신조 보고 놀랐던 기억 나?"

"하하하!"

산행에 흥미를 느끼기 시작할 무렵의 병소를 바위 밑에 데리고 들어갔다가 어둠 속에서 모습을 드러낸 밀랍을 보고 깜짝 놀랐을 때를 떠올린 것이다.

"그땐 등산 왔다가 평양으로 잡혀가는 줄 알았지."

지나온 비봉능선도 아득하게 뒤로 밀려날 즈음 뜨겁게 발광하던 태양열도 서서히 식고 어슴푸레 노을이 지기 시작한다. 승가봉에서 보이는 의상봉, 용출봉, 증취봉, 나월봉과 나한봉을 연결하는 의상능선도 한낮 뜨겁던 열기가 식는 것처럼 보인다.

문수봉 릿지 아래의 단풍이 이곳만큼은 이미 가을이 왔다는 양 곱게 물들었다. 릿지를 타고 올라 문수봉 정상(해발 727m)바로 아래에 세 사람이 편안하게 앉는다. 문수사를 내려다보고 보현봉을 마주하며 휴식을 취한다.

"지난 화대 종주가 생각나네요."
"우리 셋 다 그 생각을 하며 걸어왔을 거야."

은수에 의해 반년도 채 지나지 않은 지리산 화대 종주를 화두 삼는 건 그때의 밀착된 공감대를 다 같이 떠올리며 서로 힘을 실어주기 위함일 것이다. 그때 함께 맛보았던 희열을 내일 하산해서도 느낄 것이라는 걸 서로에게 각인시켜 주고 싶어서였을 지도 모르겠다.

"그렇게 되겠지. 그렇게 될 거야."

아직은 산성의 윤곽이 뚜렷하게 선을 긋고 있다. 대남문으로 내려섰다가 대성문, 보국문을 지나고 대동문에 이르러서야 어둠이 짙게 가라앉는다. 여기서 저녁 식사를 한다. 배낭에서 각자 준비해와 풀어낸 먹거리가 일류 음식점에서 먹을 때보다 맛있다.

산 밑에서 뜨기 시작한 달이 꽤 높이 올라왔다. 내일 뜨는 달이 연중 가장 크고 밝은 슈퍼 문super moon이라 하니 새벽 까만 길도 밝게 비춰주길 기대해본다.

은평 뉴타운이 개발된 이후로 그 지역에 살던 개들이 주인 잃고 집 잃어 헤매다가 유기견이 되었다고 한다. 산짐승이 되어버린 그 유기견들이 가끔 출몰한다고도 하여 스틱을 움켜쥔 손에 잔뜩 힘이 들어간다. 헤드 랜턴을 착용하고 동장대, 용암문을 지나 노적봉 하단에 이를 때까지 유기견 따위는 보이지 않는다.

백운봉암문(위문)에 닿아 백운대까지 오른다. 깜깜한 밤중에 북한산 최정상까지 올라보긴 처음이다. 백운대는 늘 그랬던 것 같다. 바람을 마주하곤 숨을 쉬기도 곤란할 정도로 세차게 분다. 세차게 부는 바람 속에서 손가락을 펼쳐 인증 사진도 찍고 소리 내어 웃어도 본다.

이처럼 맑은 성취감과 소탈한 자긍심을 그 어디라서 느낄 수 있을쏜가. 백운대에 서 있노라면 칠흑 어둠이 세상을 덮었어도 북한산의 독특한 풍광들이 모두 눈에 아른거린다.

북한산이 고려사 등에 삼각산으로 표기된 것을 보면 삼각 산三角山이라는 명칭은 고려시대에 이르러 정착된 것으로 보인다. 그 이전까지는 아기를 업은 모습 같다고 하여 부아 악負兒岳으로 불렸다. 삼각산은 뿔처럼 솟은 세 봉우리, 즉 백운대, 인수봉, 만경대가 지칭하여 붙여진 이름이다.

태조, 영조, 정조 등 조선의 군왕들이 북한산의 수려함에 매료되어 시를 지었었고, 수많은 묵객과 시인들이 북한산을 찾아 주옥같은 작품들을 남긴 바 있다. 그때도 가을이었나 보다. 최고봉 백운대에 오른 다산茶山은 지난 세월의 아쉬 움을 자연의 유유함으로 달래고자 한 수 멋진 시를 지었다.

누군가 모난 돌 다듬어 誰斲觚稜考
높이도 이 백운대 세웠네 超然有此臺
흰구름 바다 위에 깔렸는데 白雲橫海斷
가을빛이 하늘에 가득하다 秋色滿天來
천지 동서남북은 부족함이 없으나 六合團無缺
천년 세월은 가고 오지 않누나 千年浩不回
바람맞으며 돌연 휘파람 불어보니 臨風忽舒嘯
천상천하가 유유하구나 覩仰一悠哉

- 백운대에 올라登 白雲臺 / 다산 정약용 -

백운산장에서 산장지기 어르신이 손수 타 주신 커피로 에 너지를 보충하고 함께 사진을 찍는다. 너무나 오래 이 자리에 있었고 자주 들렀던 백운산장은 들어설 때마다 아늑해지고 나설라치면 서운해지는 곳이다.

"어르신 오래오래 여기 계세요. 담에 또 들르겠습니다."

산장을 나와 인수대피소 쪽으로 내려선다. 하루재에서 영봉에 올라 환한 보름달 아래에서 도심 야경을 내려다본다.

"가족은 물론 아는 이들 모두 저 아래에 있는데 나는 왜?"

이렇듯 야심한 밤중에 산에서 내려다보는 도심은 야릇한 느낌이 들게 한다. 가끔은 세상으로부터 철저히 소외된 기분이 들 때도 있다. 어둠 속 인수봉은 훨씬 더 우람한 덩치로 다가선다. 영봉은 정면에 인수봉이 우뚝 서 있음으로써 더욱 도드라지는 봉우리이다.

숱하게 산화한 인수봉의 영령들을 기리기 위해 이름 붙여진 영봉靈峰 아니던가. 등반가들은 그들이 살아있음을 깨달으려는지 여전히 인수봉의 한 점 살이 되고 한 조각 뼈가 되어 산인 일체山人一體로 존재해오고 있다.

영봉 언저리에 키 작은 소나무는 밤에도 여전히 푸르고 건강하다. 바위 속에 단단히 뿌리를 묻고 단 한 해도 그 푸름을 잃지 않는 한 그루 작은 소나무는 볼 때마다 인수봉 등반 중 산화한 산악인들의 넋을 기리고, 암벽 단애에 매달린 이들의 무사 산행을 염원하는 것처럼 느끼게 한다.

"또 내려가세."

영봉에서 짧지 않은 밤길을 내려와 육모정 공원 지킴터를 지나면서 다섯 산 중 가장 긴 북한산행을 무사히 마쳤다. 우이동 편의점에서 식수를 보충하고 스트레칭을 하며 몸도 이완시킨 후 도봉산으로 들어선다.

"완전히 하산했다가 다시 올라간다는 게 심리적으로 큰 부담을 주네요."
"그것도 깜깜한 새벽 아닌가. 그래도 이따 사패산에서 내려갔다가 다시 수락산 오를 때보다는 덜할 거야."

어둠에 가린 도봉 주 능선, 포대능선, 사패능선을 잇다

우이암 능선 들머리에서 원통사를 지나 우이암을 지나고 주 능선에 들어설 때까지도 달빛이 밝게 비춰주어 감사한 마음이 굴뚝같다. 도봉산 최고봉인 자운봉 바로 아래까지

쉼 없이 걸어왔다. 오봉은 물론 칼바위와 주봉에 눈길도 주지 못하고 그저 랜턴으로 길만 밝히며 무작정 걸어온 것이다. 신선대에 올라 만장봉 아래로 반짝이는 야경을 보며 또 한 차례 서로를 격려한다.

"절반 이상 온 거지?"
"거리상으로는 그렇지."

그렇지만 초반과 달리 피로는 더욱 극심해질 것이다.

"그래서 이쯤에서 더 힘을 충전시켜줘야 해. 내려가서 에너지 좀 섭취하고 가자."

도봉산 정상을 내려선다. 지난 종주 때 여기서 보았던 일출은 그야말로 최고의 선경이었다. 일출을 카메라에 담는 사진작가들도, 등산객들도 매일 뜨는 해오름 광경에 입을 다물지 못했었다. 지금은 바람이 무척 차다. 다섯 산의 정상을 섭렵하기로 해서 오른 신선대이지만 바로 내려서지 않을 수 없다. 포대능선에 진입하여 바람을 피해 행동식을 꺼내먹으며 서늘해지는 새벽에 떨어지는 온기를 보충한다.

"장거리 산행은 에너지를 어떻게 관리하느냐의 여부가 관건인 거 같아."

"맞아. 체온 유지, 식품 섭취, 보행속도 등이 모두 조화를 이루어야 끝까지 완주할 수 있게 되지."

"많은 조난자의 배낭 속에는 먹을 음식과 보온의류가 충분히 있었다더군요."

"허기가 지기 전에 먹지 못하고 저체온증이 오기 전에 옷을 꺼내 입지 못한 게 조난의 큰 이유였지."

"산행 초기엔 지쳐서 입맛도 떨어져 에너지 관리에 실패하곤 했었어."

"그래서 행동식이란 용어가 생긴 거 아니겠어. 지치기 전에 수시로 먹으며 걸을 수 있도록 말이야."

지금처럼 장거리 산행을 하는 경우 행동식 또는 비상식량으로는 부패나 변질이 되지 않아 길게 보관할 수 있는 먹거리로 조리 없이 먹을 수 있어야 하고 포만감은 없더라도 열량이 높아야 한다. 당연히 부피가 작고 무게가 가벼워 휴대하기 간편해야 한다. 무엇보다 입맛에 맞는 기호식품으로 소화가 잘되는 식품이 좋을 것이다.

에너지를 보충하며 이런저런 얘기를 나누다가 잠깐, 아주 잠깐의 쪽잠을 청해보려 했지만, 눈을 붙이기가 쉽지 않다.

"어둠 산중에선 걷는 일밖에 할 게 없어. 정신 가다듬고 또 가자."

Y 계곡을 우회하여 산불감시초소를 지나 포대능선 끄트머리에서 통나무 계단을 내려간다. 다시 사패능선으로 오르는데 호흡이 가빠진다. 평소엔 잠시 가파른 안부를 내려섰다가 오르는 정도의 수고로움으로 충분했는데 지금은 그리 길지도 않은 오름길이 꽤 버겁다.

사패산 정상에 이르러 내려다보는 의정부 시내의 불빛이 무척 밝다. 주말 밤이라 늦게까지 주안상 받아놓고 불야성을 이루는가 보다.

산은, 계절은 말할 것도 없고 시간만 달리해도 새로운 모습을 연출한다. 깜깜한 산, 칠흑 같은 어둠뿐이지만 보이는 게 무수하고 보이는 것마다 새롭다. 저처럼 넓은 곳을 밝혀주면서도 또 수많은 단점을 가려준다.

정치력 부재, 몰염치한 행정 부조리, 무능한 교육정책, 남편을 살해하고 토막 낸 부녀자 등등……, 다 가려준다. 산이기에 그런 것들을 잊을 수 있도록 해준다.

되돌아 600m, 범골 삼거리에서 두 번째로 하산하게 된다. 호암사를 지나 범골 통제소를 통과하면서 다시 속세로 내려왔다. 여러 산을 이어가며 많은 종주를 해보았는데 산에서 세상으로 내려섰다가 다시 산으로 오르는 일이 가장 고역스럽다. 지금 걷는 다섯 산의 종주처럼 완전히 도심으로 내려왔다가 다시 올라가는 연계 산행은 그리 흔치 않다.

범골 입구의 국밥집에서 국밥 한 그릇씩 먹고 의자를 붙여 잠시 눈을 붙여본다. 일어나 동트는 걸 보니 집 떠난 지 열서너 시간 지났을 뿐인데 몇 날 며칠 떠돌이 생활을 한 기분이다.

"노숙자가 따로 없군."

서로가 얼굴을 마주 보며 웃는다.

두 번째 속세로 내려왔다가 또다시 산으로

여기서 도보로 한 시간 거리를 이동하여야 한다. 수락산 입구 동막골 들머리까지의 구간이다. 북한산에서 시작하여 불암산을 종점으로 하는 5산 종주 중 가장 힘들고 가장 갈등하게 하는 곳이 이 지점이다.

체력이 바닥을 보이고 눈꺼풀이 무거울 즈음 세 산을 타고 도심으로 하산했다가 또 올라가려니 망설임이 없을 수 없다. 지난 종주 때도 그랬었다. 뜨끈한 사우나의 유혹을 뿌리치기가 쉽지 않았었다. 그때처럼 똑같은 마음을 담아 속으로 기도를 올려본다.

"신이시여! 끝까지 가고 못 가고의 여부는 신께 맡기겠나이다. 다만, 제 의지가 포기하는 쪽으로 기울지 않도록 마지막까지 힘을 주소서!"

그리고 두 사람의 어깨를 두드린다.

"아직 힘 남았지?"

두 사람이 대답 대신 배낭을 짊어진다. 택시를 탈 수도 있겠지만 끝까지 걸어서 완주하기로 한 애초 계획대로 이행한다. 이른 아침부터 푹푹 찌는 날씨가 지금 오르는 수락산행을 더욱 고되게 할 것 같다. 더구나 동막골에서 수락산 주봉까지는 그늘이 거의 없이 기복 심한 능선의 연속이다.
뙤약볕 등로를 치고 오르는 것도 고되거니와 도정봉과 홈통바위의 슬랩 암벽, 주봉을 찍고 도솔봉으로 내려서는 것도 여간 힘든 게 아니다. 그런데 여기서 멈출 수는 없다. 힘든 걸 알고 시작했던 거였고 지금까지도 무척 힘들었다.
계단을 올라 도로를 건너면 동막골 수락산 진입로가 나온다. 거긴 또 다른 루비콘강이다. 저걸 건너려니 로마로 진격하는 율리우스 카이사르가 된 느낌이다.

"왔노라, 보았노라, 정복했노라.veni, vidi, vici."

루비콘강을 건너 로마를 평정하고 카이사르가 개선했을 때, 저 유명한 3V의 표현이 나왔었다. 그처럼 나머지 두 산, 수락과 불암을 정복하고 두 손가락을 치켜세우며 승리감을 만끽할지는 아직도 요원하기만 하다.

결국, 강을 건너서 배를 돌려보내고 나니 그나마 갈등은 사라졌다. 역시 도정봉 긴 계단을 오르는 게 버겁다. 130m의 계단이 천릿길처럼 느껴진다. 도정봉에 올랐을 때는 흐르는 땀을 주체할 수 없다.

"밤길에 저길 다 지나왔다는 게 실감 나지 않는군."

북한산부터 오른쪽으로 도봉산과 사패산, 지나온 북한산 국립공원 내의 세 산이 아득하게 펼쳐있다. 힘들게 먼 길을 와서 돌아보는 그 산은 마치 지난 삶을 돌아보는 기분이다. 오늘처럼 긴 여정일 때는 더욱 그렇다. 그런데 가야 할 길은 더 멀게 느껴진다. 올려다본 수락산이 유난히 높고 마루금도 아주 길어 보인다. 도정봉의 태극기는 조금도 펄럭이지 않는다. 바람 한 점 없는 날씨가 야속하다.

"아까 백운대에서의 바람이 그리워."

한기를 느껴서 얼른 내려왔는데 지금 그 바람을 맞고 싶은 것이다. 장암역으로 하산하는 석림사 방향 내리막길을 그냥 지나치는 걸음걸이가 무겁다 보니 가야 할 주봉은 좀처럼 가까워지지 않는다.

"수락산이 이렇게나 먼 길이었다니."

가파르고 미끄러운 바윗길, 숱하게 나타나며 시험 들게 하고 도전하게 만드는 데가 산 아니던가. 매번 그런 데라는 걸 알고 왔지 않은가.

"아무리 멀어도 이젠 기어서라도 가야지."

마주쳐 피할 수 없다면 어쩌겠는가. 바위벽에 손바닥 문질러가며 기어올라 새롭게 길 내야지. 넘어지지 않고 산 오르내리길 바라는가. 자빠진 발길마다 교훈으로, 엎어진 흔적마다 지혜로 되새길 수 있다면 백 번이라도 그렇게 해야지.

"포기만 하지 않으면 끝을 보는 데가 산 아니겠어?"

전신에 힘이 빠져 밧줄을 놓칠까 싶어 우회로로 빠지려다가 홈통바위(기차바위)와 한판 맞붙어보기로 한다. 숱하게 오르내렸던 홈통바위의 기다란 밧줄이 오늘은 더욱 굵고 무겁게 느껴진다. 깨지고 멍들면서 예까지 온 거 아니었던가. 산이나 인생이나 다 그런 거 아니겠나. 얼음물 한 모금에 씻기는 게 갈증 아니던가. 지나고 나면 죄다 한바탕 봄꿈같은 게 사는 일 아니었던가.

다리보다 팔의 힘이 더 요구되는 슬랩 구간인데 체력이 소진되는 시점이라 올라섰을 때는 땀이 철철 흐른다. 바위 위에 주저앉아 거친 숨을 몰아쉬고 나서야 몸을 일으킨다. 홈통바위 상단 바로 위로 608m 봉이다. 여기부터는 그나마 그늘숲이라 조금은 힘을 아낄 수 있을 것이다.

"독립운동이 이만큼 힘들까."

수락산 주봉(해발 637m)의 펄럭이는 태극기를 보고 병소는 3.1 만세운동이라도 떠올렸던가 보다.

"독립운동은 탑골공원 같은 평지에서 하니까 이보다는 덜 힘들겠지."

주봉에서 마주한 도봉산 사령부가 깃발을 펄럭이며 성원해준다.

"우리가 끝까지 지켜보며 또 지켜주겠네. 힘들 내시게나."

자운봉, 만장봉, 선인봉 등 도봉산 바위 봉우리들이 하늘 찌르며 장대하게 솟아올랐다면 철모바위, 배낭바위, 하강바위 등 수락산 바위들은 오밀조밀 조경을 위해 배치한 소품들처럼 여겨진다.

수려함과 웅장함으로 비교하려면 수락산은 촌색시 같아서 강퍅하기 그지없다. 하지만 수락산 바위들이 그렇다는 건 도봉산과 다르다는 것일 뿐, 그 다름은 상호 동등한 가치의 특색이며 뚜렷한 개성일 뿐 우열을 헤아리는 기준이 될 수는 없다.

서울시와 경기도 의정부시, 남양주시 별내면의 경계에 솟은 수락산은 등산로가 다양하고 계곡도 수려한 데다 교통이 편리해서 휴일이면 수도권의 많은 사람으로 붐빈다.

돌산으로 화강암 암벽이 노출되어 있으나 산세는 그다지 험하지 않다. 수락산이 힘든 건 바로 지금처럼 연계 산행을 하며 인색한 수림을 걸을 때이다.

휴일이라 코끼리바위, 치마바위에도 등산객들이 붐빈다. 다들 우리보다는 싱싱한 안색이다. 그들과 달리 숙제하듯 산행을 한다는 생각이 들면서 마무리 숙제인 불암산으로 장을 넘긴다.

한점 두점 떨어지는 노을 저 멀리 一點二點落霞外
서너 마리 외로운 따오기 돌아온다. 三个四个孤鶩歸
봉우리 높아 산허리 그림자 덤으로 보네. 峰高剩見半山影

308

물 줄어드니 푸른 이끼 낀 돌 드러나고 水落欲露靑苔磯
가는 기러기 낮게 날며 건너지 못하는데 去雁低回不能度
겨울 까마귀 깃들려다 놀라 날아간다. 寒鴉欲棲還驚飛
하늘은 한없이 넓은데 뜻도 끝이 있나 天外極目意何限
붉은빛 담은 그림자 맑은 빛에 흔들린다. 斂紅倒景搖晴暉

- 수락잔조水落殘照 / 매월당 김시습 -

무사 완주, 눈빛 가득 기쁨이고 무한한 감동이다

아래로 수락산과 불암산을 연결하는 덕릉고개 동물이동통
로가 보인다. 이제 총 목표 지점의 9부 능선쯤 온 셈이다.
여기서 수락산 쪽을 바라보니 가슴이 뭉클하고 뜨끈해진다.
가슴 밑바닥에서 무언가가 울컥 치솟는 느낌이다.

"스틱을 접을 때까지 지켜주시고 또 지켜주옵소서."

마지막 남은 불암산을 오르며 겸허히 그리고 숙연하게 기
도를 드리게 된다.

"이제 불암산만 남았네. 힘내서 승리의 기쁨을 맛보자고."

수락산 날머리이자 불암산 들머리 덕릉고개를 넘어서면서는 되레 힘이 솟구친다. 구간이 가장 짧은 불암산만 남겨뒀기 때문일 것이다. 숲이 우거져 수락산보다 덜 덥고 걷기도 수월한 편이다.

'삼각산은 현 임금을 지키는 산이고, 불암산은 돌아가신 임금을 지키는 산이다.'

근원지는 모르지만, 북한산과 불암산을 두고 이렇게 말들을 한다. 경복궁에서 가까운 북한산이니 살아있는 왕을 지킬 것이고, 태릉을 비롯하여 광릉, 동구릉 등 많은 왕릉이 불암산 가까이 있으니 그런 표현이 나왔을 법하다.

본래 금강산의 한 봉우리였던 불암산이 한양으로 오게 된 건 건국 조선 도읍지의 남산이 되고 싶어서였다. 한양에 남산이 없어 도읍 정하기를 망설인다는 소문을 듣고 부랴부랴 달려왔으나 이미 남산이 들어선 후였다.

그래서 지금 이 자리에 한양을 등진 채 머물고 있다. 금강산이 되고자 했던 울산바위와 달리 금강산을 떠난 불암산의 설화다.

큼직한 바위 봉우리가 중의 모자인 송낙을 쓴 부처 형상이라 그 이름을 불암산佛巖山이라고 지었단다. 1977년에 도시자연공원으로 지정되었고 암벽등반을 하려 많은 애호가

가 즐겨 찾는 산이기도 하다.

어림잡아 3000개 이상의 계단을 걷지 않았을까. 다람쥐광장으로 불리는 석장봉에서 지척에 펄럭이는 정상의 태극기를 보노라니 광복의 순간처럼 감동을 자아낸다.

세 번째지만 여기 다섯 산을 잇는 행보는 늘 똑같은 감동을 안긴다. 이제 정상 오르는 계단이 오르막으로서는 마지막 계단이다. 불암 지킴이, 쥐바위가 고개 쳐들어 환영의 고함을 내지른다.

"몰골은 거지 같지만 그대들은 진정한 부자들일세."
"고양이나 조심하게. 수락산 고양이들은 사납던데."

또다시 태극기를 접한다. 불암산 정상(해발 508m)의 게양대 옆에 나란히 서서 사진을 찍을 때는 다들 형언키 어려운 희열을 맛보게 된다.

"결정했노라."
"시작했노라."
"해내고 말았노라."

그랬다. 그렇게 힘든 결정을 했고 시간 맞춰 세 사람이 모였으며 마침내 마칠 수 있었다.

"수고했어."
"수고하셨습니다."

학도암을 지나고 불암산 날머리 중계본동 진입로까지 와서 악수하고 포옹한다. 3V, 무사 완주의 카타르시스를 공유하며 서로를 위안하고 격려한다. 눈빛 가득 기쁨이고 무한한 감동이다.

2011년 11월 말, 나 홀로 불수사도북 5 산 종주에 이어 1년 반이 지난 이듬해 여름 다시 그 길을 반대로 걷는 북도사수불을 역시 홀로 종주했었다.

당시 새벽 영하의 추위와 30도가 넘는 무더위를 견디며 길고도 먼 고행을 자청했던 건 무모하지만 그마저 감수하려 했던 객기 실린 선택이었는지도 모르겠다.

또 두 해를 넘긴 2014년 10월 초, 이번 세 번째 산행은 사랑하는 친구와 후배가 함께 함으로써 큰 힘을 얻고 버거움을 덜 수 있었기에 가능할 수 있었다.

때 / 초가을
곳 / <북한산 구간> 불광역 – 대호 매표소 – 족두리봉 – 향로봉 – 비봉 – 승가봉 – 문수봉 – 대남문 – 대성문 – 보국문 – 대동문 – 용암문 – 위문 – 백운대 – 위문 – 백운산장 – 하루재 – 영봉 – 육모정 매표소 – 우이동 – **<도봉산 구간>** 북한교 – 원통사 – 우이암 – 도봉 주능선 – 칼바위봉 – 주봉 – 신선대 – 포대능선 – **<사패산 구간>** 사패능선 – 범골 삼거리 – 사패산 정상 – 범골 삼거리 – 범골 능선 – 호암사 – 회룡역 **<수락산 구간>** 동막교 – 의정부 동막골 들머리 – 500m 봉 – 도정봉 – 기차바위 – 주봉 – 철모바위 – 코끼리바위 – 하강바위 – 도솔봉 하단 – **<불암산 구간>** 덕능 고개 – 폭포 약수터 갈림길 – 다람쥐광장 – 불암산 – 깔딱 고개 – 봉화대 – 공릉동 갈림길 – 학도암 – 중계본동

북한강 지르밟고 뾰루봉, 화야산, 고동산으로

숱하게 내려놓자며 마음을 다잡아 보지만,
다시 생각해도 쉬운 일은 아닐 것이다.
욕구와 필요 사이에서 갈등을 이겨내고 짐을 덜어낸
저들 형제야말로 부자가 될 자격이 있다는 생각이 든다.

호반의 도시 청평 인근에 고만고만한 산들이 다수 운집해 있다. 청평지역에서는 꽤나 이름값을 하는 호명산 말고도 청우산, 불기산, 새덕산, 양지말산 등이 조종천과 북한강을 둘러싸고 있다. 청평에서 좀 더 떨어진 가평군 설악면에 있는 뾰루봉은 인근 통방산 능선에서 이어져 뾰족하게 솟아 오른 봉우리이다.

청평호와 북한강을 발아래 두고

청평에서 가래골 뾰루봉 진입로까지 이동해 뾰루봉 식당 오른쪽으로 오르면서 정상까지 2.3km의 산행이 시작된다.

콘크리트 임도를 조금 오른 후부터는 가파른 오르막이 계속된다. 두 차례 능선을 올라 작은 봉우리를 넘어 안부에 내려섰다가 다시 급하게 고도를 높인다. 오른쪽으로 벙커를 보게 되고 허리를 더 굽혀 456m 봉에 이르니 송송 땀이 맺힌다. 아직 여름은 물러서지 않았다.

자작나무 숲 사이로 청평호와 호명산이 보이고 송전탑을 지나면서 천마산도 보게 된다. 뾰루봉과 화야산이 갈라지는 길을 지나자 바위지대가 나타나고 다시 550m 봉을 넘는다.

뾰루봉을 400m 남겨놓고 한숨 돌리는데 물리면 무척 가려울 것 같은 검은 모기들이 덤벼들어 다시 쫓기듯 고도를 높여간다. 한 시간여 남짓 소요되었지만, 거리에 비해 길게 느껴지는 산행이다.

뾰루봉 정상(해발 709.7m)에서 구름 한 점 없이 맑은 하늘을 머리에 이니 몸도 마음도 가벼워진다. 이어서 걷게 될 화야산과 고동산을 눈에 담고 북한강을 사이로 호명산과 마주 대한다.

북한강 뒤로 주금산, 은두봉, 축령산과 깃대봉이 한 가정의 같은 형제들처럼 옹기종기 모여 뾰루봉을 바라보고 있다. 청평의 작은 도심 뒤로 운악산까지 보인다. 보이는 산마다 대다수 발자국을 남겼던 산들이다. 그래서인지 양주와 남양주 지역은 남의 동네 같지 않다.

양주문화원에서 출간한 양주군 지에 형제투금兄弟投金이란 제목의 민담이 실린 적이 있다. 천애 고아로 의형제를 맺은 두 남자가 어느 날 길에 떨어져 있는 다듬잇돌만 한 생금 덩이를 발견하였다. 그 금덩이를 형이 지고 걸었다.

'내가 결의형제를 하지 않았으면 이 금덩이를 혼자 가지는 건데.'

'형님만 아니었으면 저 금덩이를 나 혼자 발견했을 텐데.'

두 사람의 머리에 이런 생각이 들어차는 것이었다. 얼마쯤 길을 가다가 아우가 형님을 불러 세웠다.

"형님! 그 금덩어리를 버립시다."

"왜?"

"금덩이를 보니까 자꾸 흑심이 생기네요. 이대로라면 형님과의 의가 끊어질 것만 같아 두려워요."

"오냐, 그러자꾸나. 나도 오는 도중에 네가 아니면 이 금덩이를 혼자 가질 수 있을 텐데 괜히 의형제를 맺었다는 생각이 자꾸 들더구나. 나 역시 못된 마음이 들어 금덩이를 버리고 싶었다."

금덩이를 길바닥에 내동댕이치자 금덩이가 황금 구렁이로 변하더니 형제를 물려고 덤벼들었다. 구렁이가 형에게 덤비면 동생이 작대기로 내리치고, 아우에게 덤비면 형이 내리쳤다. 그러자 구렁이가 두 동강이 나면서 나동그라졌다. 그런데 동강이 난 구렁이가 다시 금덩이로 변하더니 어느 것이 조금 더 작지도 크지도 않게 똑같았다.

형제는 금덩이 두 개를 사이좋게 나누어 가졌다는 설화이다. 술하게 내려놓자며 마음을 다잡아 보지만, 다시 생각해도 쉬운 일은 아닐 것이다. 욕구와 필요 사이에서 갈등을 이겨내고 짐을 덜어낸 저들 형제야말로 부자가 될 자격이 있다는 생각이 든다.

혹시 튀어나올지도 모를 황금 구렁이를 피해 장소를 옮긴다. 여기서 화야산까지 4.98km, 그리 향한다. 양지말 갈림길을 지나고 소야골로 내려서는 삼거리를 지난 후에도 산책로처럼 편안한데 바람까지 시원하게 불어주어 콧노래를 흥얼거리게 한다.

화야산 3.3km를 알리는 이정표를 지나 절골 사거리 안부에 내려선다. 삼회리 절골과 크리스털 생수 공장으로 갈리는 삼거리에서 이어지는 길이다.

바위 구간을 우회하여 밧줄을 붙들고 가파른 바윗길로 올라서고 670m 봉을 우회하면 울창한 참나무 숲 사이로 길이 이어진다. 솔고개와 큰골 갈림길 안부에서 막바지 피치를 올려 너른 헬기장인 화야산禾也山 정상(해발 754.9m)에 오른다.

가평군 외서면과 양평군 서정면에 걸쳐 있는 화야산은 용문산에서 서북으로 뻗어나간 지능선이 곡달산을 일으키고 배치 고개를 넘어 다시 솟구쳐 형성된 산으로 뾰루봉과 고동산을 양옆으로 거느리면서 삼면이 북한강과 청평호로 둘러싸여 있다.

 벼가 잘되는 마을인 화야리(현 삼회리)에서 유래된 산 이름이다. 여기서 3.6km 떨어져 고동산이 있고 4.8km를 내려가야 삼회 2리 사기막골에 닿는다.

 화야산에서 고동산으로 가는 길이 만만치 않다. 초반부터 거칠게 잡아끈다. 돌이 많은 내리막을 천천히 내려서고 삼거리 안부를 지나서야 조금 나아진다. 이후 고만고만한 봉우리 셋을 넘고 두 번째 삼거리에서 바위를 타고 올라 정상석 두 개가 나란히 서 있는 고동산古同山(해발 600m)에 오른다. 가평군과 양평군에서 각각 정상석을 세워놓았다.

 가평군 설악면과 양평군 서종면에 인접한 고동산에서도 북한강이 내려다보인다. 서종대교 건너 산자락을 깎은 양주 CC가 눈에 들어오고 운길산에서 적갑산과 예봉산으로 이어지는 마루금도 선명하다.

"오늘은 어둡기 전에 내려가시게."

 곡달산에서 경춘 고속국도를 가로질러 삼태봉과 통방산이 아는 체해준다. 아침에 어비산을 올라 어둠이 가라앉은 후에야 내려섰던 여섯 번째 통방산까지 한나절을 꼬박 걸었기에 특별한 인연을 맺은 산들이다.

 북한강 물줄기를 향해 하산한다. 고동산에서의 하산은 경사가 급해 더욱 조심스럽다. 안부를 지나자 가파르고 거친 암릉길이 이어진다. 갈림길에서 올려다보니 고동산 정상이 한참 멀어졌다.

순탄한 능선을 따라 내려서고 수입 1리를 알리는 이정표를 지나 수입 3리 표지석이 있는 391번 도로에 이르며 산을 벗어났어도 늦여름 햇볕이 아직도 뜨겁다.

때 / 늦여름
곳 / 뾰루봉 식당 – 456m 봉 – 송전탑 – 뾰루봉 – 절골 사거리 – 화야산 – 고동산 – 수입리

오색단풍 찬연한 양평의 명산, 도일봉과 중원산

깊은 가을을 보러 왔으니 산속 깊이 들어가 행보를
길게 잇기로 한다. 빨강은 핏빛처럼 새빨갛고
초록은 연하다. 단풍은 나무뿐 아니라
계곡 수면에서도 곱게 피어나고 있다.

양평에 가면 더 깊은 가을을 볼 수 있지 않을까.

그런 생각이 들어 원점 회귀할 수 있는 중원산을 택해 곧
바로 배낭을 차에 싣고 양평으로 향한다. 양평군 용문면 중
원리와 단월면 향소리 사이에 솟은 도일봉은 중원계곡을
사이에 두고 중원산과 갈라진다. 도일봉과 중원산 모두 용
문산과 맥락을 같이하는 명산으로 많은 등산객이 찾는다.

구름밭 드넓게 펼쳐진 가을 풍경에 흠뻑 젖어

용문산을 전면으로 바라보며 양평 중원리로 들어가는 도로
양옆의 황금 들판은 보는 것만으로도 풍요로운 기분이 들
게 한다.

주차장에서 잘 정비된 길을 따라 5분여 올라가 산으로 들
어선다. 오랜만에 보는 중원폭포다. 수량은 많이 줄었어도
여전히 옥수가 고인 담에 빛깔 고운 단풍이 담겨있다. 가을

햇빛에 더욱 화사한 단풍나무와 빽빽한 덩굴 숲 사이로 흐르는 계류는 연중 마르는 일이 없이 아기자기한 폭포들을 이루어 여름철에는 많은 피서객을 불러들인다.

중원산과 도일봉으로 나뉘는 갈림길에서 많은 이들이 왼쪽 중원산으로 향하고 일부는 직진하여 도일봉 쪽으로 길을 잡는다. 여기서 중원산은 2.48km, 도일봉은 3.41km이고 도일봉을 거쳐 중원산까지는 8.495km라고 표시되어 있다. 바위 사이로 떨어지는 물이 작은 담을 이루고 있는데 그것으로 물길은 더 보이지 않는다.

깊은 가을을 보러 왔으니 산속 깊이 들어가 행보를 길게 잇기로 한다. 빨강은 핏빛처럼 새빨갛고 초록은 연하다. 단풍은 나무뿐 아니라 계곡 수면에서도 곱게 피어나고 있다. 주황과 갈색이 같이 어우러진 숲은 이미 찬연하고도 깊은 가을이다.

대체로 완만한 경사로에서 단풍을 즐기며 걷다가 능선에 이르면서부터 상당히 가파른 오르막이 시작된다. 돌 반, 낙엽 반인 산길이 계속 이어진다. 바위 구간을 지나고 또 고도를 높여가면 중원산 쪽으로의 능선이 눈에 들어온다.

모처럼 전망이 확 트인 곳에 섰는데 높은 가을 하늘을 살포시 얹은 중원산이 어서 오라고 손짓한다. 도일봉으로 오르는 비탈의 바위 너덜길이 숨을 몰아쉬게 하지만 힘에 부치기보다는 노랗게 물든 색의 향연을 즐기게 한다.

전망 바위에서 중원산과 용문산 가섭봉을 눈에 담고 다시 울퉁불퉁한 바윗길을 올라간다. 낙엽 밟히는 바스락 소리가 듣기 좋다. 한껏 가을을 밟으며 오르는 게 운치 가득하다.

예전에 왔을 때는 도일봉(해발 864m)에 정상석도 없었는데 커다란 자연석이 도일봉의 위상을 높여주는 것 같아 반갑다. 도일봉은 모산인 용문산의 주 능선에서 이어진 지봉 중 하나지만 주봉과는 멀리 떨어져 있어 하나의 산 괴로서 독립된 존재감을 지닌다.

이어가게 될 싸리봉이 멀지 않고 그 뒤로 문례봉 혹은 천사봉이라고도 하는 폭산과 용문산까지 장쾌하게 조망이 열려있다.

도일봉을 뒤로하고 중원산을 향해 걸음을 옮긴다. 내리막은 시작부터 경사가 심하다. 산음리 비슬 고개 방향의 갈림길까지 가파른 비탈을 내려왔다가 낙엽 풍성하여 더욱 아기자기한 능선을 따라 싸리봉(해발 811m)에 다다른다.

안내 표지목이 세워져 있지 않으면 모르고 지나쳤을 싸리봉에서 500m를 더 걸어 싸리재에 이르러서야 잠시 휴식을 취한다. 도일봉과는 또 다른 가을 모습을 연출한다. 헐벗은 참나무들과 노송이 곧 뒤바뀔 계절의 변화를 예비하는 듯 보인다.

여기서 중원산과 용문산이 갈라지는 길까지 다시 울긋불긋한 오색단풍이 향연을 펼쳐 힘을 덜어준다. 폭산을 거쳐 용문산으로 향하는 길을 비켜나 중원산 쪽으로 방향을 잡는다. 755m 봉에서 돌아보니 산 위로 펼쳐진 구름밭이 멋진 가을 풍광을 돋보이게 한다.

한여름이었으면 하늘도 보이지 않을 정도로 무성했을 활목 수림지대다. 어느새 도일봉은 저만치 건너편으로 물러나 있다. 아까 저쪽에서 부드럽고 완만하다 싶었던 이 지역은 뾰족하게 각진 바위투성이다.

용문사 입구로 하산하는 신점리 조계골 갈림길을 지나 중원산 정상(해발 800m)에 도착한다. 여기도 정상이 헬기장으로 조성되어 공간이 널찍하다. 몇몇 등산객이 풀어놓았던 배낭을 둘러메며 하산할 채비를 하고 있다.

용문봉이 우뚝 눈앞에 다가섰고 가섭봉에서 백운봉으로 이어지는 용문산 스카이라인이 가깝다. 어디로 시선을 던져도 첩첩 강인하고 듬직한 산세의 거듭된 이어 짐이다.

양평군은 경기도 내 시·군 가운데 가장 넓은 면적을 지녔고 인구밀도는 가평군, 연천군과 함께 매우 낮은 편이다. 저처럼 높은 산지에 둘러싸여 산업 발달이 더디고 서울과 가까워 인구가 감소하는 탓일 것이다. 어쨌거나 자연에 훨씬 근접해있어서 양평을 좋아하는지도 모르겠다.

삼국시대 초기에는 백제 땅이었는데 고구려의 남진으로 고구려에 복속되었다가 6세기 중엽 이후 신라가 점령하게 된

323

양평이다. 주변의 산들을 치고 올랐다가 내려서며 양평의 소유권이 두루두루 바뀌었을 것이다.

잠시 양평과 가평의 친숙한 산들과 고대 역사의 연결고리를 상상하다가 풀어놓았던 배낭을 짊어진다. 하산로는 용문사 방향으로 가는 길과 중원계곡으로 가는 길이 갈라진다. 아주 가파른 내리막이다. 중원계곡을 통해 원점으로 하산하는 이 내리막은 올라와 봤던 길이라 그 험상궂음을 잘 알고 있다. 거친 바위와 애추의 너덜지대, 그리고 암릉 밧줄 구간을 거쳐야 한다.

멋진 노송 한그루가 서두름을 자제하라며 잠시 멈춰 세운다. 숨을 고르고 수분도 섭취하며 저도 모르게 빨라진 걸음을 늦춘다.

가파르고 미끄러운 낙엽 내리막은 울창한 숲 지대에 이르러 다혈질 성질이 수그러든다. 다시 단풍을 보면서 내려가다 숯가마 터에 이른다. 1920년대부터 1970년대까지 중원산에 많은 참나무를 이용하여 숯을 구워냈던 전통 숯가마 터이다. 계곡을 빠져나가 주차장에 닿으면서 깊은 가을 다소 버거운 서정에서 벗어난다.

때 / 가을
곳 / 중원 2리 주차장 – 중원폭포 – 도일봉 – 싸리봉 – 싸리재 – 중원산 – 원점회귀

해명산, 낙가산, 상봉산, 석모도의 소담한 바닷길

아내가 위대하다는 생각이 들었었다.
나와 스무 해 이상을 살았다는 사실도 위대했지만,
더욱 사랑스럽고 위대해 보이는 건
지금도 나하고 살고 있다는 사실 때문이다.

지금은 석모 대교가 개통되어 차량 이동이 가능하다. 대다수 섬이 그렇듯 다리가 세워지지 않아 배를 타고 들어갈 때 섬 여행의 낭만은 배가된다.

석모도 역시 다리가 세워지기 전 강화도 외포리에서 배를 타고 들어갈 때가 더 섬 같았다. 외포리 선착장에서 승선하는 이들은 새우깡을 사 들고 배에 오른다.

"너무 신기하고 재미나요."

아내는 처음에 꺼리더니 날렵하게 낚아채는 갈매기들의 새우깡 수탈에 재미가 붙었다. 통통 살이 올랐어도 날렵한 갈매기들이 손에 든 새우깡을 낚아채는데 거칠지 않고 유연하다. 먹거리를 통해 사람들과 친해진 갈매기들은 아예 물고기를 잡아 생계 꾸리는 건 잊어버린 듯하다.

인천광역시 강화군 삼산면이 행정 주소지인 석모도席毛島

는 해안선 길이가 42km에 이르는데 오늘 걷게 될 해명산에서 낙가산을 지나 상봉산까지 이어지는 산줄기가 섬의 중앙을 남북으로 뻗어있다. 석모도 남쪽의 민머루 해수욕장에서 보는 일몰이 장관을 연출하여 이곳을 서해의 3대 일몰 조망지로 꼽는다고 한다.

은빛 발산하는 바다와 소담한 섬마을 풍광을 눈에 담고

배에서 내려 순환 버스를 타고 전득이 고개로 이동한다. 3월에 막 접어들었지만, 음지엔 녹지 않은 눈이 꽤 수북하다. 등산로는 군데군데 미끄럽다. 잠깐 사이에 서해가 보인다. 눈 산행이랄 수도 없고 봄 산행도 아니지만 모처럼 바다를 보며 걸으니 몸도 마음도 후련하다.

"막상 나오니까 참 좋네요."

아내가 할 수 있는 최상의 표현이다. 모처럼 가볍게 산행하고 바닷가 외포리에서 회도 먹을 겸 외출을 제안했는데 아내의 대답이 석을 죽인다.

"회만 먹으면 안 돼요?"

안 된다는 걸 알면서도 한번 찔러봤다는 양 아내는 등산복을 찾아 입고 주섬주섬 배낭을 챙긴다. 함께 한라산을 다녀온 후 한 해가 훌쩍 지나서의 동반 산행이다.

헐벗은 갈색 나목들이 봄 단장하려면 아직은 멀어 보인다. 산 아래 논들은 비어있기는 하지만 네모반듯하게 잘 구획되어 있다.

그 뒤로 주문도와 불음도, 이름 모르는 몇몇 섬들이 아직 동면을 취하는 듯 고요하기만 하고 외포리 선착장 너머로 헐구산에서 고려산, 국수산이 왼쪽으로 몸 낮춰 늘어서 있다. 더 지나와 돌아보면 마니산 뒤로 계양산도 흐릿하다. 아침 햇살에 은빛 발산하는 바다와 소담한 섬마을 풍광을 눈에 담으며 해명산海明山(해발 327m)에 닿았다.

"힘들지 않지?"

"아직까지는요."

"같이 섬에도 오고 산에도 오니까 좋지?"

"네에~ 여부가 있나요."

해명산 정상에서 삶은 달걀 하나씩을 먹고 길을 잇는다. 진행하게 될 낙가산도 낮게 몸집 낮춘 가축을 연상하게 한다. 큰 굴곡 없이 부드럽게 능선을 잇고 있다. 그런데 가다 보니 바위 절벽도 있고 완만하게 해안으로 이어지는 바위 언덕도 보인다.

"바다에 송전선이 세워져 있네."
"응, 여기 석모도를 통해 저기 보이는 주문도로 전력을 보내는 거지."

육지의 야산에서만 보았던 송전선이 바다를 가로지르며 세워진 게 처음엔 신기했었다. 예전에 친구 동은이와 와보아서 알게 된 풍월을 읊었는데 아내가 고개를 끄덕인다.

해안 너머 산 아래로 가옥 몇 채 안 되는 마을은 마치 영화 세트처럼 아담하다. 왼쪽 발아래로는 보문사 지붕이 보인다.

"낙산사 가봤지? 거기 있는 홍련암이랑 경남 남해의 보리암과 함께 우리나라 3대 해상 관음 기도 도량이야."

아내와 산에 오니까 자꾸 아는 체하게 된다. 스스로 존중받기 어려운 남편이었기 때문임을 자각하곤 씁쓸한 웃음을 짓고 만다.

관세음보살이 상주한다는 보타 낙가산의 이름을 따서 명명했다는 낙가산(해발 235m)은 정상석도 없고 대신 넓은 마당바위가 있는데 1000명은 족히 앉을 수 있다고 해서 천인

대라 불리기도 한다.

 폭 5m, 길이 40m의 제법 너른 바위이긴 하지만 경사가 있어 1000명이 앉기엔 무리가 있어 보인다. 이어 상봉산으로 향하는 길에는 햇살마저 따사로워 봄기운이 물씬하다. 좌우로 개펄이 펼쳐진 바다를 끼고 걸으면서 기분이 고조되는지 앞서 걷는 아내의 걸음이 경쾌하다. 작은 계단을 넘고 절벽에 세운 철 난간을 지나 산불 감시초소도 지난다.

 아내라는 이름, 가장 밀접한 이름이었음에도 막상 부르거나 적으려면 어색하고 난해했었다. 지금은 아이 둘과 네 식구가 살지만 십수 년 시부모님을 모셨던 아내다. 서울시 효부상을 받았을 때 남편 말고도 다른 사람들이 그 효심을 알아준다는 게 너무 기뻤었다.

"살아오면서 단 한 차례도 표현한 적 없지만 역시 당신은 훌륭한 내 아내였소."

 그러나 혼자만의 웅얼거림에 그치고 만다. 아내는 앞서가 상봉산 정상에서 손을 흔들고 있다. 석모도 남쪽 능선 끄트머리의 상봉산 정상부(해발 316m)는 바위 지대이다. 이곳 또한 노을 질 무렵이면 낙조의 아름다움을 만끽할 만한 분위기다.

 상봉산 자락에는 인천의 유일한 휴양림인 석모도 자연휴양림이 있는데 수목원과 산림문화 휴양관, 통나무로 지은 숲속의 집으로 구성되어 있다. 이 산 북쪽으로는 성주산(해발 264m)이 고립되어 봉우리를 형성하고 있다. 성주산과 상봉산 사이에 간척을 통해 형성된 농경지인 송가평이 자리하고 있기 때문이다. 발아래 올망졸망 작은 섬들이 유영하듯 떠 있고 북으로 교동대교가 보인다.

"저 다리 뒤 흐릿한 곳은 북한인가 봐요."
"황해도"

북한 땅 황해도에 먼 시선을 맡기면서 툭 던진 말이 주워 담고 싶을 만큼 어색하다.

"오늘 완주했으니까 한턱 단단히 낼게."

아내가 위대하다는 생각이 들었었다. 나와 스무 해 이상을 살았다는 사실도 위대했지만, 더욱 사랑스럽고 위대해 보이는 건 지금도 나하고 살고 있다는 사실 때문이다. 그래서 감사한 마음으로 그럴듯한 만찬을 즐기고 싶었는데 겨우 완주를 명분 삼고 만 것이다.

"이제 돌아 내려갑시다."

상봉산에서 왔던 길을 되돌아가며 바다의 여러 구성물들을 바라보는데 뜬금없이 타이타닉호가 떠오른다. 침몰하는 배, 타이타닉. 그 배와 운명을 함께한 타이타닉의 선장……

"당신은 당신의 남편이 침몰 직전에 이르렀을 때도 운명을 함께 해주었지."

앞서 걷는 아내의 뒷모습을 바라보며 혼잣말이 이어진다. 사업 부진으로 경제적 곤란을 겪었을 때도 그러했고, 허울뿐이다시피 했던 남편이 거의 바닥까지 내려앉았을 때도 아내는 흔들림이 없었다.

"운명을 함께 했을 뿐만 아니라 당신은 파손된 배를 수리했고, 그 배를 다시 바다에 뜰 수 있게 했소."

아직은 너끈히 항해할 정도로 수선되지 않았지만 지금도 당신은 그 배의 수명이 다할 때까지 승선하리라고 맘먹고 있소. 그래서 당신은 위대할 뿐만 아니라 천사이기에 부족함이 없는 것이오. 다시 산불감시초소로 회귀하여 낙가산으로 돌아오는데 콧등이 시큰해진다.

"아내여!"

이젠 당신의 남편이 우리의 배를 우리가 가고자 하는 목
적지까지 안전하게 운항할 것이오. 다시는 암초에 부딪히는
일 없이, 다시 배에 바닷물이 스며드는 일이 없도록 당신이
참고 견뎠던 멀미를 완전히 멎게 해주겠소. 아름다운 해넘
이를 볼 수 있고, 다시 일출의 찬란함을 만끽하며 지나온
항해를 추억 삼을 수 있는 곳. 소박한 우리의 소망이 있는
그곳에 닻을 내릴 때까지 조금만 더 견뎌주기바라오.

보문사 삼거리에서 비탈진 내리막을 걸어 내려오며 아내의
손을 잡는다. 폭풍우와 파도를 견뎌준 아내한테 감사하고픈
마음이 마구 드는 것이다.

보문사로 내려오다 보면 얼핏 엎힌 바위처럼 보이기도 하
는 눈썹바위가 있다. 바위 아래 조각된 마애석불좌상이 눈
에 띈다. 높이 9.2m, 폭 3.3m의 이 석불에서 기도하면 아
이를 가질 수 있다고 하여 찾는 여인이 많다고 한다.

"우리가 셋째를 갖는 건 무리겠지?"
"낮술 했어요?"

석실 앞 바위틈에 커다란 향나무가 용트림하듯 기둥 줄기
를 비틀며 향을 내뿜고 있다.

"술 마셔야 애를 갖나?"

332

"산에 같이 오면 안 되겠네."

"한때 이 절에는 승려와 수도사들이 300여 명이나 있었다는군."

"……"

보문사에 이들이 먹을 음식을 만드는 데 사용했던 두께 20cm, 지름 69cm의 화강암 맷돌을 보존, 전시하고 있다는 게 화두로 이어질 분위기가 아닌지라 엉거주춤 경내를 빠져나와 주차장으로 내려선다.

석모도의 소담한 바닷길 탐방을 마쳤어도 아직 출렁이는 바다 한가운데에 머무는 느낌이다.

때 / 초봄
곳 / 전득이 고개 – 해명산 – 새가리 고개 – 낙가산 – 보문사 삼거리
– 산불감시초소 – 상봉산 – 보문사 삼거리 – 보문사 주차장

광주에서 양평까지 무갑산, 앵자봉, 양자산, 백병산

막 지나고 있는 겨울의 지독했던 추위는 흔적조차 보이지 않는다.
얼었다 녹는 능선 흙길에서 금세 아지랑이 모락모락
피어오를 것만 같은 분위기다.
길었던 동면도 지나고 나면 한나절 선잠에 불과하다.

무갑산武甲山은 경기도 광주시 초월읍에 소재하여 실촌읍
과 퇴촌면으로 지맥을 뻗치고 있는 광주 8경의 하나로 임
진왜란 때 항복을 거부한 무인들이 은둔하였다는 설도 있
고, 산의 형태가 갑옷을 두른 것처럼 보여서 지어진 이름이
라고도 한다. 파릇파릇 새순 돋는 초봄이 오면 실바람에 몸
을 맡겨 차분하고 조용하게 호젓한 산행을 하고 싶어진다.

광주에서 여주를 거쳐 양평까지의 산길

분주하지 않으려 인적 드문 산을 고르다가 떠오른 곳이
광주의 무갑산이다. 오래전 하얗게 변한 겨울 무갑산이 불
현듯 떠올라 잠깐의 망설임도 없이 광주로 길을 잡는다.
무갑산에서 시작하여 앵자봉, 양자산을 거쳐 백병산에서
하산하는 등산로의 총거리가 대략 25km쯤 된다. 봄기운을
충분히 느끼고도 남을만한 거리이다.

334

광주 초월읍 무갑리 마을회관에서 무갑사로 가는 진입로에
도 봄기운이 솟고 있다. 멀리 무갑산 지붕에 깔린 아침 햇
살이 따사로운 빛을 발산한다.

자그마한 절집 무갑사를 지나자마자 오른쪽으로 돌아 설치
한 지 얼마 되지 않은 계단을 따라 오른다. 노송 아래 쉼터
에서 바람막이를 벗는다. 온기 풍요한 숲길이기도 하지만
무척 가파른 된비알이 이어지니 얇은 바람막이도 더위를
느끼게 한다.

마을회관에서 2.28km를 오른 능선 갈림길에서 잠깐만에
무갑산 정상(해발 578m)에 다다른다. 왼쪽으로 관산부터
앵자봉과 양자산이 이어진다. 전면으로는 태화산, 마구산,
노고봉이 백마산으로 길게 마루금을 긋는다.

곤지암리조트 앞으로 37번 국도를 내려다보고 바로 다음
걸음을 내디딘다. 늦가을 추락 시점을 연상시킬 정도로 낙
엽이 수북하게 깔린 길이다. 관산 삼거리까지 이어나가 앵
자봉으로 걸음이 빨라진다. 편안한 능선이기 때문이다.

막 지나고 있는 겨울의 지독했던 추위는 흔적조차 보이지
않는다. 얼었다 녹는 능선 흙길에서 금세 아지랑이 모락모
락 피어오를 것만 같은 분위기다. 길었던 동면도 지나고 나
면 한나절 선잠에 불과하다.

무갑산에서 앵자봉 가는 능선 곳곳

한겨울 얼었다가
잦은 봄비에 젖었다가
햇살 겨우 받아 비탈에서 움튼 붓꽃
애타도록 부여안은 잉태의 시간
흐르고 또 흘러
따사로운 봄바람에
태동의 말간 미소 짓는 걸 보니
그토록 길었던 동면도
한나절 선잠이었나 보다

　무갑산에서 3.94km를 가붓이 걸어와 소리봉(해발 609m)을 넘어 경사 완만해진 박석고개를 지난다.

　풍수지리상 중요한 곳이어서 지맥이 끊어지지 않도록 보호하기 위해 얇은 돌을 깔아 놓은 고개를 보통 박석薄石고개라 하는데 땅이 질어서 지나가는 사람들이 흙을 밟지 않도록 돌을 깔아 놓은 곳도 그렇게 부른다. 산길 군데군데 쉬어가라고 나무벤치가 놓여 있는데 오늘 행보가 다소 긴 편이라 좀처럼 앉게 되지 않는다.

　앵자봉(해발 667m)에 이르러서야 휴식을 취한다. 꾀꼬리가 알을 품고 있는 산세라 하여 꾀꼬리봉으로 불리다가 꾀꼬리 앵鶯자를 써서 앵자봉이 되었다. 인접한 양자산을 신랑산으로 여겨 각시봉으로 불리기도 했단다.

　광주시 퇴촌면을 행정 주소지로 하는 앵자봉 일원은 천주교 성역 순례길로 지정되어 있으며 초기에 천주교인들이 숨어 살았을 만큼 들어갈수록 심산유곡에 들어선 느낌을 받는다고 적혀있다.

지금은 폐사廢寺되었으나 한국 천주교회의 발상과 관련한 천진암 터가 이 산 아래에 있다. 천주교 수원교구가 중심이 되어 이 일대 신도들의 순례에 필요한 각종 시설을 설치하는 등 개발이 추진되고 있다. 천진암 입구에서도 이곳 앵자봉으로 올라오는 등산로가 있어 무갑산이나 관산으로 갔다가 하산할 수 있다.

통신 철탑이 이어진 등성이 우측의 양자산으로 향한다. 천진암 갈림길을 지나 피치를 올려 헬기장인 672m 봉에 다다랐다.

두 번 더 헬기장을 지나고 다시 송전탑을 거쳐 주어재에 이르렀다가 강하면과 하품 2리로 나뉘는 갈림길, 자작나무 군락지를 통과한다. 다시 동오리로 내려가는 삼거리에서 고도를 올렸다가 남한강을 발아래 두고 양자산(해발 709.5m)에 닿았다.

여주시 산북면과 양평군 강하면, 강상면 사이에 솟아 앵자봉과 연맥을 이루는 양자산은 들판에 버드나무가 즐비하다는 의미의 양평楊平과 무관하지 않은데 양평에서 남한강 건너로 항상 버드나무와 함께 보였기 때문이다.

봄을 맞은 용문산 가섭봉과 백운봉에 엷은 구름이 드리웠다. 유명산과 중미산, 소구니산 등을 두루 살피고 마지막 백병산으로 방향을 튼다. 백병산으로 향하면서는 산길이 아니라 맨땅 신작로를 걷게 된다.

양평 MTB 랠리 코스로 조성한 길이다. MTB 랠리를 지나 왼쪽 숲길로 들어서 백병산 등산로로 들어선다. 수도 없이 산악자전거가 달리는 길이라 길 가운데가 움푹 패 있다.

쇠기둥을 박고 밧줄을 매단 긴 오르막을 거쳐 백병산白屛山(해발 423.6m)에 도착한다. 흰 바위가 병풍을 이룬 것처럼 보여 이름 지은 백병산에서 용문산 아래로 양평 일대와 남한강 물줄기를 내려다보니 분주하지 않은 봄맞이 산행치고는 너무 길었다는 생각이 든다.

서울 가는 교통이 편한 병산리로 하산한다. 제법 가파른 흙길을 내려선다. 무선 간이 기지국을 돌아 굵은 밧줄을 잡고 고도를 낮춰가다가 중부내륙고속도로 아래 굴다리를 지나고 봄 냄새 물씬한 들판을 지나 342번 도로에서 양평터미널로 가는 버스를 잡아탄다.

경기도 광주에서 여주를 지나 양평까지 오니 한나절이 지나 뉘엿뉘엿 해거름이 몰린다.

때 / 초봄
곳 / 광주 무갑리 마을회관 – 무갑사 – 무갑산 – 소리봉 – 박석고개 – 앵자봉 – 672m 봉 – 양자산 – MTB 랠리 코스 – 백병산 – 양평 병산리

338

새들 지저귀고 호랑이 포복한 계곡 따라 석룡산으로

다시 계곡을 따라 걸으니
가평천 최상류의 계곡답게 연이어 맑고 시원한
담과 소가 펼쳐진다. 여름 산행의 뒤끝을
말끔하게 마무리해주는 곳이라 아니할 수 없다.

경기도 가평은 명지산, 연인산, 운악산, 축령산, 화악산 등 명산도 많지만, 산과 산을 끼고 맑은 계류가 흘러넘치는 청정계곡 또한 무수히 많은 곳이다. 수도권 가까이에 가평 땅이 있어 늘 감사한 마음을 지니고 산다.

경기도 가평군 북면과 강원도 화천군 사내면에 경계한 석룡산石龍山은 가평읍에서 약 30km의 거리상에 있는데 산세도 웅장하거니와 폭포, 담, 소가 이어져 시종 물소리를 들으며 오르내릴 수 있다.

여름 산행에 피서를 즐길 수 있는 적격지로 평가받아 등산객과 피서객이 지속해서 늘고 있다. 이번 여름의 석룡산은 며칠간 내린 호우로 물이 불어 계곡의 참맛을 만끽하게 할 것으로 보인다.

새들 지저귀고 호랑이 엎드린 계곡을 질러가다

이번 여름 고교 동창들의 여름 산행지로 석룡산을 잡았는데 주된 목적지는 산 아래의 조무락골이라고 해야 옳을 것이다. 동창들의 다수가 산행보다는 물놀이 피크닉에 치중한 면이 없지 않기 때문이다.

목적이 산행이든 물놀이든 상관없이 버스는 가평군 적목리 38교를 종점으로 한다. 적목리 용수목 75번 도로상의 38교에는 많은 관광버스가 멈춰 섰거나 차를 돌리느라 부산하기 이를 데 없다. 38교에서 둘러보면 사방천지가 첩첩산중이다.

38교에서 바로 계곡으로 들어서게 되는데 새들이 늘 조잘거린다고 해서 이름 붙여진 조무락鳥舞樂골이다. 경기 관광공사에서 선정한 경기도 내 여름에 가볼 만한 '숲과 물의 만남 계곡 5선'의 한 곳인 석룡산 조무락골은 6km에 걸쳐 계곡이 펼쳐져 있어 이맘때면 많은 피서객이 몰린다.

1976년 화전민 정리사업 이전에 67가구가 이 골짜기에 살고 있었다니 석룡산은 인근 주민들이나 알법한 오지의 산이었다.

38교에서 전원주택단지를 지나고 좁은 비포장도로를 따라 올라가면 마지막 농가인 조무락 산장이 보인다. 38 교부터 약 1.8km 걸어와 여기서 동창들이 두 갈래로 나뉜다.

30여 명이 조무락 계곡 물가에 자리를 잡고 나머지 여섯 명이 석룡산을 다녀오기로 한다. 여섯 명만 계곡을 벗어나 신선이 되고자 산을 오른다.

"저 속인 무리는 내려오면 잔뜩 취해있겠군."
"우리 신선들 먹을 것도 남겨놔야 할 텐데."

물이 불어났어도 철철 넘쳐흐르는 계류는 수정처럼 맑다.

"계곡의 정화 능력만큼 사람들도 흐린 뒤끝을 빨리 풀어
낼 수 있다면 좋을 텐데."
"왜 누가 뒤끝이 길어?"
"그런 사람이 주변에 많아서 말이야."
"그래? 그렇다면 너한테도 원인제공 요소가 있다는 얘기
일 수도 있네."
"……듣고 보니 그렇기도 하군."

두 친구의 대화를 들으면서 조선 전기의 성리학자인 남명
조식이 한 표현을 떠올리게 된다.

'간수 간산看水看山 간인 간세看人看世'

'남명집'에서 그는 물을 보고 산을 보고, 사람을 보고 세

상을 본다고 표현하였다. 계곡의 물 흐름을 보면서 결국 자신의 허물까지 인식한다. 자연은 배움의 터전이며 인간 정신문화의 산실임을 역설한 남명의 표현이 적절하다는 느낌이 드는 것이다.

"바로 사리를 판단하는 너야말로 계곡 못지않은 정화 능력을 지녔어."

신선 여섯 명이 이런저런 잡담을 주고받으며 계곡을 따라 걷다가 점차 고도를 높이게 된다. 안내도에 표시된 1코스는 계곡을 따라 정상으로 가는 직진 길이고, 왼쪽 3코스는 능선으로 올라서 정상으로 가는 길이다.

3코스 능선으로 올랐다가 1코스 계곡으로 하산하기로 하였다. 서너 시간은 지나야 동창들과 합류하게 될 것이다. 가끔 잣나무군락지가 보이지만 대부분 참나무 숲길이다. 우거진 녹음 사이로 화악산이 보이기도 한다.

"당귀에 곰취까지 있네."

잡목들이 빽빽하게 들어찬 좁은 길에서 산나물에 일가견이 있는 친구가 흔치 않은 곰취를 발견했다.

"산삼도 있을 거야. 잘 살피면서 걸어."

대체로 조망은 가려졌지만 그늘진 숲길을 그리 힘들지 않게 오를 수 있다. 석룡산의 이름에서 풍기는 이미지와 달리 대개 육산이다.

마지막 농가에서 정상까지 약 두 시간이 걸렸다. 석룡산 정상(해발 1147m)은 참나무 숲으로 우거져 휴전선 인근의 대성산과 백암산을 볼 수 없다. 산정에 용처럼 생긴 바위가 있으므로 석룡산石龍山이라고 이름 지었다는데 그게 어떤 건지 알 수가 없다. 함께 올라온 신선들과 간단히 요기하고 바로 하산하기로 한다.

"신선이면 내려갈 땐 구름이라도 타고 가야 하는 거 아냐?"
"빨리 내려가서 속인으로 살고 싶지?"

능선을 타고 방림고개를 거쳐 단풍나무 숲을 따라 내려간다. 정상 아래에서 골고루 둘러보니 경기도의 알프스라는 표현이 무색하지 않다. 경기도 마지막 비경 지대이자 천혜의 자연림과 빼어난 경관으로 환경청에서 청정지구로 고시한 지역답다. 여긴 개발이란 미명으로 문명의 이기가 침투하지 않았으면 좋겠다는 생각이 든다.

조무락골 합수 지점 바로 밑에 화악산 중봉으로 가는 갈림길이 있다. 전형적인 계곡 길답게 돌이 많이 깔려있고 축축하게 젖었다.

화악산 겨울 산행 때 중봉에서 내려와 이길 조무락골로 하산했었다. 그때 얼어붙어 고요하게 정적이 일던 계곡이 지금은 물소리, 살랑거리며 흔들리는 나뭇잎의 움직임 등 음향까지 동반한 동적 흐름을 보여준다.

합수 지점에서 더 내려가 화악산 쪽으로 방향을 틀어 호랑이가 엎드린 형상이라는 복호동폭포伏虎洞瀑布에 이르렀다. 20m 높이에서 시원하게 쏟아지는 물줄기가 중턱에서 꺾여 변화 심하게 쏟아져 내린다. 얼음물처럼 시원한 폭포수에 흘린 땀을 씻어내니 고진감래의 달콤함을 맛본다.

"호랑이는 못 찾겠는걸."

숨은 그림 찾듯 꿰맞춰 보면 호랑이인지 스라소니인지는 모르겠지만 뭔가가 엎드려 있는 것처럼 보이기도 한다. 다시 계곡을 따라 걷자 가평천 최상류의 계곡답게 연이어 맑고 시원한 담과 소가 펼쳐졌다.

여름 산행의 뒤끝을 말끔하게 마무리해주는 곳이라 아니할 수 없다. 여름철 계곡은 땀이 흐르건 않건 간에 물을 만지게 된다. 마지막 농가 가까이 이르러 동창들과 합류한다.

"시원하다. 이제 살 것 같네."

"이게 여름 산행의 백미 아니겠나."

티셔츠를 벗어젖히고 물에 뛰어들자 산정에 머물렀던 신선
의 의지는 금세 동심으로 바뀌고 동시에 속인과 혼탕을 하
게 된다. 석룡산은 숲길과 계곡 트레킹을 겸하는 여름 산행
지로 적격이라는 평가에 고개를 끄덕인다. 맑고도 찬 계류
에 흘린 땀을 씻어내고 친구들이 따라주는 몇 순배의 술잔
에 심신이 편안해진다.

"고된 신선보다 안락한 속인으로 사는 게 훨씬 행복하지
않겠어?"

"배고픈 신선이냐, 배부른 돼지냐 ……그것이 문제로다."

셰익스피어의 햄릿처럼 고민하게끔 만드는 질문이다.

때 / 여름
곳 / 적목리 용수목 38교 – 조무락골 – 마지막 농가 – 석룡산 능선
코스 – 석룡산 – 방림고개 – 복호동폭포 – 조무락골 – 원점회귀